DAS MORD BÜRO

ein erst jetzt entdeckter Roman von

JACK LONDON

Büchergilde Gutenberg
Frankfurt am Main Wien
Zürich

1

Er war ein gut aussehender Mann mit großen, dunklen, feucht schimmernden Augen, olivfarbener Haut, die rein und klar war und ungemein glatt und geschmeidig wirkte, und mit einem Wust welligen, schwarzen Haars, das zum Streicheln einlud—kurz, ein Mann, der Frauen gefiel, und auch einer von den Männern, die sich ihres verführerischen Aussehens sehr wohl bewußt sind. Er war schlank, muskulös und breitschultrig, und in seinem Gang lag etwas betont Männliches, eine Kühnheit, doch wurde dies durch die Besorgnis, mit der er sich im Zimmer umblickte und dem sich zurückziehenden Diener nachsah, der ihn hereingeführt hatte, wieder aufgehoben. Der Bursche war taubstumm — er hätte es erraten, wäre ihm dieser Umstand durch Lanigans Schilderung nach einem früheren Besuch in der gleichen Wohnung nicht schon bekannt gewesen.
Sobald sich die Tür hinter dem Diener geschlossen hatte, konnte sich der Besucher eines leichten Erschauerns kaum erwehren. Jedoch gab es nichts in diesem Raum, was eine solche Reaktion hätte hervorrufen können. Es war ein ruhiges, ansehnliches Zimmer, von vollgestellten Bücherregalen gesäumt, mit ein paar Kupferstichen und einem Kartenständer. An der einen Wand stand auch noch ein großes Regal, das mit Eisenbahnfahrplä-

nen und Prospekten von Dampfschiffgesellschaften vollgestopft war. Zwischen den Fenstern ein großer Schreibtisch ohne jeden Aufbau. Auf ihm befanden sich ein Telefon und, auf einer ausschwenkbaren Platte, eine Schreibmaschine. Wohin man sah, herrschte peinliche Ordnung, und alles verriet einen überlegenen Geist, ein übergeordnetes Prinzip.
Die Bücher zogen den Wartenden an, und er überflog mit dem Auge des Kenners die Regale, wobei er die Titel reihenweise in sich aufnahm. Auch diese Bücher mit ihren soliden Einbänden hatten nichts an sich, was ein Frösteln hätte auslösen können. Vor allem fielen ihm Ibsens Prosadramen und einige Stücke und Romane von Shaw auf; Luxusausgaben von Wilde, Smollett, Fielding, Sterne und *Tausendundeine Nacht*; La Fargues *Entwicklung des Eigentums*, eine Volksausgabe von Marx, Shaws *Essays*, Brooks' *Wirtschaftliche Vorherrschaft*, Dawsons *Bismarck und Staatssozialismus*, Engels' *Der Ursprung der Familie*, Conants *Die Vereinigten Staaten im Orient* und John Mitchells *Organisierte Arbeiterschaft*. Etwas abseits standen die Werke Tolstois, Gorkis, Turgenjews, Andrejews, Gontscharows und Dostojewskis in der Originalsprache.
Der Mann schlenderte zu einem Büchertisch weiter, auf dem in säuberlich geordneten Stößen Wochenschriften und Vierteljahrshefte aufgestapelt waren, in einer Ecke auch noch rund ein Dutzend der neuesten Romane. Er zog einen Sessel heran, streckte die Beine aus, zündete sich eine Zigarette an und überflog die Bücher. Eins, ein schmaler roter Band, weckte sein Interesse. Auf dem

Schutzumschlag ein freches Weibsbild, toll aufgemacht. Er nahm das Buch und las den Titel: *Vier Wochen: Ein starkes Buch*. Als er es aufschlug, gab es einen leisen, aber doch scharfen Knall zwischen den Seiten, von einem Aufblitzen und einem Rauchwölkchen begleitet. Entsetzen packte ihn. Er taumelte in den Sessel, sank zurück, fuchtelte mit Armen und Beinen in der Luft, und das Buch flog ihm aus der Hand, so wie ein Mann eine Schlange wegwerfen würde, die er ahnungslos aufgehoben hatte.

Der Besucher war sehr mitgenommen. Seine schöne, olivfarbene Haut hatte eine scheußlich grüne Tönung angenommen, und seine feucht schimmernden Augen quollen erschreckt hervor.

Da öffnete sich die Tür zu den dahinterliegenden Räumen, und der überlegene Geist trat ein. Sein Gesicht trug den Ausdruck erbarmungsloser Heiterkeit, während er den anderen in seiner erniedrigenden Furcht musterte. Er bückte sich, hob das Buch auf, öffnete es und zeigte den Spielzeugmechanismus, der das Zündblättchen zum Explodieren gebracht hatte.

»Kein Wunder, daß Leuten wie Ihnen nichts anderes übrigbleibt, als zu mir zu kommen«, meinte er spöttisch. »Ihr Terroristen seid mir schon immer ein Rätsel gewesen. Wie kommt es nur, daß ihr ausgerechnet von dem, was ihr am meisten fürchtet, auch am meisten fasziniert seid?« Seine Verachtung war beißend. »Pulver – das ist die ganze Geschichte. Hätten Sie dieses Zündblättchen für eine Spielzeugpistole direkt auf Ihrer Zunge explodieren lassen, so hätten Sie nur vorübergehend beim Sprechen und Essen kleine Beschwerden gehabt. Wen wollen Sie denn jetzt umbringen?«

Der Mann, der diese Worte sprach, bildete einen überraschenden Gegensatz zu seinem Besucher. Er war so blond, daß man dieses Blond als ausgewaschen hätte bezeichnen können. Seine Augen, durch sehr feine, seidige Wimpern verschleiert, die fast wie die eines Albinos wirkten, waren vom hellsten Blaßblau. Sein Kopf, teilweise kahl, war von ähnlich feinem, seidigem Haar nur schütter bedeckt, das so hell war, daß es fast schneeweiß wirkte, und doch war es nicht durch die Zeit gebleicht. Der Mund wirkte fest und beherrscht, aber nicht streng, und die hohe, breite Stirn ließ auf große Intelligenz schließen. Sein Englisch war peinlich korrekt, und das völlige, beinah farblos wirkende Fehlen jeden Akzents stellte fast eine eigene Art von Akzent dar. Trotz des etwas groben Streiches, den er sich soeben erlaubt hatte, wirkte er nicht sehr humorvoll. Eher charakterisierte ihn eine ernste, finstere Würde, die auf Gelehrsamkeit schließen ließ; gleichzeitig war er von einem Hauch selbstzufriedenen Machtbewußtseins umgeben und schien die Erhabenheit philosophischer Ruhe auszustrahlen, der knallende Scherzartikel und Zündblättchen für Spielzeugpistolen völlig fernzuliegen schienen.

Sein ganzes Wesen, seine Farblosigkeit und sein faltenloses Gesicht entzogen sich so sehr jeder genaueren Beurteilung, daß es völlig unmöglich war, sein Alter, das zwischen dreißig und fünfzig — auch sechzig — liegen mochte, zu schätzen.

Man hatte das Gefühl, daß er in Wirklichkeit älter war als sein Aussehen.

»Sind Sie Iwan Dragomiloff?« fragte der Besucher.

»Das ist der Name, unter dem ich bekannt bin. Er dient mir so gut wie jeder andere auch – ebenso wie Ihnen Will Hausmann. Das ist der Name, unter dem Sie eingeführt wurden. Ich kenne Sie. Sie sind Sekretär der Gruppe Warfield. Ich habe schon früher mit ihr zu tun gehabt. Ich glaube, Lanigan hat sie vertreten.«

Er hielt inne, schob sich ein schwarzes Käppchen auf sein schütteres Haar und setzte sich.

»Ich hoffe, es hat keine Beschwerden gegeben«, fügte er kühl hinzu.

»Nein, nicht die geringsten«, versicherte ihm Hausmann hastig. »Die andere Angelegenheit ist völlig zufriedenstellend abgelaufen. Der einzige Grund, warum wir uns noch nicht wieder an Sie gewandt haben, ist einfach der, daß wir es uns nicht leisten konnten. Aber jetzt haben wir es auf den Polizeichef, auf McDuffy, abgesehen und ...«

»Ja, ich kenne ihn«, unterbrach ihn der andere.

»Er hat sich gemein benommen, ein Ungeheuer«, stieß Hausmann mit steigender Empörung hervor. »Immer wieder hat er unserer Sache schweren Schaden zugefügt und unsere Gruppe um ihre besten Leute gebracht. Trotz aller Warnungen, die wir ihm haben zukommen lassen, hat er Tawney, Cicerole und Gluck deportiert. Wiederholt hat er unsere Versammlungen gesprengt. Seine Beamten haben auf uns geknüppelt und uns zusammengeschlagen, als wären wir Vieh. Ihm ist es zu-

zuschreiben, daß jetzt vier unserer armen Brüder und Schwestern in Gefängniszellen verkommen.«
Während er die Reihe der Anklagen fortsetzte, nickte Dragomiloff, als registrierte er die einzelnen Fälle.
»Da haben wir den alten Sanger, wohl der reinste, heiterste Mensch, der jemals die vergiftete Luft der Zivilisation geatmet hat, ein Mann von zweiundsiebzig Jahren, eine patriarchalische Gestalt. Seine Gesundheit ist untergraben; für ihn ist es nichts weiter als ein langsames Dahinsterben, während er seine zehn Jahre in Sing-Sing, in diesem Land der Freiheit, absitzen muß. Und weswegen?« rief er erregt. Seine Stimme erstarb in hoffnungsloser Mutlosigkeit, als er verzagt seine eigene Frage beantwortete. »Wegen nichts.«
»Diesen Bluthunden des Gesetzes muß wieder einmal eine Lehre in rotem Blut erteilt werden. Es kann nicht so weitergehen, daß sie uns immer wieder ungestraft mißhandeln. Auch haben McDuffys Beamte im Zeugenstand einen Meineid geschworen. Das wissen wir. Er lebt schon zu lange. Seine Stunde hat jetzt geschlagen. Eigentlich sollte er schon längst tot sein, nur konnten wir nicht das Geld dafür aufbringen. Aber als wir zu dem Schluß gelangten, daß Mord billiger sei als das Honorar eines Anwalts, ließen wir unsere armen Kameraden ohne Beistand ins Gefängnis gehen, um auf diese Weise schneller zu Geld zu kommen.«
»Es ist Ihnen ja bekannt, daß wir es uns zur Regel gemacht haben, erst dann einen Auftrag zu übernehmen, wenn er uns sozial gerechtfertigt erscheint«, bemerkte Dragomiloff ruhig.

»Selbstverständlich.« Hausmann versuchte gereizt, den anderen zu unterbrechen.
»Aber in diesem Fall«, fuhr Dragomiloff gelassen und ungerührt fort, »besteht kein Zweifel daran, daß Ihre Sache gerecht ist. McDuffys Tod würde sozial nützlich und gerechtfertigt erscheinen. Ich kenne ihn und seine Taten. Ich kann Ihnen versichern, daß wir, meiner Ansicht nach, wenn wir uns mit dem Fall befaßt haben, mit größter Wahrscheinlichkeit zu einem solchen Schluß gelangen werden. Und nun zur Frage des Geldes.«
»Wie ist es, wenn Sie McDuffys Tod als sozial nicht gerechtfertigt beurteilen?«
»Dann erhalten Sie das Geld zurück, unter Abzug von zehn Prozent, um die Kosten der Nachforschungen zu decken. So halten wir es immer.«
Hausmann zog eine dicke Brieftasche heraus, zögerte dann aber. »Ist der gesamte Betrag notwendig?«
»Sie kennen doch bestimmt unsere Bedingungen.« In Dragomiloffs Stimme lag ein leiser Vorwurf.
»Ich hatte nur geglaubt oder richtiger gehofft ... Sie wissen doch selber, daß wir Anarchisten arme Leute sind.«
»Aus diesem Grund habe ich Ihnen auch so vorteilhafte Bedingungen eingeräumt. Zehntausend Dollar für die Ermordung des Polizeichefs einer großen Stadt ist doch nicht zuviel! Glauben Sie mir, damit sind kaum die Unkosten gedeckt. Von Privatpersonen verlangen wir weit mehr, und zwar deshalb, weil sie Privatpersonen sind. Handelte es sich bei Ihnen um einen Millionär und nicht um eine Gruppe armer Leute, die sich abrackern,

würde ich Ihnen für McDuffy mindestens fünfzigtausend aufbrummen. Außerdem ist meine Gesundheit auch nicht mehr die beste.«

»Du lieber Himmel! Wieviel würden Sie dann erst für einen König verlangen!« stieß der andere hervor.

»Es käme darauf an. Ein König von England zum Beispiel würde eine halbe Million kosten. Kleine zweit- und drittrangige Könige kämen auf ungefähr fünfundsiebzig- bis hunderttausend Dollar.«

»Ich hatte ja keine Ahnung, daß Sie so teuer sind«, murmelte Hausmann.

»Deswegen werden auch so wenige ermordet. Im übrigen vergessen Sie die riesigen Unkosten, die bei einer so vollkommenen Organisation, wie ich sie aufgebaut habe, anfallen. Allein unsere Reisespesen gehen weit über das hinaus, was Sie sich wahrscheinlich darunter vorstellen. Ich habe viele Agenten, und Sie glauben doch wohl auch nicht, daß die ihr Leben für nichts aufs Spiel setzen und nur für ein Butterbrot morden. Und vergessen Sie nicht, daß alles, was wir tun, für unsere Mandanten völlig gefahrlos ist. Wenn Sie der Ansicht sind, daß McDuffys Leben mit zehntausend Dollar zu hoch angesetzt ist, dann darf ich Sie wohl fragen, ob Sie denn Ihr eigenes geringer einschätzen? Außerdem seid ihr Anarchisten elend schlechte Organisatoren. Jedesmal, wenn ihr selber etwas in die Hand nehmt, verpfuscht ihr die Sache oder laßt euch schnappen. Darüber hinaus besteht ihr hartnäckig auf Dynamit oder Höllenmaschinen, und beide sind stets mit einem außerordentlich hohen Risiko verbunden ...«

»Es ist aber notwendig, daß unsere Hinrichtungen sensationell und spektakulär sind«, erwiderte Hausmann.
Der Chef des Mordbüros nickte.
»Ja, das ist mir klar. Aber darum geht es nicht. Es ist eine so dumme, grobschlächtige Art zu töten und dadurch, wie ich schon erwähnte, für unsere Agenten ein außerordentlich großes Risiko. Wenn mir nun Ihre Gruppe gestattete, sagen wir, Gift zu verwenden, könnte ich zehn Prozent nachlassen; im Fall eines Luftgewehrs fünfundzwanzig Prozent.«
»Das ist unmöglich!« rief der Anarchist. »Damit ist uns überhaupt nicht gedient. Unsere Morde müssen unbedingt rot sein.«
»In einem solchen Fall kann ich Ihnen aber keinerlei Nachlaß gewähren. Sie sind doch Amerikaner, nicht wahr, Mr. Hausmann?«
»Ja. Und in Amerika geboren – drüben in St. Joseph, Michigan.«
»Warum bringen Sie McDuffy nicht selber um und ersparen damit Ihrer Gruppe das Geld?«
Der Anarchist erbleichte.
»Nein, nein. Sie haben einen viel zu guten Kundendienst, Mr. Dragomiloff. Auch bin ich dazu... eh... zu zaghaft veranlagt, um jemanden umzubringen oder Blut zu vergießen – das heißt, Sie verstehen mich schon, es persönlich tun zu müssen. Es widert mich an. Theoretisch ist es mir schon klar, daß ein Mord gerechtfertigt ist, aber ihn selber durchzuführen, das bringe ich nicht über mich. Ich... ich kann es ganz einfach nicht, das ist die ganze Geschichte. Ich kann nicht dagegen an. Nicht

einmal einer Fliege könnte ich eigenhändig etwas antun.«
»Und doch gehören Sie einer Terrorgruppe an.«
»Ich weiß. Mein Verstand verpflichtet mich dazu. Es würde mir nicht genügen, philosophierenden Anhängern Tolstois zu folgen, die keinen Widerstand kennen. Ich halte nichts davon, auch die andere Wange hinzuhalten, wie es zum Beispiel die Leute von der Gruppe Martha Brown tun. Schlägt mich einer, muß ich zurückschlagen ...«
»Und wenn Sie es auch nur durch einen Stellvertreter tun lassen«, unterbrach ihn Dragomiloff spöttisch.
Hausmann nickte. »Auch durch einen Stellvertreter. Wenn das Fleisch schwach ist, gibt es keinen anderen Weg. Hier ist das Geld.«
Während Dragomiloff es zählte, unternahm Hausmann einen letzten Versuch, ihm zusätzlich noch etwas abzuhandeln.
»Zehntausend Dollar. Die Summe stimmt. Nehmen Sie sie und denken Sie dabei daran, daß sie die Hingabe und den Opferwillen vieler guter Kameraden darstellen, denen es schwerfällt, die hohen Beiträge aufzubringen, die wir von ihnen verlangen. Könnten Sie nicht ... eh ... auch Inspektor Morgan mit dazunehmen, das wäre ein Aufwasch? Er ist auch so ein gemeiner Kerl.«
Dragomiloff schüttelte den Kopf.
»Nein. Das läßt sich nicht machen. Ihre Gruppe erhält bereits den größten Preisnachlaß, den wir jemals gewährt haben.«
»Wie wäre es dann mit einer Bombe?« schlug Haus-

mann vor. »Vielleicht könnten Sie dann beide mit der gleichen Bombe erledigen.«

»Wir werden uns sehr hüten, das zu tun. Natürlich werden wir zunächst einmal den Fall McDuffy untersuchen müssen. Wir setzen für alle unsere Transaktionen eine moralische Rechtfertigung voraus. Wenn wir feststellen, daß sein Tod der Gesellschaft nichts nützt und daher ungerechtfertigt ist ...«

»Was wird dann aus den zehntausend?« unterbrach ihn Hausmann besorgt.

»Wie schon gesagt, die erhalten Sie abzüglich der zehn Prozent für laufende Unkosten zurück.«

»Und wenn es Ihnen nicht gelingt, ihn umzubringen?«

»Sollte es uns nach Ablauf eines Jahres nicht gelungen sein, wird Ihnen das Geld, zuzüglich fünf Prozent Zinsen, zurückerstattet.«

Dragomiloff drückte zum Zeichen, daß die Unterredung beendet war, auf einen Knopf und erhob sich. Hausmann folgte seinem Beispiel, nutzte aber die Zeit bis zum Erscheinen des Dieners aus, um noch eine weitere Frage zu stellen.

»Aber nehmen wir an, Sie würden sterben – ein Unfall, Krankheit, irgend etwas? Ich habe keine Quittung für das Geld. Es wäre verloren.«

»Für das alles ist gesorgt. Der Leiter meiner Filiale in Chikago würde sofort an meine Stelle treten und alles weiterführen, bis der Leiter der Filiale in San Franzisko einträfe. Erst im vergangenen Jahr hat sich etwas Ähnliches ereignet. Erinnern Sie sich an Burgess?«

»An welchen Burgess?«

»Den Eisenbahnkönig. Einer meiner Leute hatte diesen Fall übernommen, auch die ganze Transaktion durchgeführt und wie üblich die Zahlung im voraus erhalten. Selbstverständlich hatte er meine Genehmigung eingeholt. Und dann geschah zweierlei. Burgess kam bei einem Eisenbahnunglück ums Leben, und unser Mann starb an Lungenentzündung. Trotzdem wurde das Geld zurückerstattet. Ich habe persönlich dafür gesorgt, obwohl es vor Gericht nicht einklagbar gewesen wäre. Unsere langjährigen Erfolge sind ein Beweis dafür, wie ehrenhaft wir unsere Mandanten betreuen. Sie können es mir glauben, wenn man so wie wir außerhalb der Legalität arbeitet, würde jedes Abweichen vom Weg strengster Ehrenhaftigkeit für uns katastrophale Folgen haben. Was nun McDuffy betrifft...«
In diesem Augenblick trat der Diener ein, und Hausmann hob warnend die Hand. Dragomiloff lächelte.
»Er kann nicht ein Wort hören«, erklärte er.
»Aber Sie haben doch eben nach ihm geklingelt. Außerdem hat er sich auf mein Klingeln hin an der Tür gemeldet.«
»Ein Klingeln ist für ihn ein Aufleuchten. Statt einer Glocke wird eine elektrische Birne eingeschaltet. Er hat in seinem ganzen Leben noch keinen Laut vernommen. Solange er Ihre Lippen nicht sieht, kann er nicht verstehen, was Sie sagen. Und noch mal zu McDuffy. Haben Sie sich seine Liquidierung auch wirklich gründlich überlegt? Denken Sie daran, wenn man uns einen Auftrag gibt, ist er bereits so gut wie durchgeführt. Anders können wir unsere Geschäfte nicht betreiben. Auch wir

haben unsere Regeln. Ist der Auftrag einmal erteilt, kann er nicht mehr zurückgezogen werden. Sind Sie damit einverstanden?«

»Durchaus.« An der Tür blieb Hausmann noch einmal stehen. »Wann könnten wir schon etwas über... über Ihre Fortschritte erfahren?«

Dragomiloff dachte einen Augenblick nach.

»In einer Woche. Die Untersuchung ist in diesem Fall nur eine Formsache und die Durchführung selber sehr einfach. Ich habe meine Leute an Ort und Stelle. Leben Sie wohl.«

2

Eine Woche später parkte am Nachmittag ein Elektroauto vor der großen russischen Importfirma S. Constantine & Co. Es war drei Uhr, als Sergius Constantine aus seinem Privatbüro auftauchte und vom Direktor, dem er noch Anweisungen gab, zu seinem Wagen begleitet wurde. Hätten Hausmann oder Lanigan ihn beim Besteigen des Autos beobachtet, hätten sie ihn sofort erkannt, jedoch nicht unter dem Namen Sergius Constantine. Hätte man sie gefragt und hätten sie geantwortet, so wäre ihnen kein anderer Name als Iwan Dragomiloff eingefallen.

Denn es war Iwan Dragomiloff, der mit dem Wagen nach Süden und in die von Menschen wimmelnde East Side fuhr. Einmal hielt er an, um von einem Jungen, der »Extrablatt!« schrie, eine Zeitung zu kaufen. Er fuhr auch erst wieder an, bis er die Überschriften und die kurze Nachricht gelesen hatte, in der es hieß, daß es in der Nachbarstadt wieder zu einem Übergriff der Anarchisten gekommen sei; das Opfer sei Polizeichef McDuffy. Als er die Zeitung neben sich legte und weiterfuhr, breitete sich ein Ausdruck ruhigen Stolzes auf Constantines Gesicht aus. Die Organisation, die er aufgebaut hatte, funktionierte, und sie funktionierte mit gewohnter Reibungslosigkeit. Man hatte die Nachfor-

schungen – in diesem Fall fast nur beiläufig – durchgeführt, den Befehl weitergeleitet, und nun war McDuffy tot. Er lächelte ein wenig, als er vor einem modernen Apartmenthaus anhielt, das am Rand eines der verkommensten Elendsviertel der East Side lag, und dachte dabei daran, welchen Jubel diese Nachricht bei der Gruppe Caroline Warfield auslösen würde – bei diesen Terroristen, die den Mut zum Mord nicht aufbrachten.
Ein Fahrstuhl trug Constantine bis zum obersten Stockwerk, und nachdem er geklingelt hatte, wurde ihm die Tür von einer jungen Frau geöffnet, die ihre Arme um seinen Hals schlang, ihn küßte und ihn mit russischen Kosenamen überschüttete. Er nannte sie Grunja.
Es waren sehr behagliche Zimmer, in die sie ihn führte – selbst für ein modernes Apartmenthaus in der East Side außergewöhnlich behaglich und geschmackvoll eingerichtet. Die Möbel und die sonstige Einrichtung verrieten in ihrer Schlichtheit Kultur und Reichtum. Es gab viele Regale mit Büchern, einen mit Zeitschriften übersäten Tisch, und am anderen Ende des Raums stand ein großer Konzertflügel. Grunja war eine kräftige blonde Russin, und ihr Haar hatte den leuchtenden Schimmer, der bei ihrem Besucher fehlte.
»Du hättest mich anrufen sollen«, warf sie ihm in einem Englisch vor, das ebenso akzentfrei war wie das seine. »Ich hätte nicht dasein können. Du kommst so unregelmäßig, daß ich niemals weiß, wann ich dich erwarten kann.«
Er ließ die Nachmittagszeitung neben sich fallen und lehnte sich in die Kissen der Fensterbank zurück.

»Aber Grunja, meine Liebe, du darfst nicht damit anfangen, mich auszuschimpfen«, antwortete er und sah sie strahlend und liebevoll an. »Ich gehöre nicht dem verelendeten Häufchen in deinem Kindergarten an, noch lasse ich mir von dir meine Handlungen vorschreiben, womöglich noch, wann ich mir das Gesicht waschen oder die Nase schnauben darf. Ich bin auf gut Glück hergekommen, in der Hoffnung, dich anzutreffen, aber in erster Linie, um meinen neuen Wagen auszuprobieren. Begleitest du mich auf einer kleinen Fahrt?«

Sie schüttelte den Kopf.

»Nicht heute nachmittag. Um vier Uhr erwarte ich einen Besucher.«

»Ich nehme es zur Kenntnis.« Er warf einen Blick auf seine Uhr. »Und dann wollte ich von dir hören, ob du am Wochenende mit nach Hause kommen würdest. Edge Moor ist ohne uns beide einsam.«

»Vor drei Tagen war ich draußen«, antwortete sie schmollend. »Grosset hat mir gesagt, du wärst seit einem Monat nicht mehr dagewesen.«

»Zuviel zu tun. Aber ich werde es mir jetzt eine Woche lang bequem machen und viel lesen. Übrigens, warum mußte Grosset dir wohl sagen, ich wäre seit einem Monat nicht mehr dort gewesen; doch wohl nur, weil auch du durch Abwesenheit geglänzt hast?«

»Zuviel zu tun, du Inquisitor, zuviel zu tun, ebenso wie du.« Sie lachte fröhlich auf, streckte den Arm aus und streichelte seine Hand.

»Also, kommst du mit?«

»Heute haben wir erst Montag«, überlegte sie. »Ja,

wenn ...« Sie hielt inne und lächelte ihn an. »Wenn ich zum Wochenende jemanden mitbringen darf. Ich weiß, er wird dir gefallen.«

»Oho, es ist also ein *Er*? Wahrscheinlich einer deiner langhaarigen Sozialisten.«

»Nein, ein kurzhaariger. Aber du solltest doch darüber erhaben sein, mein lieber Onkel, und nicht diese abgedroschenen Scherze aus der Witzbeilage wiederholen. Ich habe in meinem ganzen Leben noch keine langhaarigen Sozialisten gesehen. Du etwa?«

»Nein, aber ich habe sie Bier trinken sehen«, verkündete er mit tiefer Überzeugung.

»Nun wirst du aber bestraft!« Sie ergriff ein Kissen und näherte sich ihm drohend. »Wie die Kleinen in meinem Kindergarten sagen: ›Jetzt schlage ich dir die Birne 'runter.‹ – So! Und so! Und so!«

»Grunja! Ich protestiere!« knurrte er und keuchte zwischen ihren Schlägen. »Das gehört sich nicht. Es ist respektlos, den Bruder deiner Mutter so zu behandeln. Ich werde allmählich alt ...«

»Puff!« unterbrach ihn die übermütige Grunja, warf aber das Kissen weg. Dafür ergriff sie seine Hand und betrachtete die Finger. »Wenn ich bedenke, daß ich diese Finger ein Kartenspiel habe zerreißen und Silbermünzen verbiegen sehen!«

»Das haben sie nun hinter sich. Sie ... sie sind recht schwach geworden.«

Er ließ die Finger schlaff und kraftlos in ihrer Hand liegen und forderte damit erneut ihre Empörung heraus. Sie legte ihre Hand auf seinen Arm.

»Spann ihn!« befahl sie.
»Ich—ich kann nicht«, stammelte er. »Oh! So, das wäre das Beste, was ich noch zustande bringe.« Tatsächlich gab er sich nur wenig Mühe. »Siehst du, ich bin ganz schlapp geworden—das auf fortschreitende Vergreisung zurückzuführende Nachlassen des Gewebes...«
»Spann ihn!« rief sie und stampfte diesmal mit dem Fuß auf.
Constantine gab nach und gehorchte, und als sein Armmuskel unter ihrer Hand schwoll, breitete sich ein Ausdruck der Bewunderung auf ihrem Gesicht aus.
»Wie Eisen«, murmelte sie, »nur ist es lebendiges Eisen. Das ist wunderbar. Du bist entsetzlich stark. Ich würde sterben, wenn du jemals deine ganze Kraft an mir auslassen würdest.«
»Du wirst daran denken«, antwortete er, »und es mir hoch anrechnen, daß ich dich, als du noch ein kleines Ding und zuweilen sehr unartig warst, niemals verprügelt habe.«
»Ach, Onkel, aber lag es nicht daran, daß es ganz einfach gegen deine Überzeugung verstoßen hätte?«
»Stimmt; aber wenn jemals diese Überzeugung erschüttert wurde, dann durch dich in den Jahren zwischen drei und sechs. Meine liebe Grunja, ich möchte dich nicht verletzen, aber die Liebe zur Wahrheit zwingt mich, dir zu sagen, daß du damals ein Barbar warst, eine Wilde, ein Höhlenkind, ein Dschungeltier, ein... ein richtiger kleiner Teufel, eine kleine Wölfin ohne jede Moral und ohne jede Erziehung, ein...«
Aber ein hoch erhobenes, drohendes Kissen veranlaßte

ihn, nicht fortzufahren und die Arme hochzuwerfen, um seinen Kopf zu schützen.
»Vorsicht!« rief er. »Nach deinem jetzigen Vorgehen kann ich lediglich feststellen, daß es gegenüber früher nur einen Unterschied gibt: jetzt bist du eine ausgewachsene Wölfin. Zweiundzwanzig, was? Und da du dir deiner Kraft bewußt bist, fängst du an, sie an mir auszulassen. Aber noch ist es nicht zu spät. Wenn du das nächste Mal versuchst, auf mich einzuschlagen, werde *ich* dir eine Tracht Prügel verpassen, auch wenn du eine junge Dame bist, eine dicke junge Dame.«
»Du ekelhafter Kerl! Das bin ich nicht!« Sie streckte ihren Arm aus. »Hier, sieh dir den mal an! Befühle ihn. Das sind Muskeln. Ich wiege hundertfünfzehn Pfund. Nimmst du das zurück?«
Wieder ging das Kissen hoch und stürzte auf ihn herab, und inmitten seiner Bemühungen, sich zu verteidigen, während er lachte und schnaufte, ihr auswich und sie mit den Armen abwehrte, trat ein Mädchen mit einem Samowar ein, und Grunja ließ von ihm ab, um den Tee einzugießen.
»Eine aus deinem Kindergarten?« fragte er, als das Mädchen wieder hinausgegangen war.
Grunja nickte.
»Sie sieht ganz annehmbar aus«, meinte er. »Ihr Gesicht ist sogar sauber.«
»Ich lasse mich von dir wegen meiner Sozialarbeit nicht auf die Palme bringen«, antwortete sie mit einem Lächeln und einem zärtlichen Händedruck, nachdem sie ihm den Tee gereicht hatte. »Ich arbeite an meiner eige-

nen, individuellen Evolution, das ist alles. Du kannst es ja heute auch nicht mehr glauben, was du mit zwanzig angestellt hast.«

Constantine schüttelte den Kopf.

»Vielleicht bin ich nur ein Träumer«, fügte er wehmütig hinzu.

»Du hast viel gelesen und studiert, und doch hast du nichts für den sozialen Fortschritt getan. Niemals hast du auch nur den kleinen Finger gerührt.«

»Niemals habe ich auch nur den kleinen Finger gerührt«, wiederholte er traurig, und im gleichen Augenblick fiel sein Blick auf die Überschriften in der Zeitung, die McDuffys Tod ankündigten, und er mußte das Lächeln, das um seine Lippen spielte, unterdrücken.

»Das ist der russische Charakter«, rief Grunja. »Grübeln, mikroskopische Untersuchung und Selbstbeobachtung, alles, was man will, nur nicht etwas unternehmen, nur nicht handeln. Aber ich...« Ihre Stimme stieg triumphierend an. »Ich bin jung, gehöre zur neuen Generation, zur ersten amerikanischen Generation...«

»Du bist in Rußland geboren«, warf er trocken ein.

»Aber in Amerika aufgewachsen. Ich war noch ein kleines Kind, als wir herüberkamen. Ich kenne nichts anderes als dieses Land mit seinem überwältigenden Rhythmus. Und trotzdem, Onkel Sergius, hättest du eine solche Macht werden können, wenn du dich nur nicht in Geschäfte gestürzt hättest.«

»Betrachte nur einmal alles, was du unternimmst«, antwortete er, »und vergiß dabei eins nicht: Meine Geschäfte sind es, die es dir ermöglichen, deine Aufgaben zu erfüllen. Verstehst du, ich leiste dadurch etwas, daß...« Er zögerte und mußte plötzlich an Hausmann, den sanftmütigen Terroristen, denken. »Ich erreiche etwas durch einen Stellvertreter. So ist es. Du bist mein Stellvertreter.«

»Das weiß ich, und es ist scheußlich von mir, so etwas überhaupt nur zu sagen«, rief sie. »Du hast mich verwöhnt. Ich habe meinen Vater nie gekannt, und so ist es kein Verrat, wenn ich sage, ich bin froh, daß du an die Stelle meines Vaters getreten bist. Kein Vater hätte so... so unendlich gut sein können.« Und an Stelle von Kissen bedeckte sie den blassen Mann mit dem schütteren blonden Haar und den eisernen Muskeln, der es sich auf der Fensterbank bequem machte, diesmal mit Küssen.

»Was ist eigentlich mit deinem Anarchismus?« fragte er mit einem listigen Zwinkern, in der Hauptsache, um die leichte Verwirrung und die Freude zu verbergen, die ihre Worte bei ihm ausgelöst hatten. »Eine Zeitlang, vor mehreren Jahren, sah es so aus, als ob du zu einer hundertprozentigen Roten würdest und Tod und Verderben über alle brächtest, die die bestehende gesellschaftliche Ordnung verteidigten.«

»Ich... ich hatte Neigungen in dieser Richtung«, gab sie widerstrebend zu.

»Neigungen!« rief er. »Du hast mir die Hölle heiß gemacht und versucht, mich dazu zu überreden, mein Geschäft aufzugeben und mich ganz der Sache der Menschlichkeit zu widmen. Und wenn du dich noch daran erinnern kannst, so hast du damals diese ›Sache‹

nur noch mit Großbuchstaben geschrieben. Dann hast du mit dieser Arbeit im Elendsviertel angefangen—hast dich in der Tat mit dem Feind geeinigt – und flickst nun die armen Opfer des Systems, das du so verachtetest, wieder zusammen...«

Sie hob abwehrend eine Hand.

»Wie willst du es denn sonst nennen?« fragte er. »Deine Vereine für Jungen und Mädchen, deine Vereine für ledige Mütter. Die Kinderkrippe, die du für die Kinder berufstätiger Frauen eingerichtet hast! Das bedeutet doch im Grunde nichts anderes, als daß du, wenn du dich während der Arbeitszeit der Kinder annahmst, es den Arbeitgebern um so leichter machtest, die Mütter auszubeuten.«

»Aber aus der Sache mit der Kinderkrippe bin ich doch herausgewachsen, Onkel, das weißt du.«

Constantine nickte.

»Und noch einiges andere. Jetzt wirst du richtig konservativ – ja, in gewisser Weise sozialistisch. Du bist nicht aus dem Holz, aus dem man Revolutionäre schnitzt.«

»Ich bin auch gar nicht so revolutionär, lieber Onkel. Allmählich werde ich erwachsen. Die soziale Entwicklung verläuft langsam und schmerzhaft. Es gibt keine Abkürzungswege. Jeder einzelne Schritt muß erarbeitet werden. Ach ja, ich bin noch immer von der Philosophie her Anarchistin. Jeder intelligente Sozialist ist es. Aber mit jedem Tag wird es mir klarer, daß sich die ideale Freiheit eines Zustands der Anarchie nur erreichen läßt, indem man das Zwischenstadium des Sozialismus durchläuft.«

»Wie heißt er denn?« fragte Constantine unvermittelt.
»Wer? — Was?« Jäh hatten sich ihre Wangen gerötet. Constantine trank ruhig seinen Tee und wartete.
Grunja gewann ihre Fassung wieder und sah ihn einen Augenblick ernst an.
»Das sage ich dir am Samstagabend in Edge Moor«, antwortete sie. »Er — er ist der Kurzhaarige.«
»Der Gast, den du mitbringst?«
Sie nickte. »Mehr sage ich dir bis dahin nicht.«
»Willst du ihn denn...?« fragte er.
»Ich... ich glaube«, stammelte sie.
»Hat er sich schon geäußert?«
»Ja... und nein. Er hat eine so seltsame Art, alles als selbstverständlich aufzufassen. Warte nur, bis du ihn kennenlernst. Du wirst ihn sehr gern haben, Onkel Sergius, ganz bestimmt. Und du wirst auch seine Ansichten gelten lassen. Er... er ist mein Besucher um vier. Bleib doch noch hier, dann lernst du ihn jetzt gleich kennen. Ach, sei doch so lieb, bitte.«
Aber Onkel Sergius Constantine alias Iwan Dragomiloff blickte auf seine Uhr und erhob sich rasch.
»Nein, bring ihn am Samstag mit nach Edge Moor, Grunja, und ich werde mir alle Mühe geben, ihn gern zu haben. Dort werde ich auch mehr Gelegenheit dazu finden als jetzt hier. Ich möchte eine Woche nichts tun. Wenn die Sache so ernst ist, wie es der Fall zu sein scheint, laß ihn doch die Woche über bleiben.«
»Er hat so viel zu tun«, antwortete sie. »Ich hatte schon alle Mühe, ihn zu diesem Wochenende zu überreden.«
»Geschäftlich?«

»In gewisser Weise. Es handelt sich aber nicht um richtige Geschäfte. Er ist kein Geschäftsmann. Aber er ist reich. Mit Bemühungen um soziale Fortschritte ließe sich wohl am besten umschreiben, was ihn so in Anspruch nimmt. Und du wirst seine Gedanken bewundern, Onkel, und sie auch achten.«

»Ich hoffe es... um deinetwillen, meine Liebe«, waren Constantines letzte Worte, als sie sich zum Abschied an der Tür umarmten.

3

Eine ernste junge Frau empfing Winter Hall ein paar Minuten nach dem Abschied von ihrem Onkel. Grunja war sehr nachdenklich, als sie ihm Tee einschenkte und sich mit ihm unterhielt – wenn man das als Unterhaltung bezeichnen kann, da die Themen von Gorkis letztem Buch und den neuesten Nachrichten von der russischen Revolution bis Hull House und dem Streik der Hemdennäher reichten.

Winter Hall schüttelte abweisend den Kopf über ihre neuen Verbesserungspläne.

»Nimm zum Beispiel Hull House«, sagte er. »Es war im Dschungel dieses Elendsviertels von Chikago ein Lichtblick. Es ist noch immer ein Lichtblick, aber auch nicht mehr. Die Wildnis der Elendsviertel hat sich weiter ausgebreitet, sogar ganz gewaltig ausgebreitet. Es gibt heute insgesamt weit mehr Lasterhaftigkeit, Elend und Erniedrigung in Chikago als damals, als Hull House gegründet wurde. Also hat Hull House versagt, wie es bei all diesen Reformversuchen der Fall gewesen ist. Man kann ein Boot, das leck geschlagen ist, nicht mit einem Schöpfeimer über Wasser halten, der weniger Wasser wegschafft als eindringt.«

»Ich weiß, ich weiß«, murmelte Grunja niedergeschlagen.

»Die Unterkünfte sind auch solch ein Kapitel«, fuhr Hall fort. »In New York City gab es am Ende des Bürgerkrieges sechzigtausend solcher Zimmer, das heißt enge Räume ohne Licht und Luft. Seitdem wurde ständig gegen eine solche Unterbringung von Menschen zu Felde gezogen. Viele haben es sich zur Lebensaufgabe gemacht, dagegen zu kämpfen. Tausende, Zehntausende von Bürgern mit Verantwortungsbewußtsein haben Geld gestiftet und sich gegen solche Zustände ausgesprochen. Ganze Häuserblocks sind sogar niedergerissen und durch Parks und Spielplätze ersetzt worden. Und das Ergebnis? Heute, im Jahr 1911, gibt es in New York mehr als dreihunderttausend solcher Unterkünfte.«

Er zuckte die Achseln und trank von seinem Tee.

»Je länger ich mit dir zusammen bin, desto deutlicher sehe ich zwei Dinge«, gestand Grunja. »Erstens, daß Freiheit, die durch keinerlei von Menschen geschaffene Gesetze eingeschränkt ist, nur durch Evolution erreicht werden kann, dabei werden wir das Stadium eines Übermaßes an Gesetzen durchlaufen müssen, die uns fast zu Automaten degradieren – natürlich, die sozialistische Phase. Eins will ich dir aber sagen: Ich würde niemals Wert darauf legen, in einem solchen sozialistischen Staat zu leben. Es wäre zum Verrücktwerden.«

»Ziehst du also die großartige, wilde, grausame Schönheit unseres gegenwärtigen wirtschaftlichen Individualismus vor?« fragte er ruhig.

»Fast, ja, fast. Aber der sozialistische Staat muß trotzdem kommen. Das weiß ich auf Grund des zweiten

Umstandes, den ich deutlich vor mir sehe: die Unfähigkeit des Fortschritts, Fortschritte zu erzielen.« Sie brach jäh ab, bedachte ihn mit einem strahlenden, freundlichen Lächeln und verkündete: »Aber warum sind wir überhaupt jetzt, wo es anfängt, warm zu werden, so ernst? Warum gehst du nicht einmal aus der Stadt heraus und schnappst etwas Luft?«

»Und warum du nicht?« entgegnete er.

»Zuviel zu tun.«

»Bei mir ist es dasselbe.« Er schwieg, und sein Gesicht wurde plötzlich hart und streng, als spiegelte es seine innersten Gedanken. »Noch niemals in meinem ganzen Leben hatte ich so viel zu tun, und niemals bin ich meinem Ziel so nah gekommen, etwas Großes zu schaffen.«

»Aber du kommst doch zum Wochenende mit, um meinen Onkel kennenzulernen?« fragte sie impulsiv. »Er war vorhin hier – er möchte, daß wir uns dort auf dem Lande etwas erholen, nur wir drei, und schlägt daher eine ganze Woche vor.«

Widerstrebend schüttelte er den Kopf.

»Ich täte es nur zu gern, ich werde auch kommen, aber ich kann nicht eine ganze Woche bleiben. Meine Angelegenheit ist von größter Wichtigkeit. Gerade heute habe ich erfahren, was ich schon seit Monaten wissen wollte.«

Während er sprach, betrachtete sie sein Gesicht, wie nur eine verliebte Frau es tut. Sie kannte jede kleinste Einzelheit von Winter Halls Gesicht, von den geschwungenen, zusammengewachsenen Augenbrauen bis zu dem ausdrucksvollen Mund, von dem festen, grübchenfreien Kinn bis zu der feinsten Biegung des Ohrs. Da er ein Mann war, kannte Hall, obwohl er sie liebte, Grunjas Gesicht nicht so genau. Er liebte sie, aber diese Liebe öffnete seine Augen nicht den winzig kleinen Einzelheiten. Hätte man ihn plötzlich aufgefordert, sie nach den Eindrücken zu beschreiben, die in seinem Bewußtsein haftengeblieben waren, hätte er dies nur mit ganz allgemeinen Ausdrücken tun können, wie zum Beispiel: lebhaft, anschmiegsam, helle Haut, reine Stirn, immer gut frisiert. Augen, die lächelten und wie ihre Wangen glühten, ein einfühlsamer, entzückender Mund und eine wunderbar melodische Stimme. Dazu kamen noch die Eindrücke, daß sie gepflegt und gesund war, ernst, schlagfertig und von hoher Intelligenz.

Grunja sah einen kräftigen Mann von zweiunddreißig Jahren mit der Stirn eines Denkers und all den charakteristischen Gesichtszügen eines Tatmenschen vor sich. Auch er hatte blaue Augen, war blond und wie viele Amerikaner, die sich lange im Freien aufhalten, gebräunt. Er lächelte oft, und sein Lachen kam von Herzen. Jedoch spiegelte sich, wenn er schwieg, zuweilen eine gewisse Strenge, ja fast Brutalität in seinem Gesicht. Grunja, die alles Starke liebte und vor jeder Brutalität zurückschrak, war zuweilen beunruhigt, wenn sie etwas von dieser anderen Seite seines Wesens zu ahnen begann.

Winter Hall war ein ziemlich ungewöhnliches Produkt seiner Zeit. Trotz des Wohlstands, in dem er als Kind aufgewachsen war, und trotz des ansehnlichen Vermö-

gens, das er von seinem Vater und später noch von zwei unverheirateten Tanten geerbt hatte, wandte er sich doch schon früh der Sache der Unterdrückten zu. Auf der Universität hatte er sich in Volkswirtschaft und Soziologie spezialisiert, und seine weniger ernsthaft veranlagten Studienkameraden betrachteten ihn ein wenig als verdrehten Außenseiter. Nach Verlassen der Universität unterstützte er durch Geld und persönlichen Einsatz Riis bei seiner Kampagne in New York. Er hatte auch viel Zeit und Mühe auf Fürsorgearbeit verwendet, die ihn jedoch nicht zu befriedigen vermochte. Stets suchte er nach den Dingen hinter den Dingen, nach den Ursachen, die wirklich die letzten Ursachen waren. So hatte er sich auch mit Politik beschäftigt und später Schiebungen und Bestechungsfälle von New York bis Albany und wieder zurück verfolgt und sich mit diesem Problem auch in der Hauptstadt seines Landes eingehend befaßt.
Nach mehreren, wie es schien, fruchtlosen Jahren verbrachte er einige Monate bei Abendkursen einer Universität, die in Wirklichkeit der Nährboden radikaler Entwicklungen waren, und beschloß, seine Untersuchungen ganz von Grund auf neu zu beginnen. Ein Jahr lebte er als Gelegenheitsarbeiter und zog durch das ganze Land; ein weiteres Jahr wanderte er als Landstreicher umher, der Gefährte von Tramps und Strolchen. Zwei Jahre lang arbeitete er in Chikago als Fürsorger, rackerte sich viele Stunden hindurch ab und erhielt dafür ein Gehalt von fünfzig Dollar im Monat. Aus allen diesen Erfahrungen hatte er sich zu einem

Sozialisten entwickelt — einem »Millionärssozialisten«, wie die Presse ihn nannte.
Er reiste viel umher, war ständig damit beschäftigt, irgendeiner Sache auf den Grund zu gehen, und gewann sein Wissen aus erster Hand. Niemals gab es einen größeren Streik, bei dem er nicht als einer der ersten erschien. Er nahm an allen nationalen und internationalen Kongressen der organisierten Arbeiterschaft teil und verbrachte ein Jahr in Rußland, als die Revolution von 1905 bereits ihre drohenden Schatten vorauswarf. Viele Artikel waren in bedeutenden Zeitschriften von ihm erschienen, und er war auch der Autor mehrerer Bücher, alle ausgezeichnet geschrieben, gründlich, einfallsreich und — für einen Sozialisten — konservativ.
Das war der Mann, mit dem sich nun Grunja Constantine unterhielt und auf der Fensterbank ihrer Wohnung in der East Side Tee trank.
»Aber du brauchst dich doch nicht ständig in dieser elenden, erstickenden Stadt zu verkriechen«, erklärte sie. »In deinem Fall kann ich mir wirklich nicht vorstellen, was dich dazu zwingt ...« Sie beendete jedoch ihren Satz nicht, denn in diesem Augenblick bemerkte sie, daß Hall ihr nicht länger zuhörte. Seine Augen waren auf die Nachmittagszeitung gefallen, die auf der Bank lag. Er hatte Grunja völlig vergessen, nach der Zeitung gegriffen und zu lesen begonnen.
Grunja schmollte zwar recht reizvoll, aber er beachtete sie nicht.
»Es ist wirklich sehr nett von dir, das ... das muß ich schon sagen«, stieß sie schließlich hervor und zog damit

seine Aufmerksamkeit wieder auf sich. »Nun liest du schon Zeitung, während ich noch mit dir spreche.«
Er drehte das Blatt herum, so daß sie die Überschrift von McDuffys Ermordung sehen konnte. Verständnislos blickte sie zu ihm auf.
»Ich bitte dich um Entschuldigung, Grunja, aber als ich dies hier sah, habe ich alles vergessen.« Er klopfte mit dem Zeigefinger auf die Überschrift. »Aus diesem Grund habe ich so viel zu tun. Aus diesem Grund bleibe ich in New York. Und aus diesem Grund kann ich mir nicht mehr als ein Wochenende mit dir zusammen erlauben, und du weißt ganz genau, wie gern ich die ganze Woche bliebe.«
»Aber ich verstehe noch immer nichts«, stammelte sie. »Nur weil die Anarchisten in einer anderen Stadt einen Polizeichef umgelegt haben ... Das ... das kann ich nicht verstehen.«
»Ich werde es dir erklären. Seit zwei Jahren habe ich einen Verdacht, der mir schließlich zur Gewißheit wurde, und seit Monaten verbringe ich meine ganze Zeit damit, einem Unternehmen auf die Spur zu kommen, das ich für die schlimmste Mordorganisation halte, die jemals in den Vereinigten Staaten oder sonstwo tätig war. Ich bin auch fast sicher, daß diese Organisation international ist.
Erinnerst du dich an den Fall John Mossman? Er beging Selbstmord, indem er aus dem siebten Stockwerk eines Versicherungsgebäudes sprang. Er war mein Freund und vor meiner Zeit auch schon mit meinem Vater befreundet. Es gab für ihn keinen Grund, sich umzu-

bringen. Die Fidelity Trust Corporation machte gute Geschäfte. Das gleiche galt für alle seine anderen Unternehmungen. Er führte ein ungemein glückliches Familienleben. Seine Gesundheit war erstaunlich gut. Es gab nichts, was ihn hätte bedrücken können. Und trotzdem hat die blöde Polizei es einen Selbstmord genannt. Es gab Gerüchte, es habe sich um eine Trigeminalneuralgie gehandelt – unheilbar, unausweichlich und nicht zu ertragen. Wenn Menschen von ihr befallen werden, begehen sie Selbstmord. Aber er litt gar nicht daran. Am Tag seines Todes haben wir noch zusammen zu Mittag gegessen. Ich weiß, daß er diese Krankheit nicht hatte, und ich hatte es mir in den Kopf gesetzt, diese Tatsache durch eine Rücksprache mit seinem Arzt bestätigt zu erhalten. Es war nur eine Theorie, und sie war reiner Unsinn. Er hat nicht daran gedacht, sich umzubringen, und ist auch niemals aus dem siebten Stock des Fidelity-Gebäudes gesprungen. Wer hat ihn also zur Strecke gebracht? Und warum? Jemand hat ihn aus dem siebten Stock hinuntergeworfen. Wer? Warum?

Wahrscheinlich hätte ich die ganze Sache als unlösbares Rätsel abgetan und aus meinen Gedanken verbannt, wäre nicht Gouverneur Northampton genau drei Tage später mit einem Luftgewehr erschossen worden. Erinnerst du dich? – Es geschah in einer Straße mitten in der Stadt, und es konnte aus einem Fenster unter tausend auf ihn geschossen worden sein. Niemals hat man auch nur die geringste Spur finden können. Ich wunderte mich über diese beiden Morde und beobachtete von da ab mit äußerster Aufmerksamkeit alles, was auf der täglichen Liste von Selbstmorden im ganzen Land als ungewöhnlich erscheinen mochte.

Nein, ich werde dir nicht die ganze Liste aufzählen, aber doch ein paar Namen nennen. Da war zum Beispiel Borff, ein Mann aus Sannington, der mit Gewerkschaftsgeldern dunkle Geschäfte machte. Seit Jahren schon hatte er diese Stadt ganz in seiner Hand. Es gab keine Anklage auf Unterschlagung, die ihm etwas hätte anhaben können. Als schließlich sein Nachlaß geordnet wurde, stellte sich heraus, daß er rund sechs Millionen Dollar besaß. Sein Vermögen wurde beschlagnahmt, kurz nachdem er sich darangemacht hatte, den gesamten politischen Apparat des Staates an sich zu reißen. Auf der Höhe seiner Macht und auch seiner Bestechungsaffären wurde er ermordet.

Es gab auch noch andere – Polizeichef Little; Welchorst, den großen Geschäftemacher; Blankhurst, den Baumwollkönig; Inspektor Satcherly, den man im East River treibend fand, und so weiter und so weiter. Die Täter wurden niemals gefunden. Dann gab es noch die Morde an der besten Gesellschaft – Charley Atwater, bei seiner letzten Jagd ermordet; Mrs. Langthorne Haywards; Mrs. Hastings-Reynolds; den alten Van Auston – ja, wahrhaftig, eine lange Liste.

Dies alles überzeugte mich davon, daß irgendeine mächtige Organisation am Werk war. Daß es sich nicht nur um eine Angelegenheit der Schwarzen Hand handelte, dessen war ich sicher. Die Mörder beschränkten sich nicht auf eine bestimmte Nationalität oder auf eine bestimmte Gesellschaftsschicht. Zuallererst dachte ich an die Anarchisten. Verzeih mir, Grunja ...«, er streckte seine Hand nach der ihren aus und umschloß sie liebevoll. »Ich hatte schon viel von dir gehört und daß du enge Beziehungen zu gewalttätigen Gruppen unterhieltest. Ich hatte erfahren, daß du viel Geld ausgabst, und war mißtrauisch. Auf jeden Fall aber konntest du mich näher mit den Anarchisten zusammenbringen ... Als ich dich kennenlernte, verdächtigte ich dich, und dann begann ich dich zu lieben. In dir fand ich den sanftesten aller Anarchisten und noch dazu einen, der nur mit halbem Herzen dabei war. Du hattest schon mit deiner Sozialarbeit hier begonnen ...«

»Und dann hast du versucht, mir auch das zu vermiesen«, rief sie lachend, hob gleichzeitig die Hand, die die ihre festhielt, und drückte sie an ihre Wange. »Aber sprich weiter. Ich finde es sehr aufregend.«

»Ich kam in sehr engen Kontakt zu den Anarchisten, und je eingehender ich mich mit ihnen befaßte, desto sicherer wurde ich, daß sie nicht dazu fähig waren. Sie waren so weltfremd. Sie träumten ihre Träume, entwickelten endlose Theorien und empörten sich gegen die Verfolgung durch die Polizei. Damit erschöpften sie sich aber auch. Sie erreichten überhaupt nichts. Als einziges gelang es ihnen nur, sich selber in Unannehmlichkeiten zu stürzen — selbstverständlich spreche ich hier von den gewalttätigen Gruppen. Was die Anhänger Tolstois und Kropotkins betrifft, so waren sie nichts weiter als sanfte, gelehrte Philosophen. Sie konnten keiner Fliege etwas antun, aber ihre gewalttätigen Vettern konnten es auch nicht.

Wie du siehst, hat es Morde jeder Art gegeben. Wären es nur politische oder soziale gewesen, so hätte man sie einer Geheimgesellschaft zuschreiben können. Aber es wurden auch große Leute aus der Wirtschaft und der besten Gesellschaft umgebracht. Daraus schloß ich, daß in gewisser Weise die ganze Welt Zugang zu dieser Organisation haben mußte. Aber wie? Dann ging ich von der Hypothese aus, es gäbe einen Mann, den ich ermordet sehen wollte. Und schon kam ich nicht weiter. Ich besaß nicht die Adresse der Firma, die diese Aufgabe für mich übernehmen würde. Hier lag der Fehler in meinen Überlegungen, die Hypothese selber war falsch, denn ich wollte ja eigentlich niemanden umbringen.
Aber später, als Coburn im Federal Club einigen von uns von einem Abenteuer berichtete, das er an jenem Nachmittag erlebt hatte, wurde mir einiges klarer. Für ihn war es nur ein seltsamer Zwischenfall, aber für mich war es ein Lichtschimmer. Coburn überquerte zu Fuß die Fifth Avenue unten im Geschäftsviertel, als ein Mann, der wie ein Mechaniker angezogen war, neben ihm von seinem Motorrad stieg und ihn ansprach. Mit ein paar Worten erklärte ihm der Mann, falls ihm etwas daran läge, daß jemand ins Jenseits befördert würde, so könne dies gefahrlos und schnell erledigt werden. Als Coburn schon auf den Kerl losgehen wollte, sprang dieser auf sein Motorrad und entschwand.
Der Kern der Sache ist folgender: Coburn befand sich in tiefer Not. Erst kürzlich hatte ihn Mattison, sein Partner, um eine gewaltige Summe geprellt. Darüber

hinaus war Mattison mit Coburns Frau nach Europa durchgebrannt. Siehst du seine Situation? Erstens war Coburn von dem Verlangen erfüllt, sich an Mattison zu rächen, zumindest konnte man es annehmen, oder er hätte ein solches Verlangen verspüren können, und zweitens war die Sache, dank der Zeitungen, in aller Munde.«

»Ich verstehe!« rief Grunja mit funkelnden Augen.

»Und dort lag der Fehler in deiner Hypothese. Da du deinen hypothetischen Wunsch, jemanden zu ermorden, in der Öffentlichkeit nicht bekanntgeben konntest, konnte sich selbstverständlich die Organisation auch nicht an dich wenden und dir Angebote machen.«

»Richtig. Ich war kein geeigneter Kunde. Oder doch, in gewisser Weise war ich es. Jetzt sah ich, wie die Welt Zugang zu der Organisation und ihren Diensten fand. Von da ab befaßte ich mich ausführlich mit den geheimnisvollen Morden an prominenten Leuten, wobei ich mir diese Zusammenhänge stets vergegenwärtigte. Ich konnte feststellen, daß den Morden, soweit es sich bei den Opfern um Angehörige der höheren Gesellschaftskreise handelte, so gut wie immer das sensationelle Ausschlachten eines Skandals in aller Öffentlichkeit vorangegangen war.

Was nun die Morde an großen Männern der Wirtschaft betrifft – nun, die zwielichtigen, unsauberen Transaktionen eines erheblichen Teils der großen Wirtschaftsführer sickern ja immer durch, selbst wenn es nicht in den Zeitungen steht. Als Hawthorn unter geheimnisvollen Umständen tot auf seiner Jacht aufgefunden wurde, waren schon seit Wochen seine heimlichen Maßnahmen im Kampf gegen bestimmte Interessengruppen das Tagesgespräch in den Klubs. Du wirst dich an diese Dinge wahrscheinlich nicht mehr erinnern, aber zu ihrer Zeit wurden der Atwater-Jones- und der Langthorne-Haywards-Skandal in den Zeitungen sensationell aufgebauscht.

So war ich immer mehr davon überzeugt, daß sich diese Mordorganisation unmittelbar an Leute wenden mußte, die hohe Stellungen in Politik, Wirtschaft und Gesellschaft innehaben. Und ich war auch überzeugt, daß diese Angebote nicht immer abgewiesen wurden — wie im Fall Coburn. Ich sah mich um und fragte mich, wer von den Männern, mit denen ich in den Klubs oder bei Aufsichtsratssitzungen zusammentraf, dieser Firma von Menschenmördern einen Auftrag gegeben haben mochte.

Daß ich mit solchen Leuten verkehrte, bezweifelte ich nicht im geringsten, aber welche waren es?

Und stell dir vor, ich hätte sie gefragt, mir die Adresse der Firma zu nennen, die sie damit beauftragt hatten, ihre Feinde aus der Welt zu schaffen.

Aber jetzt erst bin ich auf eine direkte Spur gestoßen. Ich habe alle meine Freunde, die im öffentlichen Leben etwas darstellten, genau beobachtet. Sobald einer von ihnen von einem großen Unglück betroffen wurde, heftete ich mich an seine Fersen. Eine Zeitlang blieben meine Bemühungen ohne Erfolg, obwohl es einen gegeben hat, der sich der Dienste dieser Organisation bedient haben muß, denn innerhalb von sechs Monaten

war der Mann, der die Ursache all seiner Nöte war, tot. Selbstmord, erklärte die Polizei.
Und dann kam für mich die große Gelegenheit. Du weißt doch, was für einen Wirbel vor ein paar Jahren die Eheschließung zwischen Gladys Van Martin und Baron Partos de Moigne gemacht hat. Es war eine jener unglückseligen internationalen Heiraten. Er war ein grausamer Kerl. Er hat sie ausgeplündert und sich dann von ihr scheiden lassen. Die Einzelheiten seines Verhaltens sind jetzt erst bekanntgeworden, und sie sind entsetzlich. Er hat sie so geschlagen, daß die Ärzte eine Zeitlang um ihr Leben und später um ihren Verstand fürchteten. Und nach französischem Recht hat er die Kinder zugesprochen bekommen – zwei Jungen.
Ihr Bruder, Percy Van Martin, und ich waren im College zusammen. Ich versuchte sofort, wieder engeren Kontakt mit ihm aufzunehmen. Während der letzten paar Wochen haben wir uns häufig gesehen. Es ist erst ein paar Tage her, daß das, worauf ich wartete, eintrat. Er hat mir davon erzählt. Die Organisation war an ihn herangetreten. Im Gegensatz zu Coburn verjagte er den Mann nicht, sondern ließ ihn ausreden. Wenn Van Martin Wert darauf legte, in der Angelegenheit etwas zu unternehmen, sollte er nur im *Herald* in der Spalte PERSÖNLICHES ein einziges Wort, nämlich MESOPOTAMIEN, einsetzen. Ich hatte ihn bald dazu überredet, mir die Sache zu überlassen. So setzte ich, wie angegeben, MESOPOTAMIEN ein und habe, angeblich als Van Martins Beauftragter, einen Mann der Organisation aufgesucht und mit ihm gesprochen; er hatte allerdings nur eine

untergeordnete Stellung inne. Diese Leute sind sehr argwöhnisch und sehr vorsichtig. Heute abend aber soll ich mit dem Chef zusammentreffen. Es ist alles abgesprochen. Und dann...«

»Ja, ja!« rief Grunja erregt, »und dann?«

»Das weiß ich nicht. Ich habe noch keine Pläne.«

»Aber die Gefahr!«

Hall lächelte beruhigend.

»Ich glaube nicht, daß dies ein Risiko ist. Ich komme doch nur, um ein Geschäft mit der Firma abzuschließen, nämlich die Ermordung von Percy Van Martins Exschwager. Im allgemeinen gehört es nicht zu den Gepflogenheiten einer Firma, ihre Kunden umzubringen.«

»Aber wenn sie feststellen, daß du gar kein Kunde bist?« entgegnete sie.

»Zu dem Zeitpunkt werde ich nicht mehr dasein. Und wenn sie es entdecken, wird es für sie zu spät sein, mir am Zeug zu flicken.«

»Sei vorsichtig, sei nur vorsichtig«, mahnte ihn Grunja, als sie eine halbe Stunde später an der Tür voneinander Abschied nahmen. »Und du kommst also zum Wochenende?«

»Bestimmt.«

»Ich werde dich selber am Bahnhof abholen.«

»Und ich werde dann wohl deinen gestrengen Onkel ein paar Minuten später kennenlernen.« Er tat so, als liefe ihm ein Frösteln über den Rücken. »Ich hoffe, er ist kein wirklicher Menschenfresser.«

»Du wirst ihn gernhaben«, erklärte sie stolz. »Er ist netter und besser als ein Dutzend Väter. Niemals schlägt er mir was ab. Nicht einmal...«
»Mich?« unterbrach sie Hall.
Grunja versuchte, ihm mit der gleichen Kühnheit zu begegnen, errötete jedoch und senkte die Augen. Schon hatte er sie in die Arme genommen.

4

»Sie sind also Iwan Dragomiloff?«
Winter Hall hielt einen Augenblick inne, um sich neugierig umzusehen, sein Blick glitt über die mit Büchern gesäumten Wände und wieder zurück zu dem farblosen, blonden Mann mit dem schwarzen Käppchen, der sich zu seiner Begrüßung erhoben hatte.
»Ich muß schon sagen, bei Ihnen vorgelassen werden ist ziemlich schwierig. Es läßt einen vermuten, daß die... die Arbeit Ihres Büros diskret und sachkundig durchgeführt wird.«
Dragomiloff lächelte, aber es war nur der Schatten eines selbstzufriedenen Lächelns. »Setzen Sie sich«, sagte er und deutete auf einen Stuhl ihm gegenüber, so daß der Besucher direkt ins Licht blicken mußte.
Wieder sah sich Hall im Zimmer um und richtete erneut seinen Blick auf den Mann vor ihm.
»Ich bin überrascht«, erklärte Hall.
»Hatten Sie finster blickende Gesellen und die Aufführung eines unheimlichen Schauerdramas erwartet?« fragte Dragomiloff liebenswürdig.
»Nein, das allerdings nicht. Es war mir klar, daß es einer sehr hohen Intelligenz bedarf, um die Transaktionen Ihres... Ihres Unternehmens durchzuführen.«
»Sie sind alle von Erfolg gekrönt gewesen.«

»Wie lange sind Sie auf Ihrem Gebiet schon tätig – wenn ich das fragen darf?«

»Genau sind es elf Jahre – obwohl es natürlich zuvor Vorbereitungen gegeben hat und die Planungen ausgearbeitet werden mußten.«

»Und Sie haben nichts dagegen, mit mir darüber zu sprechen?« lautete Halls nächste Frage.

»Bestimmt nicht. Als mein Mandant sitzen Sie im gleichen Boot wie ich. Unsere Interessen decken sich. Und da wir nach Durchführung der Transaktion unsere Mandanten niemals erpressen, decken sich unsere Interessen auch weiterhin. Eine kleine wichtige Information kann nichts schaden, und ich muß wohl sagen, daß ich recht stolz auf diese Organisation bin. Sie wird, wie Sie schon sagten und wie ich in meiner Unbescheidenheit auch selbst sagen würde, diskret und sachkundig geführt.«

»Eins kann ich absolut nicht verstehen!« rief Hall. »Niemals wäre ich darauf gekommen, daß ausgerechnet Sie der Chef einer Mörderbande sind!«

»Und niemals wäre ich darauf gekommen, daß ausgerechnet Sie sich die Dienste einer solchen Person zu erkaufen suchen«, lautete die nüchterne Antwort. »Sie gefallen mir. Sie sind stark, aufrichtig, unerschrocken, und in Ihren Augen liegt jene undefinierbare und doch unverkennbare Müdigkeit des Gelehrten. Sie lesen und studieren sehr viel. Sie unterscheiden sich in bemerkenswerter Weise von meinen üblichen Mandanten, ebenso wie ich mich offenbar von der Person unterscheide, die Sie als Chef einer Bande von Mördern erwarten. Allerdings wäre Scharfrichter hier die bessere und genauere Bezeichnung.«

»Machen Sie sich um den Namen keine Sorge«, erwiderte Hall. »Er verringert in keiner Weise meine Überraschung, daß ausgerechnet Sie ein solches... tja... ein solches Unternehmen leiten.«

»Aber Sie ahnen ja noch kaum, wie wir unsere Geschäfte führen.« Dragomiloff verschränkte seine kräftigen, schlanken Finger, löste sie wieder und dachte über weitere Erklärungen nach. »Ich darf vielleicht darauf hinweisen, daß wir unser Unternehmen mit einem höheren Maß moralischer Verantwortung leiten, als unsere Mandanten es hierher mitbringen.«

»Moralische Verantwortung!« Hall brach in Lachen aus.

»Ja, ganz richtig; ich gebe auch zu, daß es in Verbindung mit einem Mordbüro etwas komisch klingt.«

»Ist das der Name Ihres Unternehmens?«

»Namen tun nichts zur Sache«, fuhr der Chef des Büros unbeirrt fort. »Aber Sie werden, wenn Sie uns beauftragen, bei uns strengere Maßstäbe für rechtschaffenes Handeln als in der Welt der Wirtschaft finden. Ich habe diese Notwendigkeit von Anfang an erkannt. Sie drängte sich mir geradezu auf. So wie wir unsere Sache aufgezogen haben, außerhalb des Gesetzes und damit auch seiner ganzen Schärfe ausgesetzt, ließ sich Erfolg nur dadurch herbeiführen, daß man das Rechte tat. Wir müssen uns untereinander, unseren Auftraggebern und allen sonstigen Leuten gegenüber richtig verhalten. Sie haben keine Ahnung, wie viele Aufträge wir ablehnen.«

»Ach was!« rief Hall. »Und warum?«

»Weil es nicht gerecht wäre, derartige Transaktionen durchzuführen. Bitte, lachen Sie nicht. Tatsächlich sind wir, die wir zu diesem Büro gehören, alle ziemlich fanatisch, wenn es um Fragen der Moral geht. In allem, was wir tun, sehen wir uns durch eine gerechte Sache bestätigt. Wir brauchen eine solche Bestätigung. Ohne sie könnten wir nicht lange weitermachen. Glauben Sie mir, so liegen die Dinge. Und jetzt zum Geschäftlichen. Sie sind auf dem von uns vorgeschlagenen Weg hierhergekommen. Sie können also nur einen Wunsch haben. Wer soll nach Ihrem Willen hingerichtet werden?«

»Das wissen Sie nicht?« fragte Hall verwundert.

»Wie sollte ich? Das gehört nicht zu meinem Aufgabenbereich. Ich verbringe meine Zeit nicht damit, die Geschäfte in Schwung zu halten.«

»Wenn ich Ihnen den Namen des Mannes nenne, werden Sie die Sache vielleicht als gerechtfertigt anerkennen. Sie scheinen mir Richter und Scharfrichter in einer Person zu sein.«

»Scharfrichter nicht. Ich vollstrecke niemals ein Urteil. Das gehört nicht zu meinen Aufgaben. Ich bin der Chef. Ich beurteile die Angelegenheit – das heißt, von hier aus –, während andere Mitglieder die Befehle ausführen.«

»Aber nehmen wir an, diese anderen erwiesen sich als unzuverlässig?«

Dragomiloff sah ihn sehr selbstzufrieden an.

»Tja, darin lag die Schwierigkeit. Mit ihr habe ich mich eingehend befaßt. Gerade diese Seite der Angelegenheit hat mich fast ebensosehr wie jede andere Überlegung in diesem Zusammenhang davon überzeugt, daß unser Handeln ethischen Motiven entspringen müßte. Wir haben unseren eigenen Kodex für das, was wir für recht und für unrecht halten, und unser eigenes Gesetz. Nur Männer mit höchsten moralischen Ansichten, verbunden mit der erforderlichen körperlichen Kraft und entsprechend starken Nerven, finden in unseren Reihen Aufnahme. Die Folge ist, daß die abgelegten Eide fast fanatisch befolgt werden. Aber natürlich hat es unzuverlässige Elemente gegeben – mehrere solcher Fälle.« Er hielt inne und schien in traurige Gedanken versunken. »Sie haben dafür büßen müssen. Für die übrigen war es eine ausgezeichnete Lehre.«

»Wollen Sie damit sagen...?«

»Allerdings! Sie wurden hingerichtet. Es mußte sein. Aber das ist bei uns nur selten notwendig.«

»Wie gehen Sie eigentlich vor?«

»Wenn wir einen entschlossenen, intelligenten und vernünftigen Mann ausgesucht haben – übrigens nehmen die Mitglieder selber die Auswahl vor, denn sie, die überall mit Männern jeden Schlages in Berührung kommen, haben besser Gelegenheit als ich, solchen starken Charakteren zu begegnen und sie auf ihre Eignung hin zu beurteilen. Sobald also ein solcher Mann ausgesucht worden ist, wird er auf die Probe gestellt. Sein Leben ist das Pfand, das er für seine Treue und Loyalität einsetzt. Ich weiß von diesen Männern und habe die Berichte über sie. Nur selten bekomme ich sie zu sehen, falls sie nicht in der Organisation aufsteigen, und ent-

sprechend bekommen nur sehr wenige von ihnen mich jemals zu Gesicht.
Als erstes wird der Bewerber mit einem unwichtigen, keineswegs einträglichen Mord beauftragt—sagen wir, er hätte den brutalen Bootsmann eines Schiffes, einen Wucherer, einen die anderen tyrannisierenden Vorarbeiter oder einen unbedeutenden, bestechlichen Politiker umzulegen. Wissen Sie, es ist für die Welt ja nur ein Segen, daß solche Leute verschwinden. Aber kehren wir zum Anfang zurück. Jeder Schritt des Kandidaten wird bei diesem, seinem ersten Mord so genau festgehalten, daß das anfallende Belastungsmaterial leicht ausreicht, um vor jedem Gericht in unserm Land eine Verurteilung zu erwirken. Und die Sache ist so aufgezogen, daß dieses Beweismaterial von Personen außerhalb unserer Organisation geliefert wird. Wir selber bräuchten nicht vor Gericht zu erscheinen. Aber was das betrifft, so hat es sich bisher erübrigt, die Gesetze unseres Landes zur Bestrafung eines unserer Mitglieder in Anspruch zu nehmen.
Ist das erst einmal erledigt, gehört der Mann zu uns, ist uns mit Leib und Seele verschrieben. Von da ab wird er mit unseren Methoden gründlich vertraut gemacht...«
»Gehören die moralischen Grundsätze mit zu dieser Ausbildung?« unterbrach ihn Hall.
»Selbstverständlich, und ob!« lautete die überzeugte Antwort. »Das ist ja das Wichtigste, was wir unseren Mitgliedern beibringen. Nichts kann von Dauer sein, was nicht auf Gerechtigkeit beruht.«

»Sind Sie Anarchist?« fragte der Besucher, obwohl dies ganz und gar nicht zur Sache gehörte.
Der Chef des Mordbüros schüttelte den Kopf.
»Nein. Ich bin Philosoph.«
»Das ist das gleiche.«
»Mit einem Unterschied. Die Anarchisten haben Gutes im Sinn; ich tue es. Was nützt eine Philosophie, die nicht in die Wirklichkeit umgesetzt werden kann? Denken Sie einmal an die Anarchisten drüben im alten Europa. Sie beschließen einen Mord. Sie planen und schmieden Tag und Nacht Komplotte, holen schließlich zum großen Schlag aus und werden fast ausnahmslos von der Polizei geschnappt. Für gewöhnlich kommt der Mensch, die hohe Persönlichkeit, die sie zu ermorden versuchten, unverletzt davon. Bei uns ist das ganz anders.«
»Gibt es bei Ihnen niemals Pannen?«
»Wir bemühen uns, jede Panne auszuschließen. Jedes Mitglied, das aus Schwäche oder Angst versagt, wird mit dem Tode bestraft.« Dragomiloff legte eine feierliche Pause ein, und seine blaßblauen Augen leuchteten triumphierend. »Wir haben noch keine Panne zu verzeichnen gehabt. Selbstverständlich räumen wir jedem Mann die Frist von einem Jahr ein, in der er seine Aufgabe durchzuführen hat. Auch erhält er, wenn es sich um eine große Sache handelt, einige Helfer. Und ich wiederhole: niemals eine Panne. Die Organisation ist fast so vollkommen, wie menschlicher Geist sie zu schaffen vermag. Selbst wenn ich ausfallen, plötzlich sterben sollte, würde die Organisation dennoch weiter funktionieren.«

»Ziehen Sie bei der Übernahme von Aufträgen irgendwo einen Trennungsstrich?« fragte Winter Hall.

»Nein. Wir nehmen alles an, von Kaisern und Königen bis hinab zum einfachsten Bauern, wenn – und das ist ein starkes *Wenn* – wir zu dem Schluß gelangen, daß seine Hinrichtung sozial gerechtfertigt erscheint. Sobald wir die Zahlung entgegengenommen haben, wie Sie ja wissen, wird im voraus gezahlt, und sobald wir zu der Entscheidung gelangt sind, daß es gerechtfertigt ist, einen bestimmten Mord durchzuführen, findet dieser Mord auch statt. Das gehört mit zu unseren Regeln.«

Während Winter Hall ihm zuhörte, kam ihm jäh ein gefährlicher Gedanke. Er war so außergewöhnlich, ja fast wahnwitzig, daß er von ihm sofort fasziniert war.

»Sie sind sehr moralisch, das muß ich schon sagen«, begann er, »Sie sind – wie soll ich es nennen? – ein Moralfanatiker.«

»Oder ein Ungeheuer«, meinte Dragomiloff freundlich. »Ja, ich habe durchaus eine Neigung in dieser Richtung.«

»Sie werden alles tun, wenn Sie es nur für gerechtfertigt halten?«

Dragomiloff nickte zustimmend, und dann breitete sich ein Schweigen aus, das er als erster unterbrach.

»Sie denken an jemand, den Sie liquidiert wissen wollen. Wer ist es?«

»Ich bin so neugierig«, lautete die Antwort, »und an der Sache so interessiert, daß ich nur schrittweise vorgehen möchte... verstehen Sie, ich meine die Bedingungen unseres Geschäfts. Bestimmt haben Sie doch

eine Preisliste, die selbstverständlich nach Stellung und Einfluß des... des Opfers abgestuft ist.«
Dragomiloff nickte.
»Nehmen Sie an, ich wollte einen König liquidiert wissen?« fragte Hall.
»Es gibt verschiedenartige Könige. Dementsprechend schwankt auch der Preis. Ist Ihr Mann ein König?«
»Nein. Er ist kein König. Er ist ein mächtiger Mann, aber er gehört nicht zu den regierenden Häusern.«
»Er ist kein Präsident?« fragte Dragomiloff hastig.
»Nein. Er bekleidet überhaupt kein öffentliches Amt. Er ist Privatmann. Für welche Summe würden Sie die Liquidierung eines solchen Privatmannes garantieren?«
»Bei einem solchen Mann wäre die Aufgabe weniger schwierig und gefährlich. Er käme natürlich billiger.«
»Das ist nicht so wichtig«, meinte Hall. »Ich kann in dieser Angelegenheit großzügig sein. Es handelt sich bei diesem Auftrag, den ich Ihnen gebe, um eine sehr schwierige und risikoreiche Angelegenheit. Er ist ein Mann von hoher Intelligenz, sehr gewandt und weiß sich in allen Lagen zu helfen.«
»Ein Millionär?«
»Das weiß ich nicht.«
»Ich würde als Preis vierzigtausend Dollar vorschlagen«, erklärte der Chef des Mordbüros abschließend. »Wenn ich aber erst einmal erfahre, um wen es sich handelt, werde ich diese Summe vielleicht erhöhen müssen. Ich könnte sie aber auch herabsetzen.«
Hall entnahm seiner Brieftasche eine Reihe großer Scheine, zählte sie und reichte sie dem anderen.

»Ich habe mir gleich gedacht, daß Sie Ihre Geschäfte auf der Grundlage von Bargeld abwickeln«, sagte er, »und so war ich darauf vorbereitet. Nach allem, was ich verstanden habe, verbürgen Sie sich jetzt dafür, den Mann umzubringen und...«
»Ich übernehme nicht das Umbringen«, unterbrach ihn Dragomiloff.
»Aber Sie verbürgen sich, jeden Mann, den ich Ihnen nenne, umbringen zu lassen.«
»Das stimmt, jedoch mit der Einschränkung, daß die Nachforschungen seine Hinrichtung als gerechtfertigt erscheinen lassen.«
»Einverstanden. Das ist mir völlig klar. Jeder Mann, den ich nenne, sollte er selbst mein Vater oder der Ihre sein?«
»Ja, obwohl ich weder Vater noch Sohn habe.«
»Angenommen, ich würde mich selber nennen?«
»Der Auftrag würde durchgeführt. Der Befehl würde gegeben. Die Schrullen unserer Mandanten gehen uns nichts an.«
»Aber angenommen, ich überlegte es mir morgen oder in der nächsten Woche anders?«
»Dann wäre es schon zu spät.« Dragomiloff sprach mit großer Entschiedenheit. »Sobald ein Auftrag erteilt ist, kann er nicht mehr rückgängig gemacht werden. Das ist eine unserer wesentlichsten Regeln.«
»Sehr gut. Ich bin jedoch nicht der Mann.«
»Wer ist es also?«
»Der Name, unter dem er bekannt ist, lautet Iwan Dragomiloff.«

Hall sagte es ziemlich ruhig, und seine Worte wurden mit der gleichen Gelassenheit aufgenommen.
»Ich möchte eine genauere Personenbeschreibung«, schlug Dragomiloff vor.
»Ich glaube, er ist gebürtiger Russe. Ich weiß, daß er in New York wohnt. Er ist blond, auffallend blond und hat Ihre Figur, Ihre Größe, Ihr Gewicht und Ihr Alter.«
Dragomiloffs blaßblaue Augen sahen seinen Besucher lang und unverwandt an.
Schließlich erklärte er:
»Ich bin in der Provinz Walenko geboren. Und wo ist Ihr Mann geboren?«
»In der Provinz Walenko.«
Wieder musterte Dragomiloff den anderen mit festem Blick.
»Ich sehe mich zu der Annahme gezwungen, daß Sie mich meinen.«
Hall nickte unmißverständlich.
»Dies ist, glauben Sie mir, noch nie vorgekommen«, fuhr Dragomiloff fort. »Ich bin etwas ratlos. Offen gesagt kann ich nicht verstehen, warum Sie mir nach dem Leben trachten. Ich habe Sie niemals zuvor gesehen. Wir kennen einander nicht. Ich kann mir einfach nicht das geringste Motiv vorstellen. Auf jeden Fall haben Sie vergessen, daß ich die Berechtigung zu einem solchen Vorgehen nachzuweisen habe, bevor ich eine Hinrichtung anordne.«
»Ich bin bereit, den Beweis anzutreten«, antwortete Hall.
»Aber Sie müssen mich auch überzeugen.«

»Ich bin bereit, das zu tun. Weil ich Sie als das einschätzte, als das Sie sich selber bezeichneten, nämlich als ein moralisches Ungeheuer, bin ich auf diesen Gedanken gekommen und habe Ihnen diesen Plan unterbreitet. Ich bin der festen Überzeugung, daß Sie, wenn ich Ihnen nachweise, Ihre Ermordung wäre gerechtfertigt, sie auch durchführen würden. Stimmt's?«
»Sie haben völlig recht.« Dragomiloff machte eine Pause, und dann erhellte ein Lächeln sein Gesicht. »Selbstverständlich wäre das Selbstmord, und Sie wissen doch, daß es sich hier um ein Mordbüro handelt.«
»Sie würden einem Ihrer Mitglieder den Befehl geben. So wie ich die Sache sehe, würde er unter Verpfändung seines eigenen Lebens gezwungen sein, den Befehl durchzuführen.«
Dragomiloff sah nun geradezu vergnügt aus.
»Ganz richtig. Das zeigt nur, wie vollkommen der Apparat ist, den ich aufgebaut habe. Er ist jeder Eventualität gewachsen, sogar dieser völlig unerwarteten, die Sie dargelegt haben. Sie interessieren mich. Sie haben originelle Einfälle, Sie haben Phantasie. Aber ich bitte Sie, mir die moralische Begründung für meine eigene Entfernung aus dieser Welt zu geben.«
»Du sollst nicht töten«, begann Hall.
»Entschuldigen Sie«, unterbrach ihn Dragomiloff, »aber wir brauchen eine feste Basis für diese Diskussion, die sonst, wie ich fürchte, sehr rasch ins Theoretische abgleiten könnte. Hier kommt es doch darauf an, daß Sie mir beweisen, ich hätte ein Unrecht begangen, das meinen Tod rechtfertigt. Und ich muß der Richter sein.

Welches Unrecht habe ich begangen? Welchen Menschen, der kein Übeltäter war, habe ich hinrichten lassen? In welcher Weise habe ich gegen meine eigenen Gesetze, gerecht zu handeln, verstoßen, oder wo habe ich durch einen groben Mißgriff oder unwissentlich Unrecht getan?«

»Ich verstehe, und ich werde meine Ausführungen entsprechend ändern. Zunächst möchte ich Sie fragen, ob Sie für den Tod von John Mossman verantwortlich sind?«

Dragomiloff nickte bejahend.

»Ich war mit ihm befreundet. Ich habe ihn mein ganzes Leben gekannt. Er war nicht schlecht. Er hat niemandem etwas zuleide getan.«

Hall sprach leidenschaftlich, aber die erhobene Hand und das belustigte Lächeln Dragomiloffs ließen ihn innehalten.

»Vor etwa sieben Jahren hat John Mossman das Fidelity-Gebäude errichtet. Woher hatte er das Geld? Zu jener Zeit begann er, der sein ganzes Leben lang ein kleiner, konservativer Bankier gewesen war, plötzlich sein Geschäft auf eine Reihe großer Unternehmen auszudehnen. Erinnern Sie sich des Vermögens, das er hinterließ? Wo hatte er das her?«

Hall wollte schon etwas erwidern, aber Dragomiloff gab ihm durch ein Zeichen zu verstehen, er sei noch nicht fertig.

»Nicht lange vor dem Bau des Fidelity-Hauses hat, wie Sie sich ebenfalls erinnern werden, eine gewisse Finanzgruppe der Firma Carolina Steel Schwierigkeiten bereitet, sie zum Konkurs getrieben und sich dann die Trümmer für ein Butterbrot unter den Nagel gerissen. Der Präsident von Carolina Steel beging Selbstmord ...«

»Um dem Zuchthaus zu entgehen«, warf Hall ein.

»Er ist durch gemeine Machenschaften dazu gebracht worden.«

Hall nickte und sagte: »Ich entsinne mich. Einer der Beauftragten jener Finanzgruppe hatte seine Hand im Spiel.«

»Dieser Beauftragte war kein anderer als jener John Mossman.«

Hall verharrte in ungläubigem Schweigen, während der andere fortfuhr: »Ich kann Ihnen versichern, daß ich es Ihnen beweisen kann und es Ihnen beweisen werde. Aber tun Sie mir den Gefallen, die Behauptungen, die ich aufstelle, zunächst einmal unbesehen hinzunehmen. Ich werde sie beweisen, und ganz bestimmt werden Sie sich überzeugen lassen.«

»Na gut. Sie haben Stolypin umgebracht.«

»Nein. Daran bin ich nicht schuldig. Das haben die russischen Terroristen getan.«

»Geben Sie mir Ihr Wort darauf?«

»Sie haben mein Wort.«

Hall ließ in Gedanken all die Morde vorüberziehen, die er registriert hatte, und setzte woanders an.

»James und Hardman, Präsident und Sekretär der Bergmannsgewerkschaft Südwest ...«

»Die haben wir getötet«, unterbrach ihn Dragomiloff. »Und was wäre daran falsch — frage ich Sie, von mir aus betrachtet falsch?«

»Sie sind ein Humanist. Die Sache der Arbeiterschaft, wie die des Volkes überhaupt, muß Ihnen am Herzen liegen. Der Tod dieser beiden führenden Leute war für die organisierte Arbeiterschaft ein schwerer Verlust.«

»Ganz im Gegenteil«, entgegnete Dragomiloff. »Sie wurden 1904 ermordet. Während der sechs vorangehenden Jahre hatte die Gewerkschaft nicht einen einzigen Sieg errungen, wurde aber bei drei katastrophalen Streiks entscheidend geschlagen. Innerhalb der ersten sechs Monate nach Liquidierung der beiden Führer siegte die Gewerkschaft beim großen Streik von 1905, und von damals bis heute hat sie ständig entscheidend an Boden gewonnen.«

»Was wollen Sie damit sagen?« fragte Hall.

»Ich will damit sagen, daß der Verband der Bergwerksunternehmer nicht hinter diesen Morden gestanden hat. Ich will damit sagen, daß James und Hardman insgeheim im Sold des Verbandes der Bergwerksunternehmer standen – und es war ein dicker, fetter Sold. Ich will damit sagen, daß eine Gruppe von Bergleuten uns über die Einzelheiten des Verrats ihrer Führer informiert und den Preis, den wir für unsere Dienste verlangten, gezahlt hat. Wir haben es damals für fünfundzwanzigtausend Dollar gemacht.«

Winter Halls Verblüffung war unverkennbar, und er überlegte ziemlich lange, bevor er wieder zu sprechen begann.

»Ich glaube Ihnen, Mr. Dragomiloff. Morgen oder übermorgen würde ich mir gern mit Ihnen zusammen das Beweismaterial ansehen. Dabei geht es aber nur noch um eine Formalität. Bis dahin muß ich nach anderen Möglichkeiten suchen, Sie zu überzeugen. Die Liste der Ermordungen ist lang.«

»Länger, als Sie denken.«

»Und ich zweifle nicht daran, daß Sie ähnliche Rechtfertigungen für alle gefunden haben. Verstehen Sie mich nicht falsch, ich glaube nicht, daß auch nur einer dieser Morde gerechtfertigt war, aber ich glaube, daß Sie sie als gerechtfertigt betrachtet haben. Sie befürchteten schon, diese Diskussion würde zu theoretisch werden, und diese Befürchtung ist durchaus begründet. Nur auf diese Weise kann ich hoffen, Sie zu stellen. Wie wäre es, wenn wir die Sache auf morgen vertagten? Würden Sie mit mir zu Mittag essen? Oder wo würden Sie sich am liebsten mit mir treffen?«

»Ich würde sagen, gleich hier nach dem Essen.« Dragomiloff zeigte auf die mit Büchern bedeckten Wände. »Wie Sie sehen, haben wir hier eine Menge von Sachverständigen, und wir können uns immer aus der Filiale der Carnegie-Bibliothek um die Ecke noch mehr holen.« Er drückte auf die Klingel, und beide erhoben sich beim Eintreten des Dieners.

»Sie dürfen mir glauben, ich werde Sie schon noch stellen«, versicherte ihm Hall zum Abschied.

Dragomiloff lächelte seltsam.

»Das glaube ich nicht«, erklärte er. »Aber sollte es Ihnen gelingen, so wäre es außergewöhnlich.«

5

Viele Tage und Nächte ging die Diskussion zwischen Hall und Dragomiloff hin und her. Zunächst blieb sie auf Fragen der Moral beschränkt, bezog dann aber immer weitere Bereiche mit ein und vertiefte sich. Da die Moral nur der Schlußstein aller Wissenschaften war, sahen sie sich gezwungen, durch alle Wissenschaften hindurch nach den ursprünglichen Fundamenten zu suchen. Dragomiloff verlangte für Halls *Du sollst nicht töten* eine strengere philosophische Rechtfertigung, als sie die Religion gegeben hatte. Um sich einander verständlich zu machen und vernünftig miteinander reden zu können, hielten sie es für notwendig, daß jeder seine grundlegenden Überzeugungen, seine Ideale und deren Ziele darlegte.

Es war das Streitgespräch zweier Gelehrter, und zwar zweier Gelehrter, die durchaus greifbare Ziele verfolgten; zumeist aber ging das Ziel, das sie anstrebten, in der Erregung ihrer Worte und im Zusammenprall verschiedener Ideen unter. Hall ließ seinem Gegner insofern Gerechtigkeit widerfahren, als er sich vergegenwärtigte, daß dieser mit seinem Vorgehen nichts weiter als die Wahrheit suchte. Daß sein Leben verpfändet war, wenn er verlor, vermochte Dragomiloffs Überlegungen nicht zu beeinflussen. Zur Debatte stand le-

diglich die Frage, ob das Mordbüro eine Institution der Gerechtigkeit sei.
Halls eine These, von der er niemals abwich und zu der er alle Argumente immer wieder zurückführte, besagte, daß in der Evolution der Gesellschaft die Zeit gekommen sei, in der sie, als Ganzes betrachtet, ihre eigene Errettung herbeiführen müßte. Die Zeit sei vorbei, so behauptete er, in der der Mann zu Pferd oder kleine Gruppen von Männern zu Pferd die Geschicke der Gesellschaft in die Hand nahmen. Dragomiloff, so erklärte er, sei ein solcher Mann, und sein Mordbüro sei das Schlachtroß, das er bestiege und mit dessen Hilfe er richtete und strafte und – innerhalb enger Grenzen traf dies sogar zu – die Gesellschaft in die Richtung, die er für sie bestimmt hatte, trieb und drängte.
Andererseits leugnete Dragomiloff keineswegs, daß er die Rolle des Mannes zu Pferd spielte, der für die Gesellschaft dachte, für die Gesellschaft entschied und die Gesellschaft antrieb; aber er leugnete, und zwar mit Nachdruck, daß die Gesellschaft als Ganzes fähig sei, über sich selber zu bestimmen, und daß, trotz einiger Schnitzer und Fehler auf der anderen Seite, der soziale Fortschritt in einer solchen Selbstbestimmung des Ganzen läge. Darin bestand die eigentliche Schwierigkeit der ganzen Frage, und um sie zu entscheiden, durchstöberten sie die Geschichte und verfolgten die soziale Evolution des Menschen von den kleinsten bekannten Spuren primitiver Zusammenschlüsse bis zu den Beispielen höchstentwickelter Zivilisationen. Tatsächlich waren die beiden Gelehrten so nüchtern in ihrem Den-

ken, standen sie allem Metaphysischen so fern, daß sie die soziale Zweckdienlichkeit als entscheidenden Faktor anerkannten und sich darüber einig wurden, dieser sei in höchstem Maße moralisch. Am Ende, da sie dies zum Maßstab ihrer Überlegungen setzten, hatte Winter Hall gesiegt. Dragomiloff gestand seine Niederlage ein, und vor Freude und Erregung streckte ihm Hall impulsiv die Hand hin. Dragomiloff ergriff sie trotz seiner Überraschung und erwiderte den Händedruck.

»Ich sehe jetzt ein«, erklärte er, »daß ich es versäumt habe, die sozialen Faktoren genügend zu berücksichtigen. Die Morde sind nicht sosehr an sich, sondern sozial betrachtet ein Fehler gewesen. Ich möchte sogar das noch einschränken. Nur auf Individuen bezogen, stellen sie überhaupt kein Unrecht dar. Aber Individuen sind nicht nur Individuen. Sie sind Teile größerer Gruppierungen von Individuen. Dort ist der Punkt, an dem ich geirrt habe. Das wird mir jetzt allmählich klar. Ich war nicht berechtigt, so zu handeln. Und jetzt...« Er unterbrach sich und blickte auf seine Uhr. »Es ist zwei Uhr. Wir sind lange aufgeblieben. Ich bin jetzt bereit, die mir auferlegte Strafe zu zahlen. Sie werden mir doch sicher genügend Zeit geben, meine Angelegenheiten zu ordnen, bevor ich meinen Leuten den Auftrag erteile?«

Hall, der in der Hitze der Debatte die Bedingungen dieser Debatte völlig aus den Augen verloren hatte, war bestürzt.

»Damit habe ich gar nicht gerechnet«, sagte er. »Aufrichtig gesagt, es war mir völlig entfallen. Vielleicht ist es nicht notwendig. Sie selber sind jetzt doch von dem Unrecht des Mordens überzeugt. Wie wäre es, wenn Sie die ganze Organisation auflösten? Das würde ausreichen.«

Aber Dragomiloff schüttelte den Kopf.

»Abgemacht ist abgemacht. Ich habe einen Auftrag von Ihnen erhalten. Recht ist Recht, und an diesem Punkt behaupte ich weiterhin, daß die Lehre von der sozialen Zweckdienlichkeit nicht anwendbar ist. Dem Individuum an sich sind einige Vorrechte geblieben, und eins von diesen besteht darin, sein Wort zu halten. Das muß ich tun. Der Auftrag wird erledigt. Ich fürchte, es wird der letzte sein, den das Büro ausführt. Es ist jetzt Samstag morgen. Können Sie mir Zeit bis morgen nacht lassen, bevor ich den Befehl erteile?«

»Quatsch!« rief Hall.

»Das ist kein Argument«, lautete die ernste, tadelnde Erwiderung. »Im übrigen ist die Zeit der Argumente vorbei. Ich lehne es ab, mir noch mehr anzuhören. Aber noch eins, in aller Aufrichtigkeit: In Anbetracht dessen, wie schwer ich zu ermorden sein werde, möchte ich eine weitere Zahlung von mindestens zehntausend Dollar vorschlagen.« Zum Zeichen, daß er noch mehr zu sagen hatte, hob er eine Hand. »Sie können mir glauben, ich bin bescheiden. Ich werde es meinen Agenten so schwer machen, daß die Sache die ganzen fünfzigtausend und noch mehr kosten wird...«

»Wenn Sie nur die Organisation als solche auflösten...«

Aber Dragomiloff brachte ihn zum Schweigen.

»Die Diskussion ist beendet. Dies ist jetzt meine Angelegenheit. Die Organisation wird auf jeden Fall auseinanderbrechen, aber ich warne Sie, nach unseren bewährten Regeln könnte ich auch entkommen. Wie Sie sich erinnern werden, hatte ich Ihnen, als wir das Geschäft abschlossen, versprochen, Sie würden den gezahlten Betrag plus fünf Prozent zurückerhalten, wenn der Auftrag am Ende eines Jahres nicht durchgeführt wäre. Sollte es mir gelingen zu entkommen, werde ich Ihnen das Geld selber überreichen.«

Aber Winter Hall winkte ungeduldig ab.

»Hören Sie«, sagte er, »ich verlange nur eine einzige Erklärung. Sie und ich, wir haben uns über die Grundlage der Moral geeinigt. Da die soziale Zweckmäßigkeit die Grundlage jeder Moral ist ...«

»Entschuldigen Sie«, unterbrach ihn Dragomiloff, »es ist nur die Grundlage der Moral. Das Individuum bleibt in gewisser Hinsicht noch immer ein Individuum.«

»Keiner von uns beiden«, fuhr Hall fort, »erkennt das alte judaische Gesetz des Auge um Auge als gültig an. Wir halten auch nichts von der Bestrafung wegen eines Verbrechens. Die Morde durch Ihr Büro, wenn auch durch von den Opfern begangene Verbrechen gerechtfertigt, wurden von Ihnen nicht als Bestrafungen angesehen. Sie betrachteten Ihre Opfer als soziale Übel, deren Ausrottung zum Besten der Gesellschaft sei. Sie haben sie aus dem sozialen Organismus nach dem gleichen Grundsatz entfernt, nach dem auch Chirurgen Krebswucherungen herausoperieren. Ich bin mir seit Beginn unserer Diskussion über diesen Ihren Standpunkt klar gewesen.

Aber kehren wir zum Anfang zurück. Da wir die Straftheorie nicht anerkennen, betrachten wir beide das Verbrechen lediglich als eine antisoziale Tendenz, und als solche klassifizieren wir sie auch zweckmäßigerweise und nach unserem eigenen Ermessen. So ist das Verbrechen eine soziale Anomalität, die ihrem Wesen nach der Krankheit gleicht. Es *ist* eine Krankheit. Der Verbrecher, der Übeltäter ist ein kranker Mensch und sollte entsprechend behandelt werden, damit er von seiner Krankheit geheilt werden kann. Jetzt komme ich zu Ihnen und zu dem, was ich sagen wollte. Ihr Mordbüro war antisozial. Sie haben an Ihre Sache geglaubt. Daher waren Sie krank. Ihr Glaube an den Mord war Ihre Krankheit. Aber jetzt glauben Sie nicht mehr daran. Sie sind also geheilt. Sie haben keine antisozialen Neigungen mehr. Es besteht daher auch keine Notwendigkeit für Ihren Tod, der nichts weiter darstellen würde als die Bestrafung für eine Krankheit, von der Sie bereits geheilt sind. Lösen Sie die Organisation auf und schließen Sie dieses Geschäft. Mehr brauchen Sie nicht zu tun.«

»Sind Sie fertig – ganz fertig?« fragte Dragomiloff verbindlich.

»Ja.«

»Dann lassen Sie mich Ihnen antworten und damit unsere Argumentation abschließen. Ich habe die Idee meines Büros in der ehrlichsten Absicht entwickelt und es auch so geführt. Ich habe es außerdem aufgebaut und es zu dem vollkommenen Instrument entwickelt, das es ist. Seine Grundlagen bestanden aus gewissen richtigen

Prinzipien. In seiner ganzen Geschichte wurde nicht eins dieser Prinzipien verletzt. Eins dieser Prinzipien war jener Teil der Verträge mit unseren Mandanten, in dem wir die Durchführung jedes angenommenen Auftrages garantierten. Ich habe von Ihnen einen Auftrag angenommen und dafür bisher vierzigtausend Dollar erhalten. Dabei bestand Einigkeit darüber, ich sollte meine eigene Hinrichtung anordnen, wenn Sie mich davon überzeugten, die vom Büro durchgeführten Morde seien unrecht. Das haben Sie mir bewiesen. Nun bleibt nichts weiter zu tun, als diese Abmachung in die Tat umzusetzen.

Ich bin stolz auf diese Institution. Und so werde ich auch nicht durch einen letzten Akt ihre Grundprinzipien verletzen oder gegen die Regeln verstoßen, nach denen sie geführt wurde. Dies, so behaupte ich, ist mein Recht als Individuum, und es verstößt nicht gegen soziale Zweckmäßigkeit. Ich möchte nicht sterben. Wenn ich ein Jahr lang dem Tod entkomme, so ist der Auftrag, den ich von Ihnen annahm, wie Sie wissen, automatisch gegenstandslos. Ich werde mein Bestes tun, um dem Tod ein Schnippchen zu schlagen. Und jetzt kein weiteres Wort mehr darüber. Mein Entschluß ist gefaßt. Was nun die Auflösung des Büros betrifft, was würden Sie vorschlagen?«

»Nennen Sie mir die Namen aller Mitglieder und die sonstigen Einzelheiten, die sie betreffen. Ich werde ihnen dann mitteilen, die Organisation aufzulösen ...«

»Aber erst nach meinem Tod oder wenn das Jahr abgelaufen ist«, widersprach Dragomiloff.

»Schon gut, nach Ihrem Tod oder nach Ablauf des Jahres werde ich diesen Leuten kündigen, und diese Kündigung werde ich noch mit der Drohung verbinden, mit meinen Informationen zur Polizei zu gehen.«

»Sie werden Sie vielleicht umbringen«, warnte ihn Dragomiloff.

»Ja, das wäre möglich. Dieses Risiko muß ich eingehen.«

»Sie können es vermeiden. Zusammen mit Ihrer Kündigung teilen Sie den Leuten mit, daß alle Informationen in einem halben Dutzend verschiedener Städte hinterlegt sind und im Fall Ihrer Ermordung der Polizei übergeben werden.«

Erst gegen drei Uhr morgens waren die Einzelheiten über die Auflösung der Organisation abgesprochen. Zu diesem Zeitpunkt senkte sich ein langes Schweigen über sie, das schließlich von Dragomiloff durchbrochen wurde.

»Wissen Sie, Hall, ich mag Sie. Sie sind selber ein Moralfanatiker. Fast hätten auch Sie dieses Büro gründen können, ich kenne kein größeres Kompliment, denn ich bin fest davon überzeugt, daß das Büro eine bemerkenswerte Leistung darstellt. Auf jeden Fall mag ich Sie nicht nur, sondern ich weiß auch, daß ich Ihnen vertrauen kann. Sie würden Ihr Wort halten, wie ich meins halte. Ich habe eine Tochter. Ihre Mutter ist tot, und im Fall meines Todes würde sie ohne Freunde und Verwandte in dieser Welt dastehen. Ich würde sie gern Ihrer Obhut anvertrauen. Sind Sie bereit, diese Verantwortung auf sich zu nehmen?«

Hall nickte zum Zeichen seines Einverständnisses.
»Sie ist erwachsen, es besteht also keine Notwendigkeit für die Ausstellung einer Vormundschaftsvollmacht. Aber sie ist unverheiratet, und ich werde ihr eine Menge Geld vererben, um dessen Anlage Sie sich kümmern müßten. Ich fahre heute nachmittag aufs Land, um mit ihr zusammen zu sein. Kommen Sie mit? Es ist nicht weit, Edge Moor am Hudson.«
»So was, ich selber bin zum Wochenende zu Besuch in Edge Moor!« rief Hall.
»Um so besser. Wo denn in Edge Moor?«
»Das weiß ich nicht. Ich bin noch niemals dort gewesen.«
»Macht nichts. Der Ort ist nicht groß. Bestimmt werden Sie am Sonntag vormittag ein paar Stunden erübrigen können. Ich werde Sie im Auto abholen. Rufen Sie mich nur an, wo und wann ich Sie abholen kann. Meine Nummer ist 245 im Vorortverkehr.«
Hall schrieb die Nummer auf und erhob sich, um zu gehen.
Als sie einander die Hände gaben, gähnte Dragomiloff.
»Mir wäre es lieber, Sie überlegten sich die Sache noch einmal«, mahnte Hall.
Aber Dragomiloff gähnte erneut, schüttelte den Kopf und geleitete seinen Besucher hinaus.

6

Grunja steuerte den Wagen, in dem sie Winter Hall vom Bahnhof in Edge Moor abgeholt hatte.
»Mein Onkel ist sehr begierig, dich kennenzulernen«, versicherte sie ihm. »Er weiß noch nicht, wer du bist. Ich habe es ihm nicht gesagt und ihn damit geneckt. Vielleicht ist diese Neckerei daran schuld, daß er so neugierig ist, denn das ist er bestimmt.«
»Hast du es ihm erzählt?« fragte Hall nachdrücklich.
Grunja war plötzlich sehr mit dem Auto beschäftigt.
»Was?« fragte sie.
Statt jeder Antwort legte Hall seine Hand auf die ihre am Steuerrad. Sie streifte ihn mit einem Blick und sah kurz und fest in seine Augen. Dann verriet sie ihr Erröten, der feste Blick wurde unsicher, und mit gesenkten Lidern konzentrierte sie sich wieder auf das Fahren.
»Das mag seine Neugier erklären«, meinte Hall ruhig.
»An diese Möglichkeit habe ich nicht gedacht.«
Sie sah ihn nicht mehr an, aber er hatte die zarte Röte auf ihren Wangen bemerkt. Nach einer Weile sagte er:
»Es ist ein Jammer, einen so schönen Sonnenuntergang durch eine Lüge zu beschmutzen.«
»Bösewicht!« rief sie; aber die Art, wie sie es aussprach, machte das Schimpfwort zu einer Liebeserklärung.
Dann sah sie ihn erneut an, lachte, und er fiel in ihr

Lachen ein, und beide fanden, der Sonnenuntergang sei unverändert und die Welt sehr schön. Als sie in die Auffahrt zum Bungalow einbogen, fragte er sie, in welcher Richtung das Haus der Dragomiloffs läge.

»Niemals von ihnen gehört«, lautete ihre Antwort. »Dragomiloff? Kein Mensch dieses Namens wohnt in Edge Moor, da bin ich ganz sicher. Warum?«

»Vielleicht sind sie neu zugezogen«, meinte er.

»Vielleicht. Und da wären wir. Grosset, nehmen Sie Mr. Halls Koffer. Wo ist mein Onkel?«

»In der Bibliothek, er schreibt, Miß. Er hat darum gebeten, bis zum Abendessen nicht gestört zu werden.«

»Dann wirst du ihn beim Essen kennenlernen«, sagte sie zu Hall. »Und bis dahin ist nicht mehr viel Zeit. Zeigen Sie Mr. Hall sein Zimmer, Grosset.«

Eine Viertelstunde später betrat Winter Hall in Grunjas Abwesenheit das Wohnzimmer und sah sich dem Mann gegenüber, den er um drei Uhr morgens verlassen hatte.

»Was, zum Teufel, tun denn Sie hier?« stieß Hall hervor. Aber die Gelassenheit des anderen war unerschütterlich.

»Ich warte wahrscheinlich nur darauf, vorgestellt zu werden«, antwortete er und streckte seine Hand aus. »Ich heiße Sergius Constantine. Grunja hat uns beiden bestimmt eine Überraschung bereitet.«

»Und Sie sind auch Iwan Dragomiloff?«

»Ja. Aber nicht in diesem Haus.«

»Das verstehe ich nicht. Außerdem sprachen Sie auch von einer Tochter.«

»Grunja ist meine Tochter, obwohl sie sich für meine Nichte hält. Es ist eine lange Geschichte, die ich jedoch nach dem Essen kurz zusammenfassen werde, sobald wir Grunja losgeworden sind. Aber jetzt schon möchte ich Ihnen sagen, daß das eine prächtige Situation ist, ja eine großartige Situation. Sie, den ich dazu ausersehen habe, für meine Grunja zu sorgen, Sie sind, wenn ich mich nicht irre, bereits ihr Geliebter. Habe ich recht?«

»Ich ... ich weiß wirklich nicht, was ich sagen soll«, stammelte Hall, dieses eine Mal einer Situation nicht gewachsen und von dieser unerwarteten Entwicklung wie gelähmt.

»Habe ich recht?« wiederholte Dragomiloff.

»Sie haben recht«, antwortete er endlich. »Ich liebe sie, ich liebe Grunja. Aber weiß sie... von Ihnen?«

»Mich kennt sie nur als ihren Onkel Sergius Constantine, Chef der Importfirma gleichen Namens — aber da kommt sie schon. Wie ich schon sagte, ich verstehe vollkommen, daß Sie Turgenjew Tolstoi vorziehen. Natürlich ohne damit Tolstois Leistung zu schmälern. Tolstois Philosophie ist es, die den Gläubigen abstößt — ach, da bist du ja, Grunja.«

»Und bereits miteinander bekannt«, schmollte sie. »Ich hatte erwartet, bei einer so bedeutsamen Begegnung anwesend zu sein.« Sie wandte sich vorwurfsvoll Hall zu, während Constantine den Arm um ihre Taille legte. »Warum hast du mich nicht darauf aufmerksam gemacht, daß du dich so schnell umziehen könntest?« Sie streckte ihm ihre freie Hand hin.

»Kommt«, sagte sie, »gehen wir essen.«

Und so, Constantines Arm um Grunja geschlungen, während sie Hall leicht an der Hand führte, betraten die drei das Eßzimmer. Bei Tisch hätte sich Hall am liebsten gekniffen, um die Wirklichkeit zu widerlegen, zu der auch er gehörte. Die Lage war einfach zu grotesk, um wirklich zu sein – Grunja, die er liebte und die immer wieder den Kopf auf die Seite legte und ihren Vater anlächelte, den sie für ihren Onkel hielt und von dem sie auch in ihren kühnsten Träumen nicht annehmen würde, er sei der Gründer und Chef des gefürchteten Mordbüros; und er, Hall, dessen Liebe Grunja erwiderte und der sich an diesem Spiel gegen den Mann beteiligte, dem er nun fünfzigtausend Dollar gezahlt hatte, um seine eigene Hinrichtung anzuordnen; und Dragomiloff selber, gelassen, selbstzufrieden und in der allgemeinen Heiterkeit noch eine gewisse Zurückhaltung wahrend, bis seine gewohnte Kühle zur Freundlichkeit auftaute.

Nach dem Essen spielte und sang Grunja, bis Dragomiloff, einen späten Besucher und den Wunsch, mit Hall ein Gespräch unter Männern zu führen, vorschützend, ihr mit scherzhaften Worten väterlicher Fürsorge erklärte, es sei Bettzeit für ein Küken ihres Alters. Mit einer spöttischen Bemerkung zum Abschied sagte sie gute Nacht und ließ sie allein, ihr perlendes Lachen schallte noch durch die offene Tür herein. Dragomiloff erhob sich, schloß sie und kehrte zu seinem Platz zurück.

»Nun?« fragte Hall.

»Mein Vater war Kriegslieferant im Russisch-Türkischen Krieg«, lautete die Antwort. »Er hieß – schon gut, sein Name tut nichts zur Sache. Er hat damals ein Vermögen von sechzig Millionen Rubeln gemacht, die ich als sein einziger Sohn erbte. Auf der Universität wurde ich mit radikalen Ideen infiziert, und ich schloß mich den Jungrussen an. Wir waren ein Haufen utopischer Träumer, und selbstverständlich haben wir uns Unannehmlichkeiten eingehandelt. Ich war mehrmals im Gefängnis. Meine Frau starb an Pocken, zur gleichen Zeit, da auch ihr Bruder Sergius Constantine an dieser Krankheit zugrunde ging. Das geschah auf dem letzten Gut, das mir noch gehörte. Inzwischen war etwas von der jüngsten Verschwörung durchgesickert, und diesmal bedeutete es für mich Sibirien. Meine Flucht war einfach. Mein Schwager, ein Erzkonservativer, wurde unter meinem Namen begraben, und ich wurde zu Sergius Constantine. Grunja war noch sehr klein. Ich kam ziemlich leicht aus dem Land heraus, aber der Rest meines Vermögens verfiel dem Staat. Hier in New York, wo es mehr russische Spione gibt, als Sie sich vorstellen können, behielt ich meinen falschen Namen bei. Und dabei ist es geblieben. Ich bin sogar einmal nach Rußland zurückgekehrt, natürlich als mein Schwager, und habe seinen Besitz verkauft. Ich habe diese Fiktion allzulange aufrechterhalten; Grunja hat mich immer nur als ihren Onkel gekannt, und so bin ich ihr Onkel geblieben. Das ist die ganze Geschichte.«

»Und das Mordbüro?« fragte Hall.

»Ich habe es im Glauben, es sei eine gerechte Sache, und von dem Vorwurf verletzt, wir Russen könnten nur denken, aber nicht handeln, aufgezogen. Und es hat funktioniert, es hat erfolgreich und reibungslos gearbeitet. Es ist auch ein finanzieller Erfolg gewesen. Ich bewies, daß ich ebenso handeln wie Träume träumen konnte. Grunja nennt mich jedoch noch immer einen Träumer. Aber sie weiß ja nichts. Einen Augenblick.«

Er begab sich in das angrenzende Zimmer und kehrte mit einem großen Umschlag in der Hand zurück.

»Und jetzt zu anderen Dingen. Der von mir erwartete Besucher ist der Mann, dem ich den Hinrichtungsauftrag geben werde. Eigentlich hatte ich vor, es morgen zu tun, aber Ihr vorzeitiges Erscheinen heute abend beschleunigt die Angelegenheit. Hier sind meine Anweisungen an Sie.« Er überreichte Hall den Umschlag. »Grunja muß natürlich alle Papiere, Urkunden und dergleichen unterschreiben, aber Sie müssen sie beraten. Mein Testament liegt in meinem Safe. Sie werden, bis ich sterbe oder zurückkehre, mein Vermögen verwalten müssen. Wenn ich um Geld telegrafiere oder ähnliches, werden Sie meinen Anweisungen entsprechend handeln. In diesem Umschlag liegt der Chiffrierschlüssel zu der Geheimschrift, die ich benutzen werde; die gleiche, die auch die Organisation benutzt.

Dann gibt es einen großen Hilfsfonds, den ich für das Büro verwaltet habe. Er gehört den Mitgliedern. Ich ernenne Sie zu seinem Treuhänder. Die Mitglieder machen im Bedarfsfall von ihm Gebrauch.« Dragomiloff schüttelte mit gespielter Trauer den Kopf und lächelte. »Ich fürchte, daß ich mich für sie, bevor sie mich kriegen, als sehr kostspielig erweisen werde.«

»Du lieber Gott, Mensch!« rief Hall. »Sie spielen ihnen ja die Mittel für diesen Krieg in die Hände. Sie sollten ihnen den Zugang zu diesem Fonds sperren, das wäre das Richtige.«

»Das wäre nicht anständig, Hall. Und ich bin nun einmal so gebaut, daß ich fair spielen muß. Ich tue Ihnen die Ehre an zu glauben, daß Sie in dieser Sache ebenso ehrlich spielen und allen meinen Anweisungen gehorchen werden. Habe ich damit recht?«

»Aber Sie verlangen doch von mir, die Leute zu unterstützen, die Sie umbringen werden, den Vater des Mädchens, das ich liebe. Das ist unvorstellbar. Ungeheuerlich! Setzen Sie doch der ganzen Geschichte ein Ende. Lösen Sie die Organisation auf, und machen Sie einen Strich drunter.«

Aber Dragomiloff war unerbittlich.

»Mein Entschluß ist gefaßt, das wissen Sie. Ich muß tun, was ich für richtig halte. Werden Sie meine Anweisungen befolgen?«

»Sie sind ein Ungeheuer! Ein eigensinniges, hartnäckiges Ungeheuer mit einem absurden, wahnwitzigen Gerechtigkeitsfimmel. Sie sind ein heruntergekommenes Gelehrtengehirn, Sie sind nichts weiter als verrückt gewordene Moral, Sie sind... sind...«

Aber Winter Hall fielen weiter keine passenden Ausdrücke ein, er stammelte und gab es auf. Dragomiloff lächelte geduldig.

»Sie werden meine Anweisungen befolgen. Kann ich damit rechnen?«

»Ja, ja, ja. Ich werde sie befolgen«, rief Hall zornig.

»Es ist mir klar, daß Sie Ihren Willen haben werden. Es gibt keine Möglichkeit, Sie aufzuhalten. Aber warum heute nacht? Ist nicht morgen noch Zeit genug, mit diesem Abenteuer eines Irren zu beginnen?«
»Nein, ich möchte unbedingt anfangen. Sie haben auch das treffende Wort gefunden. Abenteuer. Das ist es. Seit meiner Kindheit, seitdem ich in Rußland ein junger Anhänger Bakunins war und meine kindlichen Träume von allumfassender menschlicher Freiheit träumte, habe ich kein Abenteuer mehr erlebt. Was habe ich denn seitdem getan? Ich bin eine Denkmaschine gewesen. Ich habe erfolgreiche Unternehmen aufgebaut. Ich habe ein Vermögen gemacht. Ich habe das Mordbüro erfunden und geleitet. Und das wäre alles. Gelebt habe ich nicht. Abenteuer waren mir nicht vergönnt. Ich war nichts weiter als eine Spinne, ein riesiges Gehirn, das in der Mitte eines Netzes hockte, dort dachte und plante. Jetzt zerreiße ich das Netz und betrete den Weg des Abenteuers. Wahrhaftig, ich habe noch nie in meinem Leben einen Mann getötet. Noch habe ich es erlebt, wie jemand umgebracht wurde. Niemals habe ich ein Eisenbahnunglück miterlebt. Ich weiß nichts von Gewalttätigkeit; ich, der ich über ein solches Ausmaß an Gewalttätigkeit verfüge, diese Kräfte besitze, habe Kräfte immer nur in freundschaftlichem Spiel, beim Boxen, beim Ringen und bei anderen Sportarten gebraucht. Nun werde ich leben, mit Körper und Geist, und eine neue Rolle spielen. Kraft!« Er streckte seine magere weiße Hand aus und sah sie zornig an.
»Grunja wird Ihnen erzählen, daß ich zwischen diesen

Fingern einen Silberdollar verbiegen kann. Waren sie nur dazu erschaffen – einen Dollar zu verbiegen? Bitte, geben Sie mir einen Augenblick Ihren Arm.«
Nur mit Fingerspitzen und Daumen packte er Halls Unterarm etwa in der Mitte zwischen Handgelenk und Ellbogen. Dann drückte er zu, und Hall war von dem jähen Schmerz überrascht. Er hatte das Gefühl, als ob sich die Finger und der Daumen durch Fleisch und Knochen hindurch begegnen würden. Aber schon wurde sein Arm losgelassen, und Dragomiloff lächelte ihn verbittert an.
»Keine Verletzung«, erklärte er, »aber die Stelle wird etwa eine Woche lang grün und blau sein. Verstehen Sie jetzt, warum ich aus meinem Netz heraus will? Eine ganze Reihe von Jahren habe ich nur vegetiert. Ich habe diese Finger benutzt, um meine Unterschrift zu geben und Buchseiten umzublättern. Von meinem Netz aus habe ich Männer auf den Weg des Abenteuers geschickt. Nun werde ich gegen diese Männer spielen, und auch ich werde mich bewähren. Es wird ein königliches Spiel werden. Es war mein überlegener Geist, der diesen vollkommenen Apparat aufgebaut hat. Ich habe ihn erschaffen. Immer ist es ihm gelungen, den als Opfer ausgesuchten Mann zu vernichten. Jetzt bin ich der ausgesuchte. Die Frage ist nur die: *Ist der Apparat mächtiger als ich, sein Schöpfer?* Wird er seinen Schöpfer vernichten, oder wird sein Schöpfer ihn übertrumpfen?«
Er hielt jäh inne, blickte auf seine Uhr und drückte auf eine Klingel.
»Lassen Sie den Wagen vorfahren«, erklärte er dem

Diener, der eingetreten war, »und stellen Sie den Koffer hinein, den Sie in meinem Schlafzimmer finden werden.«

Nachdem der Diener das Zimmer verlassen hatte, wandte er sich wieder Hall zu.

»Und jetzt beginnt meine Flucht. Haas müßte jeden Augenblick hier sein.«

»Wer ist Haas?«

»Der weitaus tüchtigste Mann unter all unseren Mitgliedern. Er hat stets unsere schwierigsten und gefährlichsten Aufträge erhalten. Er ist ein Moralfanatiker, ein Danit. Kein Racheengel ist jemals so schrecklich gewesen wie er. Er ist eine Flamme. Er ist kein Mensch, sondern eine Flamme. Sie werden selber urteilen können. Da ist er schon.«

Einen Augenblick später wurde der Mann hereingeführt. Hall war vom Anblick dieses Gesichts zuerst entsetzt – ein zerstörtes, verwüstetes Gesicht mit eingesunkenen hohlen Wangen, in dem ein Paar Augen brannten, wie man sie nur in Angstträumen erleben konnte. Ihr Funkeln war so stark, daß das ganze Gesicht von einem Feuer erfaßt zu sein schien.

Hall wurde vorgestellt und war von dem festen, fast grausam festen Griff dieser Hand überrascht. Er verfolgte die Bewegungen des Mannes, als dieser einen Stuhl heranzog und sich setzte. Er schien sich wie eine Katze zu bewegen, und Hall war überzeugt, er sei muskulös wie ein Tiger, obwohl das welke, zerstörte Gesicht das Gegenteil vermuten ließ und den Eindruck erweckte, der übrige Körper sei nur eine eingeschrumpfte, schmächtige Hülle. Schmächtig wirkte auch der Körper, aber Hall bemerkte die kräftigen Arm- und Schultermuskeln.

»Ich habe einen Auftrag für Sie, Mr. Haas«, begann Dragomiloff. »Wahrscheinlich erweist er sich als der gefährlichste und schwierigste, den Sie jemals übernommen haben.«

Hall hätte schwören können, daß die Augen des Mannes bei dieser Mitteilung noch stärker funkelten.

»Dieser Fall ist von mir sanktioniert«, fuhr Dragomiloff fort. »Er ist gerecht, völlig gerecht. Der Mann muß sterben. Das Büro hat fünfzigtausend Dollar für seinen Tod erhalten. Unseren Gepflogenheiten entsprechend, bekommen Sie ein Drittel dieser Summe. Aber der Fall wird sich, wie ich fürchte, als so schwierig erweisen, daß ich beschlossen habe, Ihren Anteil auf die Hälfte der Summe festzusetzen. Und hier sind fünftausend für Spesen...«

»Dieser Betrag ist ungewöhnlich hoch«, unterbrach ihn Haas und leckte sich die Lippen, als wären sie durch die Flamme in ihm versengt.

»Der Mann, den Sie töten sollen, ist gleichfalls ungewöhnlich«, erwiderte Dragomiloff. »Sie werden sich sofort an Schwartz und Harrison wenden müssen, damit sie Ihnen helfen. Sollten Sie drei nach einiger Zeit keinen Erfolg gehabt haben...«

Haas schnaufte ungläubig, und das Fieber, das ihn zu verzehren schien, loderte verstärkt in seinem mageren, fanatischen Gesicht auf.

»Wenn es Ihnen also nach einiger Zeit nicht gelungen

sein sollte, rufen Sie die ganze Organisation zu Ihrer Unterstützung auf.«

»Wer ist der Mann?« fragte Haas und stieß die Worte fast knurrend hervor.

»Einen Augenblick.« Dragomiloff wandte sich an Hall. »Was werden Sie Grunja sagen?«

Hall überlegte einen Augenblick.

»Eine Halbwahrheit wird genügen. Ich habe ihr, bevor ich Sie kennenlernte, die Organisation in groben Zügen geschildert. Ich kann ihr sagen, daß Sie bedroht sind. Das wird genügen. Und wie auch das Ende sein mag, den Rest braucht sie niemals zu erfahren.«

Dragomiloff nickte zustimmend.

»Mr. Hall wird der Organisation als mein Stellvertreter dienen«, erklärte er Haas. »Er hat die Chiffre. Alle Gesuche um Geld und sonstiges werden an ihn gerichtet. Unterrichten Sie ihn von Zeit zu Zeit von Ihren Fortschritten.«

»Wer ist der Mann?« stieß Haas heiser hervor.

»Einen Augenblick, Mr. Haas. Ich möchte Ihnen eins ganz deutlich machen. Sie erinnern sich Ihres Eides. Ganz gleich, wer der Mann sein mag, Sie wissen, daß Sie Ihre Aufgabe durchzuführen haben. Sie wissen auch, daß Sie in jeder Hinsicht alles tun müssen, um Ihr Leben nicht aufs Spiel zu setzen. Sie wissen auch, was Mißerfolg bedeutet, daß nämlich alle Ihre Kollegen geschworen haben, Sie zu töten, wenn Sie scheitern.«

»Das alles weiß ich«, unterbrach ihn Haas. »Es ist nicht nötig, es zu erwähnen.«

»Ich wünsche, daß Sie in dieser Hinsicht nicht den geringsten Zweifel haben. Ganz gleich, wer die Person ist...«

»Vater, Bruder, Frau — jawohl, der Teufel persönlich oder Gott — das ist mir klar. Wer also ist der Mann? Wo finde ich ihn? Sie kennen mich. Wenn ich etwas zu tun bekomme, will ich es auch sofort tun.«

Dragomiloff wandte sich Hall mit einem befriedigten Lächeln zu.

»Wie ich Ihnen schon sagte, habe ich dafür unseren besten Mann ausgesucht.«

»Wir vergeuden unsere Zeit«, murmelte Haas ungeduldig.

»Na schön«, antwortete Dragomiloff. »Sind Sie bereit?«

»Ja.«

»Jetzt?«

»Jetzt.«

»Ich, Iwan Dragomiloff, ich bin der Mann.«

Haas war, so unerwartet kam es ihm, wie vor den Kopf geschlagen.

»Sie?« flüsterte er, als wäre die Fähigkeit, lauter zu sprechen, aus seiner Kehle herausgebrannt worden.

»Ich«, antwortete Dragomiloff nur.

»Dann gibt es keinen besseren Zeitpunkt als diesen«, rief Haas heftig, und gleichzeitig glitt seine rechte Hand zu seiner Seitentasche.

Aber der Sprung, mit dem sich Dragomiloff auf ihn stürzte, war noch schneller. Bevor Hall aus seinem Sessel aufstehen konnte, war es schon geschehen und die Gefahr vorüber. Er sah, wie beide Daumen Dragomiloffs gekrümmt und unerbittlich in die Gruben beiderseits von Haas' Halsansatz eindrangen. Das ging so schnell, daß fast im gleichen Augenblick, in dem die Daumen ihn jäh berührt hatten, Haas' Hand in Richtung auf die Waffe in seiner Tasche erstarrte. Seine beiden Hände schossen empor und umklammerten krampfartig die Hände seines Gegners. Haas' Gesicht war in einem Ausdruck unglaublichen, tiefsten Schmerzes verzerrt. Er wand und warf sich noch eine Minute herum, dann schlossen sich seine Augen, seine Hände fielen herunter, sein Körper wurde schlaff, und Dragomiloff ließ ihn auf den Boden gleiten. Die Flamme in ihm war mit seiner Betäubung erloschen.

Dragomiloff drehte ihn auf den Bauch und fesselte ihm mit einem Taschentuch die Hände auf dem Rücken. Er arbeitete schnell und redete dabei.

»Ich mache Sie darauf aufmerksam, Hall, daß es das erste jemals in der Chirurgie benutzte Betäubungsmittel ist. Es wirkt rein mechanisch. Die Daumen drücken auf die Halsschlagader, wodurch die Blutzufuhr zum Gehirn unterbrochen wird. Die Japaner haben sich schon seit Jahrhunderten dieser Methode bei Operationen bedient. Hätte ich aber etwa noch eine Minute länger gedrückt, wäre der Mann tot. So aber wird er in ein paar Sekunden das Bewußtsein zurückerlangen. Sehen Sie, er bewegt sich schon.« Er drehte Haas auf den Rücken herum; seine Lider flatterten, er öffnete die Augen und richtete sie verwundert auf Dragomiloffs Gesicht.

»Ich habe Ihnen gleich gesagt, es sei ein schwieriger

Fall, Mr. Haas«, versicherte ihm Dragomiloff. »Der erste Versuch ist Ihnen mißlungen. Ich fürchte, es wird noch des öfteren der Fall sein.«

»Sie werden mich für mein Geld tüchtig laufen lassen, kann ich mir vorstellen«, antwortete er. »Warum Sie sich allerdings umbringen lassen wollen, ist mir unverständlich.«

»Aber ich will mich ja gar nicht umbringen lassen.«

»Warum in aller Welt haben Sie mir dann den Befehl gegeben?«

»Das ist meine Angelegenheit, Mr. Haas. Und die Ihre ist es, Ihr Bestes zu tun. Wie fühlt sich Ihr Hals an?«

Der Mann am Boden bewegte seinen Kopf hin und her.

»Er tut weh«, erklärte er.

»Ein Griff, den Sie lernen sollten.«

»Ich kenne ihn jetzt«, erwiderte Haas, »und bin mir sehr genau der Stellen bewußt, an denen man mit den Daumen zudrückt. Was werden Sie jetzt mit mir anfangen?«

»Ich nehme Sie im Wagen mit und setze Sie irgendwo an der Straße ab. Es ist eine warme Nacht, Sie werden sich also nicht erkälten. Wenn ich Sie hier ließe, könnte Mr. Hall Ihnen die Fesseln abnehmen, bevor ich weg bin. Und jetzt, glaube ich, darf ich Ihnen wohl die Waffe in Ihrer Tasche abnehmen.«

Dragomiloff beugte sich nieder und holte eine automatische Pistole aus der Tasche des Mannes heraus.

»Für Großwild geladen, gespannt und schußbereit«, erklärte er, nachdem er sie gemustert hatte. »Er brauchte nichts weiter mehr zu tun, als mit dem Daumen zu entsichern und abzudrücken. Würden Sie jetzt mit mir zum Wagen kommen, Mr. Haas?« Haas schüttelte den Kopf. »Hier ist es gemütlicher als am Straßenrand.« Statt jeder Antwort kniete Dragomiloff neben ihm nieder und setzte ganz leicht seinen unangenehmen Daumengriff am Hals an.

»Ich gehe«, stieß Haas keuchend hervor.

Schnell und behende, obwohl seine Arme auf dem Rükken gefesselt waren, und wie es schien ohne jede Mühe, erhob sich Haas vom Boden, und wieder fielen Hall seine Muskelpakete auf.

»Meinetwegen«, brummte Haas. »Ich wehre mich nicht und schlucke meine Medizin. Aber Sie haben mich unvorbereitet getroffen, und ich will Ihnen eines sagen: Ein zweites Mal kommen Sie damit oder mit etwas anderem nicht durch.«

Dragomiloff wandte sich an Hall.

»Die Japaner behaupten, sieben verschiedene Todesgriffe zu kennen, aber ich kenne nur vier. Und dieser Mann bildet sich ein, er könnte bei einer körperlichen Auseinandersetzung mit mir fertig werden. Mr. Haas, lassen Sie sich eins von mir sagen: Sehen Sie meine Handkante? Lassen wir einmal die Todesgriffe und ähnliches beiseite, wenn ich allein diese Handkante wie ein Hackmesser gebrauche, kann ich Ihnen die Knochen brechen, die Gelenke auseinandersprengen und die Sehnen zerreißen. Ziemlich gut, was, für die Denkmaschine, die Sie bisher nur gekannt haben? Kommen Sie, fahren wir. Dort hinaus führt der Weg ins Abenteuer. Auf Wiedersehen, Hall.«

Die Eingangstür schloß sich hinter ihnen, und Winter Hall sah sich ratlos in dem modern eingerichteten Raum um. Mehr denn je erfüllte ihn das Gefühl, etwas Unwirkliches zu erleben. Und doch stand dort drüben ein Flügel, und hier lagen die neuesten Zeitschriften auf dem Lesetisch. Er überflog sogar die vertrauten Titel, versuchte sich so wieder in der Welt zurechtzufinden. Dann fragte er sich wieder, ob er in ein paar Minuten aufwachen würde. Schließlich betrachtete er die Titel der Bücher in einem Ständer auf einem Tisch. Offenbar Dragomiloffs Bücher. Dicht nebeneinander standen dort Bücher, die nur wenig Gemeinsames hatten, so Mahans *Probleme Asiens*, Buckners *Kraft und Materie*, Wells' *Mr. Polly*, Nietzsches *Jenseits von Gut und Böse*, Jacobs *Viele Frachten*, Veblens *Theorie der begüterten Klassen*, Hydes *Von Epikur bis Christus* und Henry James' letzter Roman – alle von diesem seltsamen Mann im Stich gelassen, der eine Seite seines Lebens umgeschlagen, den Büchern den Rücken zugewandt und sich wie ein Wahnsinniger in unvorstellbare Abenteuer gestürzt hatte.

7

»Es ist zwecklos, auf deinen Onkel zu warten«, erklärte Hall Grunja am nächsten Morgen. »Wir müssen frühstücken und dann gleich in die Stadt fahren.«
»Wir?« fragte sie offensichtlich verwundert. »Wozu?«
»Um zu heiraten. Vor seiner Abreise hat mich dein Onkel zu deinem inoffiziellen Vormund ernannt, und es scheint mir am besten, daß meine Stellung nun auch offiziell wird – das heißt, wenn du keine ernsthaften Einwände hast.«
»Das hab' ich ganz entschieden«, erwiderte sie. »Zunächst einmal kann ich es nicht leiden, in irgend etwas gewaltsam hineingetrieben zu werden, selbst wenn es sich um etwas so Erfreuliches wie eine Heirat mit dir handelt. Und dann verabscheue ich jede Geheimnistuerei. Wo ist mein Onkel? Was ist geschehen? Wohin ist er gegangen? Hat er den Frühzug in die Stadt genommen? Und warum sollte er an einem Sonntag in die Stadt fahren?«
Hall sah sie niedergeschlagen an.
»Grunja, ich werde dich nicht auffordern, tapfer zu sein, und werde dir nichts vormachen. Ich kenne dich und weiß, daß es nicht notwendig ist.« Er bemerkte die wachsende Unruhe in ihrem Gesicht und sprach hastig weiter. »Ich weiß nicht, wann dein Onkel zurückkeh-

ren wird. Ich weiß auch nicht, ob er überhaupt jemals zurückkehrt oder ob du ihn jemals wiedersiehst. Erinnerst du dich an das Mordbüro, von dem ich dir einmal erzählt habe?«

Sie nickte.

»Es hat ihn als nächstes Opfer ausersehen. Er ist geflohen und will versuchen, sich zu retten, das ist die ganze Geschichte.«

»Aber das ist empörend!« rief sie. »Mein Onkel Sergius! Leben wir nicht im zwanzigsten Jahrhundert? Heutzutage gibt es doch so etwas nicht mehr. Es ist nur ein Scherz, den ihr beide euch mit mir erlaubt.«

Bei der Vorstellung, was sie denken würde, wenn ihr die ganze Wahrheit über ihren Onkel bekannt wäre, lächelte Hall gequält.

»Mein Ehrenwort, es ist wahr«, versicherte er ihr. »Dein Onkel wurde als nächstes Opfer ausersehen. Erinnerst du dich, daß er gestern nachmittag sehr viel geschrieben hat? Er war gewarnt worden, brachte seine Angelegenheiten in Ordnung und setzte seine Anweisungen für mich auf.«

»Aber die Polizei! Warum hat er sich nicht an die Polizei gewandt und um Schutz vor dieser Bande von Halsabschneidern gebeten?«

»Dein Onkel ist ein Mann von ganz besonderem Schlag. Er will nichts von Polizei hören. Außerdem habe ich ihm versprechen müssen, die Polizei aus der Sache herauszuhalten.«

»Aber mich hat er nicht dazu verpflichtet«, unterbrach sie ihn. »Ich rufe sofort die Polizei an.«

Hall packte sie am Handgelenk, und sie wandte sich zornig zu ihm um.
»Hör mir gut zu«, bat er beschwichtigend. »Ich weiß, die ganze Sache ist Wahnsinn. Es ist der verrückteste Einfall, den es je gegeben hat. Und dennoch verhält es sich so, dennoch ist dies alles Wirklichkeit. Dein Onkel will nicht, daß die Polizei hinzugezogen wird. Das ist sein ausdrücklicher Wunsch. Mir gegenüber ist es ein Befehl. Wenn du dich gegen seinen Willen stellst, so deshalb, weil ich den Fehler begangen habe, dir davon zu erzählen. Aber ich bin überzeugt, daß ich keinen Fehler gemacht habe.«
Er gab sie frei, und sie blieb zögernd auf der Schwelle stehen.
»Das kann doch nicht sein!« rief sie. »Es ist unvorstellbar! Es... es... nein, das ist doch nur ein Scherz!«
»Auch für mich ist es unvorstellbar, und doch sehe ich mich gezwungen, es als gegeben hinzunehmen. Dein Onkel hat gestern abend noch einen Koffer gepackt und ist weggefahren. Ich sah ihn das Haus verlassen. Er hat sich von mir verabschiedet und mich beauftragt, mich um seine und deine Angelegenheiten zu kümmern. Auf dieser Liste stehen alle seine Anweisungen.«
Hall zog seine Brieftasche heraus und entnahm ihr mehrere Bogen Papier, die mit der unverkennbaren Handschrift Sergius Constantines bedeckt waren.
»Hier haben wir auch eine Mitteilung an dich. Wie ich dir schon sagte, war er in großer Eile. Bleib hier und lies sie beim Frühstück.«
Es war eine niederdrückende Mahlzeit. Grunja trank

nur eine Tasse Kaffee, und Hall stocherte lustlos an einem Ei herum. Ein an Hall adressiertes Telegramm vermochte Grunjas letzte Zweifel zu beheben. Die Tatsache, daß es chiffriert war und er den Schlüssel dazu besaß, überzeugte sie, verringerte jedoch das Geheimnis in keiner Weise.

»Werde Ihnen von Zeit zu Zeit Nachricht geben«, entzifferte Hall. *»Alles Liebe an Grunja. Sagen Sie ihr, Sie haben mein Einverständnis, sie zu heiraten. Alles übrige hängt von ihr ab.«*

»Ich hoffe, daß ich durch dieses Telegramm in der Lage bin, seine Spur aufzunehmen«, erklärte Hall. »Und jetzt wollen wir heiraten.«

»Während er wie ein gehetztes Wild von Land zu Land irrt? Niemals! Es muß etwas geschehen. Wir müssen etwas unternehmen. Ich hatte geglaubt, du würdest diese Mörderbande vernichten. Vernichte sie also und rette ihn.«

»Ich kann dir nicht alles erklären«, erwiderte er ruhig. »Aber ich kann dir so viel sagen, daß dies ein Teil meines Vernichtungsplans ist. Ich hatte es nicht in dieser Weise vorbereitet, aber die Dinge sind mir aus der Hand geglitten. Eins kann ich dir auf jeden Fall versichern: Wenn dein Onkel ein Jahr lang allen Verfolgungen entkommt, ist er in Sicherheit; dann wird er niemals wieder in Gefahr sein. Und ich glaube, daß es ihm möglich sein wird, seinen Verfolgern so lange zu entkommen. In der Zwischenzeit werde ich alles, was in meiner Macht steht, tun, um ihm zu helfen, obwohl

ich dabei durch seine eigenen Anweisungen behindert bin, zum Beispiel, wenn er verlangt, daß die Polizei unter gar keinen Umständen eingeschaltet werden soll.«
»Wenn das Jahr um ist, werde ich heiraten«, lautete Grunjas endgültige Entscheidung.
»Gut. Und was hast du nun vor? Willst du in die Stadt fahren, oder bleibst du hier?«
»Ich reise mit dem nächsten Zug.«
»Ich auch.«
»Dann fahren wir also zusammen«, erklärte Grunja, und es war das erste Mal, daß sie an diesem Morgen lächelte.
Für Hall wurde es ein arbeitsreicher Tag. In der Stadt trennte er sich von Grunja und befaßte sich eingehend mit Dragomiloffs Geschäften und Anweisungen. Der Direktor von S. Constantine & Co. war Hall gegenüber von eigensinnigem Argwohn erfüllt – trotz des handschriftlichen Briefes seines Chefs, den Hall ihm übergeben hatte. Und als Hall Grunja zur Bestätigung anrief, bezweifelte der Direktor, daß sich Constantines Nichte am anderen Ende der Leitung befände. So sah sich Grunja gezwungen, persönlich zu erscheinen und Halls Erklärungen zu bestätigen.
Danach aßen er und Grunja zusammen zu Mittag, und, wieder allein, nahm Hall dann Dragomiloffs Hauptquartier in Besitz. Obwohl er überzeugt war, daß Grunja nichts von den Zimmern ahnte, in denen der Taubstumme herrschte, hatte er sie ausgehorcht und sich überzeugt, richtig vermutet zu haben.
Der Taubstumme machte keine besonderen Schwierig-

keiten. Hall stellte fest, wenn er so mit ihm sprach, daß der Mann seine Lippen genau beobachten konnte, war eine Verständigung mit ihm nicht schwieriger als mit einem anderen Menschen. Andererseits mußte der Taubstumme alles aufschreiben, was er Hall mitzuteilen wünschte. Als er den Brief erhielt, den Hall ihm von Dragomiloff übergab, hielt er ihn an die Nase und schnüffelte lange und aufmerksam daran. Auf diese Weise von der Echtheit überzeugt, erkannte er Hall als den vorläufigen Herrn in diesen Räumen an.

An diesem Abend hatte Hall drei Besucher. Der erste, ein rundlicher, freundlicher Mensch mit Backenbart, der sich als Burdwell vorstellte, war einer der Agenten des Büros. Nachdem Hall die Liste mit den Beschreibungen der Mitglieder zu Rate gezogen hatte, konnte er ihn, allerdings nicht nach dem Namen, den er angegeben hatte, identifizieren.

»Sie heißen gar nicht Burdwell«, erklärte ihm Hall.

»Das weiß ich«, antwortete der Mann. »Aber vielleicht können Sie mir sagen, wie ich heiße.«

»Das kann ich. Sie heißen Thompson – Sylvanius Thompson.«

»Das kommt mir bekannt vor«, lautete die unbeschwerte Antwort. »Vielleicht können Sie mir aber noch etwas mehr erzählen.«

»Sie arbeiten seit fünf Jahren mit der Organisation zusammen. Sie sind in Toronto geboren und siebenundvierzig Jahre alt. Sie waren Professor der Soziologie an der Universität Barlington und sahen sich zum Rücktritt gezwungen, weil Sie mit Ihren wirtschaftspolitischen Theorien den Stifter vor den Kopf stießen. Sie haben zwölf Aufträge durchgeführt. Soll ich sie Ihnen nennen?«

Sylvanius Thompson hob abwehrend eine Hand.

»Wir sprechen niemals von diesen Vorgängen.«

»In diesem Zimmer wohl«, entgegnete Hall.

Der ehemalige Professor der Soziologie räumte sogleich ein, daß das stimme.

»Es wäre sinnlos, alle aufzuzählen«, sagte er. »Nennen Sie mir den ersten und den letzten Auftrag; dann weiß ich, daß ich mit Ihnen offen reden kann.«

Wieder befaßte sich Hall mit der Liste.

»Ihr erster war Sig Lemuels, ein Polizeirichter. Das war Ihre Aufnahmeprüfung. Ihr letzter galt Bertram Festle, von dem es hieß, er sei, als er sich an Bord seiner Jacht in Bar Point begab, ertrunken.«

»Stimmt.« Sylvanius Thompson zündete sich gemächlich eine Zigarre an. »Ich habe mich nur vergewissern wollen, das ist alles. Ich habe hier immer nur den Chef angetroffen, deshalb war es für mich recht ungewöhnlich, es mit einem Fremden zu tun zu haben. Und nun zum Geschäftlichen. Ich habe seit einiger Zeit keinen Auftrag mehr erhalten, und meine Geldmittel werden knapp.«

Hall holte eine mit der Maschine geschriebene Abschrift, die er von Dragomiloffs Anweisungen angefertigt hatte, hervor und las sorgfältig einen Abschnitt durch.

»Es liegt augenblicklich nichts vor«, erklärte er. »Aber hier sind zweitausend Dollar, mit denen Sie sich über

Wasser halten können. Sie gelten als Vorschuß für künftige Dienste. Halten Sie Verbindung mit uns, denn Sie können jederzeit gebraucht werden. Das Büro hat eine große Sache übernommen, und vielleicht ist die Mitwirkung aller Mitglieder erforderlich. Ich bin sogar bevollmächtigt, Ihnen zu sagen, daß tatsächlich die Existenz der Organisation auf dem Spiel steht. Ihre Quittung, bitte.«

Der ehemalige Professor unterzeichnete die Quittung, zog an seiner Zigarre und schien keineswegs die Absicht zu haben, nun aufzubrechen.

»Macht es Ihnen eigentlich Spaß, Menschen zu ermorden?« fragte ihn Hall rundheraus.

»Ach, es macht mir nichts aus«, antwortete Thompson, »obwohl ich nicht behaupten kann, daß es mir direkt Spaß macht. Aber man muß ja leben. Ich habe eine Frau und drei Kinder.«

»Sind Sie der Ansicht, daß Ihre Art, sich den Lebensunterhalt zu verdienen, richtig ist?« fragte Hall als nächstes.

»Bestimmt; sonst würde ich mein Geld nicht auf diese Weise verdienen. Außerdem bin ich kein Mörder. Ich bin ein Scharfrichter. Das Büro wird einen Menschen niemals ohne Grund aus dem Weg räumen – und damit meine ich, ohne berechtigten Grund. Es werden nur Leute liquidiert, die sich in übelster Weise gegen die Gesellschaft vergangen haben, wie Sie ja wissen.«

»Ich schäme mich nicht, Herr Professor, Ihnen einzugestehen, daß ich über diese Dinge sehr wenig weiß. Das trifft zu, obwohl ich vorübergehend mit der Leitung dieses Büros beauftragt bin und mein Handeln den strengsten Anweisungen unterworfen ist. Sagen Sie mir, wäre es nicht möglich, daß Ihr Glaube an den Chef auf einer Fehleinschätzung beruht?«

»Ich kann Ihnen da nicht ganz folgen.«

»Ich meine seine moralische Beurteilung. Wäre es nicht denkbar, daß er sich in seinen Urteilen irrt? Könnte er nicht Sie zum Beispiel beauftragen, einen Mann zu ermorden – Verzeihung – hinzurichten, der sich gar nicht schwer an der Gesellschaft vergangen hat oder der an den Untaten, die man ihm zur Last legt, völlig unschuldig ist?«

»Nein, junger Mann, das wäre unmöglich. Sobald mir eine Aufgabe angeboten wird, erbitte ich zuerst das Belastungsmaterial, das ich sorgfältig prüfe – und ich nehme an, daß dies auch für alle anderen Mitglieder zutrifft. Einmal habe ich sogar einen bestimmten Auftrag wegen begründeter Zweifel abgelehnt. Allerdings zeigte es sich später, daß ich im Unrecht war, aber, verstehen Sie, das Prinzip als solches wurde gewahrt. Das Büro würde schon vor Ablauf eines Jahres in sich zusammenbrechen, wäre es nicht unerschütterlich auf der Grundlage des Rechts aufgebaut. Ich könnte meiner Frau bestimmt nicht in die Augen sehen oder meine unschuldigen Kinder in die Arme schließen, wenn ich glaubte, daß es sich mit dem Büro und den Aufträgen, die ich für das Büro übernehme, anders verhielte.«

Nach dem ehemaligen Professor erschien Haas, um von seinen Fortschritten zu berichten. Er war totenblaß und sah völlig ausgehungert aus.

»Der Chef hat Kurs auf Chikago genommen«, begann er. »Er ist mit seinem Wagen bis Albany durchgefahren und hat dort den Zug vom New-York-Central-Bahnhof erwischt. Sein Pullmanbett war bis Chikago gebucht. Ich war zu spät dran, um ihm noch folgen zu können, so habe ich Schwartz hier in New York telegrafiert, der den nächsten Zug genommen hat. Außerdem habe ich ein Telegramm an den Leiter des Büros in Chikago geschickt – Sie wissen, wer es ist?«

»Ja, Starkington.«

»Im Telegramm habe ich ihm die Situation auseinandergesetzt und ihn gebeten, ein paar unserer Mitglieder auf den Chef anzusetzen. Dann bin ich nach New York zurückgekehrt, um Harrison zu holen. Wir beide reisen morgen früh mit dem ersten Zug nach Chikago, falls in der Zwischenzeit keine Nachricht von Starkington eintrifft, daß sie ihn erwischt haben.«

»Aber damit sind Sie über Ihre Anweisungen hinausgegangen«, warf Hall ein. »Ich habe gehört, wie Drag... der Chef Ihnen ausdrücklich erklärt hat, Schwartz und Harrison sollten Ihnen zur Seite stehen, und der Rest der Organisation sollte erst dann eingesetzt werden, wenn Sie drei versagt hätten – und zwar eine beträchtlich lange Zeit versagt hätten. Das ist aber noch nicht der Fall. Sie haben nicht einmal richtig angefangen.«

»Offenbar wissen Sie wenig von unserem System«, erwiderte Haas. »Es war bei uns üblich, daß wir, wenn eine Jagd in andere Städte führte, jedes der dort ansässigen Mitglieder um seine Unterstützung bitten konnten.«

Als Hall gerade entgegnen wollte, trat der Taubstumme mit einem an Dragomiloff adressierten Telegramm ein. Hall öffnete es und stellte fest, daß es von Starkington war. Er entzifferte es und las den Text Haas vor.

»Ist Haas verrückt geworden? Ich habe von Haas Mitteilung erhalten, Sie hätten ihn beauftragt, Sie hinzurichten, Sie wären nach Chikago unterwegs, und ich sollte zwei Mitglieder abstellen, um Sie zu erledigen. Haas hat noch niemals gelogen. Er muß den Verstand verloren haben. Vielleicht erweist er sich als gefährlich. Kümmern Sie sich um ihn.«

»Genau dasselbe hat Harrison gesagt, als ich vor kaum einer Stunde mit ihm von der Sache gesprochen habe«, bemerkte Haas. »Aber weder lüge ich, noch habe ich den Verstand verloren. Sie müssen das in Ordnung bringen, Mr. Hall.«
Von Haas unterstützt, entwarf Hall eine Antwort.

»Haas hat weder den Verstand verloren, noch lügt er. Was er sagt, ist richtig. Unterstützen Sie ihn wie erbeten. Winter Hall, Stellvertreter auf Zeit.«

»Ich gebe es selber auf«, sagte Haas, als er sich erhob, um zu gehen.
Einige Minuten später telefonierte Hall mit Grunja und berichtete ihr, ihr Onkel sei unterwegs nach Chikago. Diesem Gespräch folgte eine Besprechung mit Harrison, der heimlich kam, um das bestätigt zu erhalten, was Haas ihm gesagt hatte, und der dann überzeugt das Haus verließ.

Endlich allein, setzte sich Hall wieder hin, um sich alles zu überlegen. Er betrachtete die mit Büchern vollgestellten Wände und den Tisch, auf dem Bücherstapel lagen, und wieder überkam ihn das Gefühl, dies alles sei nicht wirklich. Wie war es möglich, daß es ein Mordbüro gab, dem Moralfanatiker angehörten? Und wie war es möglich, daß er, der ausgezogen war, dieses Mordbüro zu vernichten, nun tatsächlich in dessen Hauptquartier die Fäden in der Hand hielt und die Verfolgung und wahrscheinliche Ermordung des Mannes leitete, der das Büro gegründet hatte, der noch dazu der Vater der Frau war, die er liebte, und den er um seiner Tochter willen retten wollte?
Wie zum Beweis dafür, daß alles stimmte und dem Bereich der Wirklichkeit angehörte, traf ein zweites Telegramm vom Leiter der Filiale in Chikago ein.

»*Wer, zum Teufel, sind Sie?*« lautete die Frage.

»*Stellvertreter auf Zeit, vom Chef ernannt*«, antwortete Hall.

Einige Stunden später wurde Hall durch ein drittes Telegramm aus Chikago aus dem Schlaf gerissen.

»*Alles zu unübersichtlich. Lehne weitere Verhandlung mit Ihnen ab. Wo ist der Chef?*

Starkington.«

»*Chef nach Chikago unterwegs. Einlaufende Züge überwachen und ihn dazu bewegen, Anweisungen an Haas zu bestätigen. Mir ist es gleichgültig, wenn Sie für immer jede Verbindung zu mir abbrechen.*«

Das war Halls Antwort.
Am nächsten Tag begannen gegen Mittag Starkingtons Mitteilungen in dichter Folge einzutreffen.

»Mit Chef zusammengetroffen. Er bestätigt alles. Bitte um Entschuldigung. Er hat mir den Arm gebrochen und ist entkommen. Habe die vier Mitglieder in Chikago beauftragt, ihn zu fassen.«

»Schwartz soeben eingetroffen.«

»Glaube, Chef könnte nach Westen gehen. Telegrafiere an St. Louis, Denver und San Franzisko, nach ihm Ausschau zu halten. Das kann teuer kommen. Erbitte Geld für Notfälle.«

»Dempsey hat drei gebrochene Rippen und rechten Arm gelähmt. Lähmung nicht von Dauer. Chef entkommen.«

»Chef noch immer in Chikago, kann ihn aber nicht aufspüren.«

»St. Louis, Denver und San Franzisko haben geantwortet. Sie sagen, ich sei verrückt. Würden Sie bitte bestätigen?«

Dem letzten Telegramm waren aus den drei erwähnten Städten Anfragen vorangegangen, in denen übereinstimmend an Starkingtons Verstand gezweifelt wurde; Hall hatte sie wie Starkingtons erstes Telegramm beantwortet.
Während dieses Durcheinander noch in vollem Schwung war, schickte Hall, einem jähen Einfall folgend, ein

langes Telegramm an Starkington, womit er das Durcheinander nur noch vergrößerte.

»Verfolgung des Chefs einstellen. Berufen Sie eine Sitzung aller Mitglieder in Chikago ein, und befassen Sie sich mit folgender Behauptung. Hinrichtungsurteil für Chef satzungswidrig. Chef hat Urteil über sich selbst gesprochen. Warum? Er muß nicht bei Verstand sein. Es kann nicht als gerechtfertigt angesehen werden, jemanden umzubringen, der nichts Böses begangen hat. Welches Unrecht hat der Chef begangen? Wo ist Ihre Rechtfertigung?«

Daß dies eine harte Nuß war und jedes weitere Vorgehen des Büros in Chikago stoppte, bewies die Antwort.

»Haben es besprochen. Sie haben recht. Urteil des Chefs über sich selber ungültig. Chef hat kein Unrecht begangen. Werden ihn in Frieden lassen. Dempseys Arm bessert sich. Alle darin einig, daß Chef verrückt sein muß.«

Hall frohlockte. Er hatte diese irren Moralfanatiker auf den Gipfel ihres Irreseins getrieben. Dragomiloff war in Sicherheit. An diesem Abend lud er Grunja ins Theater und zum Essen ein und ermutigte sie, daß berechtigte Hoffnungen für ihren Onkel bestünden. Bei seiner Rückkehr erwartete ihn jedoch eine Reihe von Telegrammen.

»Telegramm aus Chikago erhalten, in dem Chefsache abgeblasen wird. Ihr letztes Telegramm steht dazu im Widerspruch. Was sollen wir daraus schließen?

St. Louis.«

»Chikago widerruft Befehle gegen Chef. Nach unseren Satzungen kann niemals Befehl widerrufen werden. Was wird gespielt?

Denver.«

»Wo ist der Chef? Warum setzt er sich nicht mit uns in Verbindung? Im letzten Telegramm nimmt Chikago Abstand von früherem Standpunkt. Sind alle verrückt? Oder ist es ein Scherz?

San Franzisko.«

»Chef noch immer in Chikago. Hat Carthey auf State Street getroffen. Hat versucht, Carthey zu veranlassen, ihm zu folgen. Dann Carthey gefolgt und ihm Vorhaltungen gemacht. Carthey hat geantwortet, er denkt nicht dran. Chef sehr zornig. Besteht auf Durchführung des Tötungsbefehls.

Starkington.«

»Chef Carthey später nochmals getroffen. Carthey grundlos überfallen. Carthey unverletzt.

Starkington.«

»Chef hat mich aufgesucht. Hat mir bittere Vorwürfe gemacht. Habe ihm gesagt, Ihre Botschaft hätte uns veranlaßt, es uns anders zu überlegen. Chef wütend. Ist er verrückt?

Starkington.«

»Ihre Einmischung verdirbt alles. Mit welchem Recht mischen Sie sich ein? Das muß richtiggestellt werden. Was haben Sie damit bezweckt? Antwort erbeten.

Drago.«

»Habe versucht, das Richtige zu tun. Sie können nicht gegen Ihre eigenen Satzungen verstoßen. Mitglieder nicht berechtigt, Auftrag durchzuführen«, antwortete Hall.

»Quatsch«, war Dragomiloffs letztes Wort in dieser Nacht.

8

Erst am folgenden Morgen um elf Uhr erfuhr Hall von Dragomiloffs nächstem Schachzug. Die Nachricht kam vom Chef persönlich.

»Habe folgende Botschaft an alle Filialen gerichtet. Habe sie persönlich der Filiale in Chikago mitgeteilt, die dies bestätigen wird. Ich bin der Ansicht, daß unsere Organisation zu Unrecht besteht. Ich bin der Ansicht, daß ihre gesamte Tätigkeit unrecht war. Ich bin der Ansicht, daß jedes Mitglied, bewußt oder unbewußt, Unrecht getan hat. Betrachten Sie dies als Ihre Rechtfertigung und tun Sie Ihre Pflicht.«

Schon bald liefen die Stellungnahmen der einzelnen Filialen bei Hall ein. Er mußte lächeln, als er diese Ansichten an Dragomiloff weiterleitete. Alle waren sie sich darin einig, es sei kein Grund angegeben worden, warum man den Chef liquidieren solle.

»Eine Ansicht ist keine Sünde«, erklärte New Orleans.

»Eine falsche Ansicht ist noch kein Verbrechen, wohl aber eine unaufrichtige Ansicht«, war Bostons Beitrag in diesem Meinungsaustausch.

»Die offen ausgesprochene Meinung des Chefs ist kein Unrecht an sich.« Zu diesem Schluß kam St. Louis.

»Uneinigkeit in moralischer Beziehung ist in keiner Weise eine Rechtfertigung«, verkündete Denver.

Während San Franzisko respektlos bemerkte: *»Dem Chef bleibt nichts weiter übrig, als von der Leitung zurückzutreten oder die ganze Sache zu vergessen.«*

Dragomiloff antwortete mit einer weiteren Botschaft an alle:

»Meiner Ansicht werden auch entsprechende Taten folgen. Da ich glaube, daß die Organisation zu Unrecht besteht, werde ich diese Organisation auslöschen. Ich persönlich werde Mitglieder liquidieren, und falls notwendig, werde ich mich an die Polizei wenden. Chikago wird dies allen Filialen gegenüber bestätigen. Ich werde in Kürze den Filialen noch überzeugendere Rechtfertigungen für ein Vorgehen gegen mich zur Verfügung stellen.«

Hall wartete mit gespanntem Interesse auf die Antworten und mußte sich selber seine Unfähigkeit eingestehen, schon im voraus sagen zu können, zu welchen Schlüssen diese Gesellschaft von Gerechtigkeitsfanatikern als nächstes gelangen würde. Dabei stellten sich nun Meinungsverschiedenheiten heraus. So erklärte San Franzisko:

»Rechtfertigung in Ordnung. Erwarten Anweisungen.»

Denver gab den Ratschlag:

»Empfehlen Chikagofiliale: Untersucht Geisteszustand des Chefs. Wir haben hier gute Sanatorien.«

New Orleans beschwerte sich:

»Sind alle verrückt? Wir haben nicht genügend Unterlagen. Kann denn niemand diese Sache ausbügeln?«

Boston erklärte: *»In dieser Krise müssen wir einen kühlen Kopf bewahren. Vielleicht ist der Chef krank. Dies muß zufriedenstellend geklärt sein, bevor eine Entscheidung gefällt wird.«*

Danach telegrafierte Starkington und schlug vor, Haas, Schwartz und Harrison sollten nach New York zurückkehren. Hall erklärte sich damit einverstanden, aber kaum hatte er das Telegramm aufgegeben, als ein späteres von Starkington die Lage völlig veränderte.

»Carthey ist soeben ermordet worden. Polizei sucht Täter, hat aber keine Anhaltspunkte. Unserer Ansicht nach ist der Chef dafür verantwortlich. Bitten um Weitergabe an alle Filialen.«

Hall, als zentrale Verbindungsstelle der Filialen, drohte in einem Meer von Telegrammen unterzugehen. Vierundzwanzig Stunden später konnte Chikago mit einer noch alarmierenderen Information aufwarten.

»Schwartz heute nachmittag drei Uhr erdrosselt. Diesmal kein Zweifel daran, daß es der Chef war. Polizei hat Verfolgung aufgenommen. Wir ebenfalls. Ist untergetaucht. Alle Filialen sollen nach ihm Ausschau halten. Er bedeutet Gefahr. Gehe ohne Sanktionierung durch Filialen gegen ihn vor, möchte aber darum bitten.«

Und schon strömten die Sanktionierungen bei Hall ein.

Dragomiloff hatte erreicht, was er wollte. Endlich waren die Gerechtigkeitsfanatiker wachgerüttelt und machten Jagd auf ihn.

Hall selber befand sich in einer Klemme und verwünschte seine moralische Einstellung, die ihn zwang, ein Versprechen zu halten. Er war nun überzeugt, daß Dragomiloff tatsächlich irre und aus seinem stillen Leben zwischen Büchern und Geschäften ausgebrochen sei, um seiner Mordlust freien Lauf zu lassen. Da er selber einem Irren Verschiedenes versprochen hatte, erhob sich für ihn die Frage, ob es moralisch gerechtfertigt sei, diese Versprechungen einzulösen oder nicht. Sein gesunder Menschenverstand sagte ihm, er sei dazu berechtigt – auch dazu berechtigt, die Polizei zu benachrichtigen, die Verhaftung aller Mitglieder des Mordbüros herbeizuführen und überhaupt alles zu tun, was versprach, dieser Orgie des Mordens, die bevorzustehen schien, vorzeitig ein Ende zu setzen. Aber stärker als sein gesunder Menschenverstand war seine moralische Überzeugung, und es gab Zeiten, in denen er sicher war, er sei ebenso verrückt wie irgendeiner dieser Verrückten, mit denen er es zu tun hatte.

Um seine Verwirrung noch zu steigern, suchte ihn Grunja auf; mit Hilfe der Telefonnummer, die er ihr gegeben hatte, war es ihr leicht gelungen, seine Adresse zu ermitteln.

»Ich komme, um mich zu verabschieden«, waren ihre ersten Worte. »Aber was für gemütliche Zimmer du hast! Und was für einen seltsamen Diener. Nicht ein Wort hat er mit mir gesprochen.«

»Du willst dich verabschieden?« rief Hall. »Fährst du nach Edge Moor zurück?«
Sie schüttelte den Kopf und lächelte abwehrend.
»Nein, nach Chikago. Ich werde meinen Onkel finden und ihm helfen, falls es mir möglich ist. Was hast du als letztes erfahren? Ist er noch immer in Chikago?«
»Nach allem, was ich erfahren habe ...« Hall zögerte.
»Ja, demnach hat er Chikago noch nicht verlassen. Aber du kannst ihm nicht helfen, und es wäre unklug von dir, hinzufahren.« – »Ich fahre trotzdem.«
»Du solltest meine Ratschläge befolgen, Liebling.«
»Erst wenn das Jahr um ist – außer in geschäftlichen Dingen. Ich wollte dir übrigens meine kleinen Angelegenheiten übertragen. Ich reise heute nachmittag mit dem *Twentieth Century*.«
Es war nutzlos, auf Grunja einzureden, und Hall war zu vernünftig, um sich mit ihr zu streiten. So verabschiedete er sich von ihr, wie es sich für Liebende gehört, und blieb in der Zentrale des Mordbüros, um dessen Irrsinnsangelegenheiten weiterhin zu verwalten.
Während der nächsten vierundzwanzig Stunden geschah nichts von Bedeutung. Dann folgte eine Lawine von Nachrichten, die von einem Telegramm Starkingtons ausgelöst wurde.

»Chef noch immer hier. Hat Harrison heute das Genick gebrochen. Polizei bringt den Fall nicht mit Schwartz in Verbindung. Bitte Hilferufe an alle Filialen senden.«

Hall sandte einen Hilferuf an alle und erhielt eine Stunde später folgende Mitteilung von Starkington:

»Ist ins Krankenhaus eingedrungen und hat Dempsey ermordet. Hat die Stadt endgültig verlassen. Haas Verfolgung aufgenommen. Warnung an St. Louis.«

»Rastenaff und Pillsworthy brechen sogleich auf«, teilte Boston Hall mit.

»Lucoville nach Chikago entsandt«, meldete New Orleans.

»Entsenden niemand. Erwarten Ankunft des Chefs«, teilte St. Louis mit.

Und dann Grunjas Klageruf aus Chikago:

»Hast du irgendwelche neueren Nachrichten?«

Dieses Telegramm beantwortete er nicht, erhielt jedoch kurz darauf von ihr ein zweites. *»Hilf mir bitte, wenn du etwas gehört hast.«*

Hall antwortete:

»Aus Chikago abgereist. Wahrscheinlich unterwegs nach St. Louis. Darf ich mich dir anschließen?«

Darauf erhielt er jedoch keine Antwort, und es blieb ihm nichts anderes übrig, als sich in Gedanken mit der Flucht des Chefs des Mordbüros zu befassen, von seiner Tochter und den Mördern aus vier Städten verfolgt und nun zum Schlupfwinkel der Mörder in St. Louis unterwegs, die ihn erwarteten.
Noch ein Tag verstrich und noch einer. Das Aufgebot der Verfolger traf in St. Louis ein, aber von Dragomiloff keine Spur. Haas wurde als vermißt gemeldet.

Grunja konnte die Fährte ihres Onkels nicht aufnehmen. Nur der Chef der Filiale blieb in Boston zurück, und er teilte Hall mit, daß er den anderen folgen würde, wenn von neuem etwas geschähe. In Chikago war nur noch Starkington mit seinem gebrochenen Arm.
Nach weiteren achtundvierzig Stunden schlug Dragomiloff erneut zu. Rastenaff und Pillsworthy waren früh am Morgen in St. Louis eingetroffen. Beide waren, von einer Kleinkaliberkugel durchbohrt, von Leuten des Untersuchungsrichters aus ihren Schlafwagenbetten weggetragen worden. Auch die beiden Mitglieder in St. Louis waren tot. Der Leiter dieser Filiale sandte als einziger Überlebender diese Nachricht. Haas war wieder aufgetaucht, aber für sein Verschwinden während der vier Tage wurde keinerlei Erklärung gegeben. Dragomiloff war wieder verschwunden. Grunja war untröstlich und bombardierte Hall mit Telegrammen. Der Leiter der Filiale in Boston teilte mit, er sei nun auch aufgebrochen. Die gleiche Nachricht kam von Starkington, und das trotz seiner Verletzung. San Franzisko war der Ansicht, Denver wäre das nächste Ziel des Chefs, und schickte zwei Mann zur Verstärkung hin, während Denver, gleichfalls dieser Meinung, seine zwei Leute in ständiger Bereitschaft hielt.
Dies alles bedeutete einen starken Aderlaß für den Sonderfonds des Büros, und mit großer Genugtuung schickte Hall, seinen Anweisungen entsprechend, immer neue Beträge an die verschiedenen Leute. Wurde dieses Tempo beibehalten, so würde, wie er glaubte, das Büro vor Ende des Jahres pleite sein.

Eine Zeit der Untätigkeit folgte. Da alle Mitglieder nach Westen gegangen waren und dort miteinander in Verbindung standen, gab es für Hall keine Aufgaben mehr. Er ertrug diese Zeit der Unsicherheit und des Nichtstuns ein paar Tage lang. Dann traf er einige finanzielle Vorkehrungen und gab dem Taubstummen Anweisung für die Weiterleitung von Telegrammen, schloß die Zentrale des Büros und kaufte sich eine Fahrkarte nach St. Louis.

9

In St. Louis fand Hall die Situation unverändert vor. Dragomiloff war nicht wieder aufgetaucht, und alle warteten darauf, daß etwas geschah. Hall nahm an einer Besprechung in Murgweathers Haus teil. Murgweather war der Leiter der Filiale in St. Louis und wohnte mit seiner Familie in einem behaglichen Bungalow in einem der Vororte. Als Hall eintraf, waren alle bereits versammelt, und sofort erkannte er Haas, diesen Mann, der an eine spitze, züngelnde Flamme erinnerte. Starkington erkannte er an seinem geschienten Arm, den er in einer Binde trug.

»Wer ist dieser Mann?« fragte Lucoville, ein Mitglied aus New Orleans, als Hall vorgestellt wurde.

»Stellvertreter auf Zeit unseres Büros«, begann Murgweather zu erklären.

»Das verstößt dermaßen gegen alle unsere Satzungen, daß ich mich nicht damit abfinden kann«, entgegnete Lucoville heftig. »Er ist doch nicht einer von uns. Er hat keinen Menschen umgebracht. Er hat keine Prüfung unserer Organisation bestanden. Für sein Erscheinen unter uns gibt es einmal keinen entsprechenden Präzedenzfall, und zum anderen stellt seine Anwesenheit für Männer, die einem so gefährlichen Beruf nachgehen wie wir, sogar eine Gefahr dar. Und im Zusammenhang

damit möchte ich auf zwei Dinge besonders hinweisen. Zunächst einmal ist er uns seinem Namen nach bekannt. Ich habe nichts Nachteiliges über seine Leistungen und Taten vorzubringen. Ich habe mit großem Interesse seine Bücher gelesen und, wie ich hinzufügen möchte, mit Gewinn. Seine Beiträge zur Soziologie waren eindeutig und sprechen für ihn. Andererseits jedoch ist er ein Sozialist. Man nennt ihn den ›Millionärsozialisten‹. Was bedeutet das? Das bedeutet, daß er mit uns nichts gemein hat und den Grundsätzen unseres Verhaltens fremd gegenübersteht. Es bedeutet, daß er ein blindes Werkzeug des Gesetzes ist. Das Gesetz ist sein Fetisch. Er ist in den Tiefen der Unwissenheit befangen und betet das Gesetz an. In seinen Augen sind wir, die wir über dem Gesetz stehen, Menschen, die das Gesetz mit Füßen treten. Daher bedeutet seine Anwesenheit für uns nichts Gutes. Er kann gar nicht anders, er muß uns um seines Fetischs willen vernichten. Das liegt in der Natur der Sache. Seine persönliche Veranlagung wie seine philosophische Einstellung zwingen ihm ein solches Verhalten auf.
Und dann möchte ich darauf hinweisen, daß er ausgerechnet diese Zeit schwerster Krise in unserer Organisation gewählt hat, um bei uns einzudringen. Wer hat sich für ihn verbürgt? Wer hat ihn in unsere Geheimnisse eingeweiht? Nur ein einziger Mann, und dieser Mann ist unser Chef, der es jetzt auf unsere Vernichtung abgesehen und bereits sechs unserer Mitglieder umgebracht hat. Jetzt droht er damit, uns der Polizei auszuliefern. Die Sache sieht schlimm aus – für ihn wie

für uns. Denn er ist der Feind innerhalb unserer Reihen. Ich beantrage daher, daß wir ihn erledigen...«
»Entschuldigen Sie, mein lieber Lucoville«, unterbrach ihn Murgweather. »Eine solche Diskussion ist völlig regelwidrig. Mr. Hall ist mein Gast.«
»Alle unsere Köpfe stecken in der Schlinge«, entgegnete ihm das Mitglied aus New Orleans. »Und Gast hin, Gast her, dies ist nicht die richtige Stunde für Höflichkeiten. Dieser Mann ist ein Spitzel. Er hat es darauf abgesehen, uns zu vernichten. In seiner Anwesenheit erhebe ich Anklage gegen ihn. Was hat er darauf zu erwidern?«
Hall musterte der Reihe nach die argwöhnischen Gesichter und stellte fest, daß mit Ausnahme Lucovilles keins von ihnen zornig wirkte. So gelangte er zu dem Schluß, daß es sich bei ihnen tatsächlich um verrückte Philosophen handelte.
Murgweather unternahm einen vergeblichen Versuch, seinen Einfluß geltend zu machen, aber er wurde überstimmt.
»Was haben Sie dazu zu sagen, Mr. Hall?« fragte Hanover, der Leiter der Filiale in Boston.
»Wenn ich mich setzen darf, würde ich nur zu gern dazu Stellung nehmen«, erwiderte Hall.
Alle murmelten Entschuldigungen, und man drängte ihn in einen großen Sessel, der in ihren Kreis hineingeschoben wurde.
»Meine Antwort wird, ebenso wie die Anschuldigungen, aus zwei Teilen bestehen«, begann er. »Erstens *bin* ich dazu entschlossen, Ihre Organisation zu vernichten.«

Diese Erklärung wurde mit höflichem Schweigen aufgenommen, und Hall dachte, daß sie sich als Philosophen und als Wahnsinnige zweifellos treu blieben. Ihre Gesichter verrieten keinerlei Emotionen, und mit der Aufmerksamkeit von Gelehrten warteten sie auf das, was er noch zu sagen hatte. Sogar Lucovilles Ausfälle waren nur vorübergehender Natur gewesen, und nun saß er ebenso gelassen da wie die anderen.

»Warum ich entschlossen bin, Ihre Organisation zu vernichten, ist ein zu großes Thema, als daß ich es in diesem Augenblick anschneiden könnte«, fuhr Hall fort. »Ich will hier nur so viel sagen, daß ich für das veränderte Verhalten Ihres Chefs verantwortlich bin. Als ich entdeckt hatte, was für ein Moralfanatiker er war – und das gilt auch für jeden einzelnen von Ihnen –, habe ich ihm fünfzigtausend Dollar gezahlt, damit er einen Auftrag gegen sich selber annähme. Ich habe ihm auch die Rechtfertigungsbegründung geliefert, die natürlich moralischer Natur war, und die Durchführung des Auftrags hat er in meiner Anwesenheit Mr. Haas anvertraut. Ist das richtig, Mr. Haas?«

»Ja.«

»Und in meiner Anwesenheit hat der Chef Ihnen auch mitgeteilt, ich sei nun sein Stellvertreter. Ist das richtig?«

»Ja.«

»Nun komme ich zum zweiten Punkt. Warum hat mir der Chef die Leitung des Hauptbüros übertragen? Die Antwort ist einfach und trifft genau ins Schwarze. Er wußte, daß ich mindestens fast ein solcher Moralfana-

tiker bin wie Sie. Er wußte, daß es mir unmöglich ist, mein Wort zu brechen. Dies habe ich durch meine weiteren Handlungen bewiesen. Ich habe mein Bestes getan, um das Amt eines Stellvertreters auszufüllen. Ich habe alle Telegramme, alle Anrufe und Anweisungen weitergegeben. Ich habe alle Gesuche um Geld genehmigt. Ich werde weiterhin alles tun, weil ich es zugesagt habe, obwohl ich, moralisch betrachtet, alles, was Sie vertreten, verabscheue und ablehne. Ich tue das, was ich für richtig halte. Handle ich falsch?«
Die seinen Worten folgende Pause war nur sehr kurz. Lucoville erhob sich, trat auf ihn zu und drückte ihm ernst die Hand. Die anderen folgten seinem Beispiel. Dann brachte Starkington einen Antrag ein, es sollte aus dem Sonderfonds des Büros eine ausreichende Summe für den Lebensunterhalt von Dempseys Witwe und von Harrisons Witwe und Kindern zur Verfügung gestellt werden. Das gab kaum zu einer Diskussion Anlaß, und als über die Höhe der Summen entschieden war, schrieb Hall die Schecks aus und gab sie Murgweather, damit dieser sie weiterleitete.
Die nächste Frage, die behandelt wurde, war die Krise der Organisation, und wie sie mit ihrem Chef fertig werden sollten, der sie so schmählich im Stich gelassen hatte. An dieser Auseinandersetzung beteiligte sich Hall nicht, so daß er, in seinen Sessel zurückgelehnt, diese seltsamen Irren eingehend beobachten konnte. Sie waren sieben, und mit Ausnahme von Haas und Lucoville hatten sie alle das Aussehen akademisch gebildeter Männer aus dem Mittelstand, die sich in den besten

Jahren befanden. Er brachte es einfach nicht fertig, sich klarzumachen, daß es sich bei ihnen um kaltblütige Mörder, um Totschläger handelte, die für ihre Dienste Geld nahmen. Und genauso unglaublich war, daß sie, die dort so gelassen miteinander sprachen, Überlebende eines vernichtenden Krieges waren, der gegen sie geführt wurde. Etwa die Hälfte von ihnen war bereits tot. Hanover war der einzige Überlebende in Boston, Haas in New York, Starkington in Chikago und Murgweather, ihr freundlicher Gastgeber mit dem Backenbart, in St. Louis.

»Ich habe Ihr letztes Buch sehr genossen.« Halls Gastgeber beugte sich zu ihm hinüber und flüsterte es ihm während einer Pause zu. »Ihr Argument, die Industriearbeiter auf breiter Grundlage zu organisieren und sich nicht in einzelne Berufszweige zu zersplittern, war unwiderlegbar. Aber meiner Ansicht nach war Ihre Darlegung des Gesetzes sinkender Erträge ziemlich lahm. Da hätte ich noch ein Hühnchen mit Ihnen zu rupfen.«

Und dieser Mann war ein Mörder! Alle diese Männer waren Mörder! Hall konnte sich damit nur abfinden, indem er in ihnen Leute sah, die den Verstand verloren hatten. Als er nach der Sitzung mit einem Elektrobus in die Stadt fuhr, saß er mit Haas zusammen und entdeckte während der Unterhaltung zu seiner Überraschung in ihm einen ehemaligen Professor für Griechisch und Hebräisch. Lucoville erwies sich als Fachgelehrter in orientalischer Altertumsforschung, Hanover war, wie er erfuhr, früher einmal Direktor einer der exklusivsten Akademien in Neuengland gewesen, während sich Starkington als ehemaliger Chefredakteur einer Zeitung entpuppte, der keinen schlechten Ruf genossen hatte.

»Aber warum haben Sie sich zum Beispiel einem solchen Leben zugewandt?« fragte Hall.

Sie saßen im ungedeckten Teil des Busses, der nun in das Hotelviertel gelangt war. Die Theater waren gerade zu Ende, und auf den Bürgersteigen drängten sich die Menschen.

»Weil hier Gerechtigkeit geübt wird«, antwortete Haas. »Und weil es eine bessere Verdienstmöglichkeit ist als Griechisch und Hebräisch. Wenn ich mein Leben noch einmal von vorn beginnen würde...«

Aber Hall sollte das Ende dieses Satzes niemals erfahren. Der Bus hatte an einer Kreuzung einen Augenblick angehalten, und Haas war plötzlich von etwas, was er gesehen hatte, wie elektrisiert. Mit blitzenden Augen und ohne ein Wort oder eine Geste des Abschieds sprang er aus dem Bus und war schon in der wimmelnden Menge untergetaucht.

Am nächsten Morgen verstand Hall. Die Zeitungen brachten einen sensationellen Bericht über einen geheimnisvollen Mordversuch. Haas lag mit einer durchschossenen Lunge im Unfallkrankenhaus. Die Untersuchung durch die Ärzte hatte ergeben, daß er sein Leben einer Anomalität, seinem falsch sitzenden Herzen, verdankte. Wäre sein Herz dort gewesen, wo es eigentlich hätte sein sollen, so wäre es, wie es im Bericht hieß, von der Kugel oder dem Geschoß durchbohrt worden. Aber nicht darin lag das eigentlich Rätselhafte. Niemand hatte den Schuß gehört. Haas war inmitten einer dichten Menge plötzlich zusammengebrochen. Eine Frau, die in der Menge neben ihm stand, gab an, sie habe in dem Augenblick, kurz bevor er zusammenbrach, ein schwaches und dennoch deutliches metallisches Klicken vernommen. Ein Mann, der vor ihm gestanden hatte, glaubte, dieses Klicken ebenfalls vernommen zu haben, war dessen aber nicht sicher.

»Die Polizei steht vor einem Rätsel«, schrieb die Zeitung. »Das Opfer, ein Fremder in der Stadt, vermag es sich gleichfalls nicht zu erklären. Der Mann sagt aus, er kenne keine Person oder keine Personen, die ihm möglicherweise nach dem Leben trachten könnten, noch kann er sich daran erinnern, das Klicken gehört zu haben. Er wurde sich nur eines heftigen Stoßes bewußt, als das seltsame Geschoß eindrang. Kriminalinspektor O'Connell nimmt an, bei der Waffe handle es sich um ein Luftgewehr, aber dies wird von Kriminalkommissar Randall bestritten, der behauptet, mit Luftgewehren Bescheid zu wissen, und erklärt, eine solche Waffe könnte in einer dichten Menschenmenge nicht unbeobachtet benutzt werden.«

»Bestimmt war es der Chef«, versicherte Murgweather Hall einige Minuten später. »Er befindet sich noch immer in der Stadt. Würden Sie bitte Denver, San Franzisko und New Orleans von diesem Zwischenfall unterrichten? Bei der Waffe handelt es sich um eine eigene Erfindung des Chefs. Er hat sie Harrison verschiedentlich geliehen, der sie nach Gebrauch stets zurückgegeben hat. Der Behälter mit Preßluft wird unter dem Arm oder an einer anderen geeigneten Stelle am Körper festgeschnallt. Der eigentliche Auslösemechanismus ist nicht größer als eine Spielzeugpistole und läßt sich leicht in der Hand verstecken. Wir müssen von jetzt ab sehr vorsichtig sein.«

»Ich bin ja nicht in Gefahr«, antwortete Hall. »Ich bin doch nur Stellvertreter auf Zeit und kein Mitglied.«

»Ich bin nur froh, daß Haas wieder gesund wird«, sagte Murgweather. »Er ist ein sehr wertvoller Mensch und ein Gelehrter. Ich bewundere seine Intelligenz, obwohl er zuweilen den Hang hat, allzu ernst zu werden und leider ein gewisses Vergnügen dabei empfindet, Menschen umzubringen.«

»Ist das bei Ihnen nicht der Fall?« fragte Hall schnell.

»Nein, auch bei keinem der anderen. Haas ist eine Ausnahme. Es entspricht seinem Temperament. Sie können mir glauben, Mr. Hall, obwohl ich meine Aufträge, die ich vom Büro erhielt, getreulich ausgeführt habe, und trotz meiner moralischen Überzeugung, alle diese Handlungen seien gerechtfertigt, habe ich jede dieser Hinrichtungen nur voll physischen Abscheus durchführen können. Ich weiß, daß dies töricht ist, aber ich vermag es nicht zu unterdrücken. Wahrhaftig, nach meinem ersten Unternehmen wurde mir geradezu übel. Ich habe eine Abhandlung über dieses Thema geschrieben, selbstverständlich nicht zur Veröffentlichung, aber es handelt sich da um ein sehr interessantes Gebiet wissenschaftlicher Untersuchung. Falls es Sie interessiert, würde ich mich freuen, wenn Sie einmal abends zu mir kämen, um sich anzusehen, was ich geschrieben habe.«

»Vielen Dank, ich komme bestimmt.«

»Es ist ein seltsames Problem«, fuhr Murgweather fort. »Die Unantastbarkeit menschlichen Lebens ist ein gesellschaftlicher Begriff. Der primitive Mensch hat niemals Widerwillen dagegen empfunden, einen Mitmenschen zu töten. Theoretisch sollte ich auch keinen haben. Aber es ist nun einmal der Fall. Die Frage ist: Wodurch entsteht dieser Widerwille? Hat die lange Evolution bis zur Zivilisation den Gehirnzellen des Menschengeschlechts diese Vorstellung eingeprägt? Oder ist sie auf meine Erziehung während der Kindheit und als Heranwachsender zurückzuführen, bevor ich mich zu einem freien Denker entwickelte? Oder wäre es beiden Ursachen zuzuschreiben? Das alles ist sehr sonderbar.«

»Allerdings«, antwortete Hall trocken. »Aber was werden Sie nun wegen des Chefs unternehmen?«

»Ihn töten. Das ist alles, was uns zu tun übrigbleibt. Es ist klar, wir müssen auf unserem Lebensrecht bestehen. Immerhin befinden wir uns hier in einer ganz neuen Situation. Bis jetzt waren sich die Männer, die wir liquidierten, der Gefahr nicht bewußt. So haben sie uns auch niemals verfolgt. Der Chef aber kennt unsere Absichten, und, noch schlimmer, er hat es sich in den Kopf gesetzt, uns zu vernichten. Nie zuvor ist auf uns Jagd gemacht worden. Bestimmt hat er bisher mehr Glück gehabt als wir. Aber ich muß jetzt gehen. Ich habe mich mit Hanover um Viertel verabredet.«

»Aber haben Sie denn keine Angst?«

»Wovor?«

»Daß der Chef Sie ermorden könnte?«

»Nein, es wäre ohne große Bedeutung. Ich bin hoch versichert, und nach meinen eigenen Erfahrungen habe ich eine allgemein anerkannte Vorstellung widerlegt, nämlich daß der Mensch, der viele umgebracht hat, gerade durch seine Taten eine noch größere Angst vor dem eigenen Tod hat. Das trifft nicht zu. Ich habe es nachgewiesen. Je öfter ich andere vom Leben zum Tod befördert habe – nach meiner Rechnung sind es achtzehn –, desto leichter ist mir der Tod erschienen. Diese Anfälle von Übelkeit, von denen ich gesprochen habe, sind Zeichen des Lebenswillens. Sie gehören zum Leben, aber nicht zum Tod. Ich habe einige unvoreingenommene Gedanken darüber zu Papier gebracht. Sollte es Ihnen Spaß machen, sie zu überfliegen...«

»Aber bestimmt«, versicherte ihm Hall.

»Dann heute abend. Sagen wir um elf. Sollte ich durch diese Sache aufgehalten werden, lassen Sie sich in mein Arbeitszimmer führen. Ich lege das Manuskript und auch das der Abhandlung für Sie auf den Lesetisch. Es wäre mir lieber, ich könnte sie Ihnen vorlesen, um sie dann mit Ihnen zu diskutieren, aber sollte ich nicht dasein, schreiben Sie doch einfach alle kritischen Gedanken, die Ihnen möglicherweise kommen, nieder.«

10

»Ich weiß, daß du mir viel verheimlichst, und ich kann den Grund nicht einsehen. Bestimmt hast du doch nichts dagegen, mir zu helfen, Onkel Sergius zu retten?« Grunja hatte die letzten Worte mit flehender Stimme gesprochen, und ihre Augen waren von dem gewissen goldenen Glanz erfüllt, der aber diesmal Halls Herz nicht zu erweichen vermochte. »Onkel Sergius scheint keiner großen Hilfsaktion zu bedürfen«, murmelte er grimmig.

»Was willst du damit sagen?« rief sie, und ihr Argwohn war sofort geweckt.

»Nichts weiter, bestimmt nicht, nur daß es ihm eben bis jetzt gelungen ist, immer wieder zu entkommen.«

»Aber wieso weißt du, daß er entkommen ist?« bohrte sie hartnäckig weiter. »Könnte er nicht tot sein? Seit seiner Abreise aus Chikago hat er nichts mehr von sich hören lassen. Wie willst du wissen, ob diese Gewaltverbrecher ihn nicht schon längst umgebracht haben?«

»Man hat ihn hier in St. Louis gesehen...«

»Da siehst du es!« unterbrach sie ihn erregt. »Ich wußte doch, daß du mir gewisse Dinge verheimlichst! Ehrlich, tust du es etwa nicht?«

»Ja«, gestand Hall. »Aber nach den Anweisungen deines Onkels. Glaub es mir doch, du kannst ihm nicht im

geringsten helfen. Du kannst ihn nicht einmal finden. Das klügste wäre, du kehrtest nach New York zurück.«
Sie versuchte ihn noch eine Stunde lang auszuforschen, während er sich vergeblich bemühte, ihr vernünftig zuzureden, und so schieden sie gereizt voneinander.
Pünktlich um elf klingelte Hall an der Tür von Murgweathers Bungalow. Ein kleines verschlafenes Dienstmädchen von vierzehn oder fünfzehn Jahren, offenbar von ihm aus dem Bett aufgescheucht, ließ ihn ein und führte ihn in Murgweathers Arbeitszimmer.
»Er sitzt drin«, sagte sie, stieß die Tür auf und ließ ihn eintreten.
Am anderen Ende des Zimmers saß Murgweather am Tisch, zum Teil noch im Schein der Leselampe, aber doch mehr im Schatten. Er hatte die Arme auf dem Tisch verschränkt, und auf ihnen ruhte sein Kopf. Offenbar schläft er, dachte Hall, während er sich näherte. Er sprach ihn an, berührte dann seine Schulter, aber der andere reagierte nicht. Er befühlte die Hand des liebenswürdigen Mörders, und sie war kalt. Ein Blutfleck auf dem Fußboden und ein Loch in der Hausjacke unterhalb der Schultergegend sprachen eine allzu deutliche Sprache. Murgweathers Herz hatte an der richtigen Stelle gesessen. Ein offenes Fenster unmittelbar hinter ihm verriet, wie die Tat verübt worden war.
Hall zog den Haufen von Manuskripten unter den Armen des Toten hervor. Er war umgebracht worden, während er noch in seine Schriften vertieft war. »Einige Gedanken über den Tod.« Hall las den Titel und suchte dann weiter, bis er die Abhandlung gefunden hatte:

»Versuch einer Erklärung gewisser sonderbarer psychologischer Merkmale.«
Hall entschied, daß es für Murgweathers Familie sehr unangenehm wäre, wenn so belastendes Material beim Leichnam gefunden würde. So verbrannte er die Papiere im Kamin, drehte die Lampe herab und schlich leise aus dem Haus.
Schon am frühen Morgen überbrachte ihm Starkington die Nachricht in seinem Zimmer, aber erst im Verlauf des Nachmittags veröffentlichten die Zeitungen den Bericht. Hall bekam es mit der Angst zu tun. Das kleine Dienstmädchen war verhört worden, und daß es seine verschlafenen Augen doch noch ganz gut hatte gebrauchen können, wurde durch die ausgezeichnete Beschreibung des Besuchers, den sie in der vergangenen Nacht um elf Uhr eingelassen hatte, bewiesen. Die Einzelheiten, die sie wiedergab, waren von fast fotografischer Genauigkeit. Hall stand jäh auf und betrachtete sich im Spiegel. Es gab keinen Zweifel. Im Spiegel sah er genau den Mann, den die Polizei suchte. Bis hin zur Krawattennadel war er dieser Mann.
Schnell durchstöberte er sein Gepäck und zog sich der Beschreibung so unähnlich wie möglich an. Dann schlich er aus dem Nebeneingang des Hotels in ein Taxi, machte die Runde durch einige Geschäfte und stattete sich von Kopf bis Fuß neu aus.
Ins Hotel zurückgekehrt, stellte er fest, daß ihm gerade noch Zeit genug blieb, einen Zug nach Westen zu erreichen. Glücklicherweise konnte er Grunja telefonisch erreichen, um ihr seine Abreise mitzuteilen. Er ging so

weit, anzunehmen, Dragomiloff würde das nächste Mal in Denver auftauchen, und riet ihr, dorthin nachzukommen.

Als er erst einmal im Zug saß und die Stadt hinter ihm lag, atmete er schon leichter. Nun war er fähig, seine Lage mit größerer Ruhe zu betrachten. Er gelangte zu dem Schluß, daß auch er den Weg des Abenteuers betreten hatte, und es ließ sich wohl behaupten, daß dies ein stark überwucherter Weg war. Er war mit der Absicht ausgezogen, dem Mordbüro auf die Spur zu kommen und es zu vernichten, aber dabei hatte er sich in die Tochter des Organisators des Büros verliebt, war Stellvertreter auf Zeit geworden und wurde nun von der Polizei gesucht wegen des Mordes an einem der Mitglieder, das der Chef des Büros getötet hatte. »Ich mache Schluß mit der angewandten Soziologie«, erklärte er sich selber. »Wenn ich aus dieser Sache herauskomme, werde ich mich ganz der Theorie zuwenden. Von jetzt ab nichts weiter mehr für mich als Soziologie im Studierzimmer.«

Auf dem Bahnhof von Denver wurde er von Harkins, dem Leiter der dortigen Filiale, niedergeschlagen begrüßt. Erst nachdem sie in ein Auto gestiegen waren und in die Außenbezirke hinausfuhren, kam der Grund für Harkins' Niedergeschlagenheit heraus. »Warum haben Sie uns nicht gewarnt?« fragte er vorwurfsvoll. »Sie haben ihn entwischen lassen, und dabei waren wir so sicher, es würde bereits in St. Louis mit ihm abgerechnet, daß wir auf ihn nicht vorbereitet waren.«

»Er ist also eingetroffen?«

»Eingetroffen? Du lieber Gott! Wir erfuhren es nur dadurch, daß zwei von uns umgelegt wurden – Bostwick, der für mich wie ein Bruder war, und Calkins aus San Franzisko. Und nun ist Harding, der andere Mann aus San Franzisko, verschwunden. Es ist furchtbar.« Er hielt inne und erschauerte. »Ich bin, kaum eine Viertelstunde bevor es geschah, von Bostwick weggegangen. Er war so begabt und ein so heiterer Mensch. Was wird jetzt aus seinem kleinen, von Liebe erfüllten Haus! Seine Frau ist untröstlich.«
Tränen liefen Harkins über die Wangen und nahmen ihm die Sicht, so daß er die Geschwindigkeit seines Wagens herabsetzen mußte. Hall war neugierig. Das war ein neuer Typ, ein sentimentaler Mörder.
»Aber warum sollte es so furchtbar sein?« fragte er. »Sie haben andere Leute doch auch ins Jenseits befördert. In allen Fällen ist es das gleiche Phänomen.«
»Aber dieser Fall liegt anders. Er war mein Freund, mein Kollege.«
»Vielleicht hatten auch die anderen, die Sie getötet haben, Freunde und Kollegen.«
»Aber wenn Sie ihn nur in seinem kleinen Haus hätten sehen können«, jammerte Harkins weiter. »Er war ein vorbildlicher Ehemann und Vater. Er war ein guter Mensch, ein ganz außergewöhnlich guter Mensch. Eine Art Heiliger, der keiner Fliege etwas hätte zuleide tun können.«
»Aber was ihm widerfahren ist, war doch nur dasselbe, was er anderen angetan hat«, warf Hall ein.
»Nein, nein. Das ist etwas ganz anderes!« rief der an-

dere leidenschaftlich. »Wenn Sie ihn nur gekannt hätten! Ihn zu kennen bedeutete, ihn zu lieben. Alle liebten ihn.«

»Zweifellos auch seine Opfer?«

»Allerdings. Hätten sie Gelegenheit dazu gehabt, sie hätten ihn lieben müssen«, verkündete Harkins heftig. »Wenn Sie nur wüßten, wieviel Gutes er getan hat und noch immer tat. Seine vierbeinigen Freunde liebten ihn, sogar die Blumen. Er war Präsident des Tierschutzvereins und einer der schärfsten Gegner der Vivisektion. Er war für sich ganz allein eine ganze Gesellschaft zur Verhinderung von Grausamkeiten an Tieren.«

»Bostwick ... Charles N. Bostwick«, murmelte Hall. »Ja, ich erinnere mich. Mir sind einige seiner Artikel in Zeitschriften aufgefallen.«

»Wer kennt ihn nicht?« warf Harkins erregt ein und unterbrach sich dann gerade lange genug, um seine Nase schnauben zu können. »Er verkörperte die Kraft des Guten, ja, eine große Kraft des Guten. Ich würde gern auch in diesem Augenblick den Platz mit ihm tauschen, nur damit er wieder hier unter uns wäre.«

Trotzdem mußte Hall feststellen, daß Harkins, sah man von seiner Liebe zu Bostwick ab, ein aufgeschlossener, intelligenter Mann war. Vorm Telegrafenamt hielt er.

»Ich habe heute morgen gebeten, alles, was für mich einläuft, hierzubehalten«, erklärte er beim Aussteigen. Er war sogleich wieder zurück, und miteinander übersetzten sie mit Hilfe des Schlüssels den Inhalt des Telegramms. Es stammte von Harding und war in Ogden aufgegeben worden.

»*Nach Westen unterwegs*«, lautete es. »*Chef im Zug. Warte Gelegenheit ab. Es wird mir gelingen.*«

»Bestimmt nicht«, meinte Hall. »Der Chef wird Harding umlegen.«

»Harding ist stark und wachsam«, versicherte Harkins. »Und ich sage Ihnen, Sie alle haben keine Ahnung, womit Sie es zu tun haben.«

»Es ist uns klar, daß das Leben der Organisation auf dem Spiel steht und wir es mit einem abtrünnigen Chef zu tun haben.«

»Wenn Sie sich wirklich über die Situation im klaren wären, würden Sie in den nächsten Wald flüchten, auf den höchsten Baum steigen und die Organisation zum Teufel gehen lassen.«

»Aber das wäre ein schwerer Fehler«, widersprach Harkins ernst. Hall warf verzweifelt die Hände hoch.

»Um doppelt sicherzugehen«, fuhr Harkins fort, »werde ich sogleich die Kameraden in St. Louis bitten, ebenfalls zu kommen. Sollte es Harding mißlingen...«

»Was bestimmt der Fall sein wird.«

»Dann fahren wir nach San Franzisko weiter. In der Zwischenzeit...«

»In der Zwischenzeit fahren Sie mich bitte zum Bahnhof zurück«, unterbrach ihn Hall und warf einen Blick auf seine Uhr. »Ein Zug nach Westen muß bald eintreffen. Wenn Sie nicht vorher dem Chef begegnen, treffen wir uns in San Franzisko im Hotel St. Francis. Sollten Sie ihm zuerst begegnen... dann kann ich mich jetzt nur noch von Ihnen verabschieden, und zwar für immer.«

Vor der Abfahrt des Zuges blieb Hall noch Zeit genug, eine kurze Nachricht an Grunja zu schreiben, die Harkins ihr am Zug übergeben sollte. Darin teilte er ihr mit, daß ihr Onkel seine Flucht nach Westen fortsetzte, und riet ihr, nach ihrer Ankunft in San Franzisko im Hotel Fairmount zu wohnen.

11

In Reno, Nevada, wurde Hall ein Telegramm übergeben. Es kam vom sentimentalen Mörder in Denver.

»Ein Mann in Winnemucca bis zur Unkenntlichkeit zermalmt. Muß der Chef sein. Sofort zurückkehren. Alle Mitglieder in Denver erwartet. Wir müssen uns reorganisieren.«

Aber Hall lächelte nur und blieb in seinem Zug nach Westen. Als Antwort telegrafierte er:

»Wäre besser, ihn zu identifizieren. Haben Sie der Dame den Brief übergeben?«

Drei Tage später hörte Hall im Hotel St. Francis wieder von dem Leiter des Büros in Denver. Dieses Telegramm kam aus Winnemucca, Nevada.

»Habe mich geirrt. Es war Harding. Chef bestimmt nach San Franzisko unterwegs. Dortige Filiale benachrichtigen. Folge nach. Brief abgegeben. Dame im Zug geblieben.«

Aber Hall konnte von Grunja keine Spur in San Franzisko finden. Auch Breen und Alsworthy, die beiden dortigen Mitglieder, konnten ihm nicht helfen. Hall fuhr sogar nach Oakland und machte den Schlafwagen ausfindig, mit dem sie eingetroffen war, und den Negerschaffner dieses Wagens. Sie war nach San Franzisko gekommen und sofort verschwunden.

Allmählich begannen die Mörder einzutreffen – Hanover aus Boston, Haas, der Hungrige mit dem falsch sitzenden Herzen, Starkington aus Chikago, Lucoville aus New Orleans, John Gray aus New Orleans und Harkins aus Denver. Mit den beiden Mitgliedern aus San Franzisko waren sie nun insgesamt acht. Das waren alle, die in den Vereinigten Staaten überlebt hatten. Wie sie sehr wohl wußten, zählte Hall nicht. Obwohl Stellvertreter auf Zeit dieser Organisation, der die Gelder verteilte und Telegramme übermittelte, gehörte er doch nicht zu ihnen, und sein Leben war durch den wahnwitzigen Chef nicht bedroht.

Zwei Umstände überzeugten Hall davon, daß sie alle verrückt waren: die gleichbleibende Freundlichkeit, mit der sie ihn behandelten, und das Vertrauen, das sie ihm entgegenbrachten. Sie wußten, daß er der Ursprung all ihrer Nöte war; sie wußten, daß er es auf die Vernichtung des Mordbüros abgesehen und die fünfzigtausend Dollar für den Tod ihres Chefs aufgebracht hatte; und doch ließen sie gelten, was Hall für die Gerechtigkeit in seinem Verhalten und die besondere Art seines Moralfanatismus hielt, von dem sein ganzes Wesen durchdrungen war und der ihn zwang, ihnen gegenüber mit offenen Karten zu spielen. Er führte sie nicht hinters Licht. Er verwaltete auch ihre Gelder ehrlich; und er erfüllte alle Pflichten des Stellvertreters auf Zeit zu ihrer Befriedigung.

Mit der Ausnahme von Haas, der trotz seiner Gelehrsamkeit in Griechisch und Hebräisch in seiner Lust am Töten einem Tiger näher verwandt war, konnte Hall ganz einfach nicht anders, als diese gelehrten Irren zu mögen, die aus der Moral einen Fetisch gemacht hatten und Mitmenschen mit der gleichen Gelassenheit und Zielstrebigkeit umbrachten, mit der sie auch mathematische Aufgaben lösten, Hieroglyphen übersetzten oder chemische Analysen in den Retorten ihrer Laboratorien durchführten. Am meisten mochte er John Gray. Er war ein ruhiger Engländer, seiner Erscheinung und seinem Auftreten nach ein Landedelmann, der in bezug auf die Funktion des Theaters radikale Ideen vertrat. Während all der Wochen des Wartens, in denen von Dragomiloff oder Grunja keine Spur zu finden war, gingen Gray und Hall häufig zusammen ins Theater, und für Hall erwies sich ihre Freundschaft als eine Erfahrung, die ihm neue, weite Horizonte erschloß.
In dieser Zeit befaßte sich Lucoville eingehend mit Korbflechterei, wobei er sich besonders dem Muster des dreifachen Fisches widmete, das bei den Körben der Ukiahindianer so häufig vorkommt. Harkins malte Aquarelle nach japanischem Vorbild, Bilder von Blättern, Moosen, Gräsern und Farnen. Breen, ein Bakteriologe, setzte seine jahrelange Suche nach dem Parasiten der Larve des Eulenfalters fort. Alsworthys Hobby war das drahtlose Telefon, und er und Breen teilten sich ein Laboratorium auf einem Speicher. Und Hanover, ständiger Besucher der Bibliotheken der Stadt, umgab sich mit wissenschaftlichen Büchern und arbeitete am

vierzehnten Kapitel eines umfangreichen Buches, dem er den Titel gegeben hatte: *Physikalische Triebe in der Ästhetik der Farbe.* An einem heißen Nachmittag versenkte er Hall in Schlaf, als er ihm das erste und dreizehnte Kapitel vorlas.

Zu den zwei Monaten Untätigkeit wäre es wohl nicht gekommen, und die Mörder wären schon in ihre Heimatstädte zurückgereist, wenn sie nicht eine allwöchentlich eintreffende Nachricht von Dragomiloff zurückgehalten hätte. Jeden Samstagabend wurde Alsworthy ans Telefon gerufen und vernahm am anderen Ende die unverkennbare, ausdruckslose und matte Stimme des Chefs. Er wiederholte stets den gleichen Vorschlag, daß nämlich die überlebenden Mitglieder des Mordbüros die Organisation auflösen sollten. Hall, der bei einer ihrer Beratungen anwesend war, befürwortete diesen Vorschlag. Sie ließen ihn nur aus Höflichkeit reden, denn er gehörte nicht zu ihnen, und mit der Ansicht, die er äußerte, stand er allein da.

So wie sie die Sache betrachteten, gab es für sie keinen möglichen Weg, der es ihnen erlaubt hätte, ihren Eid zu brechen. Niemals war gegen die Satzungen des Büros verstoßen worden. Nicht einmal Dragomiloff hatte sie verletzt. In genauer Übereinstimmung mit diesen Satzungen hatte er Halls Honorar von fünfzigtausend Dollar entgegengenommen, sich selber und seine Handlungen als gesellschaftsschädlich erkannt, das Urteil über sich selber gesprochen und Haas auserwählt, das Urteil zu vollstrecken. Wie könnten sie es sich erlauben, so fragten sie, sich weniger rechtschaffen als ihr

Chef zu benehmen? Eine Organisation aufzulösen, die sie als sozial gerechtfertigt betrachteten, wäre ein ungeheuerliches Unrecht. Wie Lucoville es ausdrückte: »Das würde jedes moralische Bewußtsein zur Lächerlichkeit verurteilen und uns auf die gleiche Stufe mit den Tieren stellen. Sind wir Tiere?«

»Nein! Nein! Nein!« hatten die Mitglieder leidenschaftlich gerufen.

»Sie sind alle verrückt«, schrie Hall sie an. »Ebenso verrückt wie Ihr Chef.«

»Alle Moralisten sind immer als verrückt verschrien worden«, entgegnete Breen. »Oder, um ganz genau zu sein, die Mehrzahl ihrer Zeitgenossen hat sie für verrückt gehalten. Kein Moralist, der sich nicht der Verachtung aussetzen will, kann gegen seine Überzeugung handeln. Die wahren Moralisten haben alle Kreuzigungen und alle Marter frohen Herzens hingenommen. Es gab keine andere Möglichkeit, ihren Lehren Macht zu verleihen. Glaube! Das ist es. Und wie man heute sagen würde: sie haben ihre Ware abgesetzt. Sie glaubten an das Rechte und Gute, das sie vor ihrem geistigen Auge erblickten. Was ist das Leben eines Menschen, verglichen mit der lebendigen Wahrheit seiner Ideen? Lehren ohne beispielhaftes Leben sind nichts als eitle Worte. Sind wir etwa Lehrer, die es nicht wagen, auch nach ihren Lehren zu leben?«

»Nein! Nein! Nein!« wurde ihm von allen Seiten erklärt.

»Als wahre Denker und als Menschen, die rechtschaffen zu leben verstehen, dürfen wir weder in Gedanken, geschweige denn durch Taten die hohen Grundsätze, die wir vertreten, verleugnen«, sagte Harkins.

»Auf andere Weise können wir einfach nicht zum Licht emporsteigen«, fügte Hanover hinzu.

»Wir sind auch keine Irren«, rief Alsworthy. »Wir sind Männer, die völlig klar sehen. Wir sind Hohepriester am Altar gerechten Verhaltens. Ebenso könnte man unseren lieben Freund, Winter Hall, einen Verrückten nennen. Wenn die Wahrheit verrückt ist und wir von dieser Verrücktheit befallen sind, ist dann nicht auch Winter Hall davon befallen? Er hat uns als moralische Irre bezeichnet. Aber ist sein Verhalten denn etwas anderes gewesen als moralisches Irresein? Warum hat er uns nicht bei der Polizei angezeigt? Warum arbeitet er, obwohl ihm unsere Ansichten zuwider sind, weiterhin als Stellvertreter für uns? Er ist nicht einmal wie wir durch feierliche Pakte gebunden. Er hat lediglich den Kopf zustimmend gesenkt und sich mit verschiedenen Dingen, die unser abtrünniger Chef von ihm gefordert hat, einverstanden erklärt. In der gegenwärtigen Auseinandersetzung gehört er beiden Seiten an; der Chef vertraut ihm; wir vertrauen ihm; und er verrät weder die eine noch die andere Seite. Jetzt, da wir ihn kennen, haben wir ihn gern. Ich selber finde nur zweierlei abscheulich an ihm: erstens seine Ansichten als Soziologe und zweitens seinen Wunsch, unsere Organisation zu vernichten. Aber wenn es um Fragen der Moral geht, ist er uns so ähnlich wie eine Erbse der anderen.«

»Ja, auch ich bin angesteckt«, murmelte Hall bedrückt. »Ich gebe es zu. Sie alle sind so liebenswerte Irre, und ich bin so schwach oder stark oder töricht oder weise — ich weiß nicht was —, und deshalb kann ich mein gegebenes Wort nicht brechen. Trotzdem wäre es mir lieber, ich könnte Sie alle zu meiner Ansicht überreden, wie es mir auch beim Chef gelungen ist.«

»Ach was, wieso denn?« rief Lucoville. »Warum hat er sich dann nicht aus der Organisation zurückgezogen?«

»Weil er das von mir für sein Leben gezahlte Honorar bereits entgegengenommen hatte«, antwortete Hall.

»Und aus den gleichen Gründen sind wir dazu verpflichtet, ihn umzubringen.« Damit hatte Lucoville diesen Gedankengang konsequent zu Ende geführt. »Sind wir etwa weniger moralisch als unser Chef? In dem Augenblick, da der Chef das Honorar angenommen hatte, waren wir durch unseren Pakt verpflichtet, seine mit Ihnen getroffenen Vereinbarungen in die Tat umzusetzen. Zufällig handelt es sich dabei um den Tod des Chefs.« Er zuckte die Achseln. »Was wollen Sie? Der Chef muß sterben, sonst sind wir nicht wahre Verkünder dessen, was wir für recht halten.«

»Da haben wir es ja, immer wieder reiten Sie auf Ihrer moralischen Verpflichtung herum«, rief Hall.

»Und warum nicht?« schloß Lucoville würdevoll. »Die Welt beruht nun einmal auf Moral. Ohne Moral wäre sie zum Untergang verurteilt. Allein schon in den Elementen ist eine Rechtfertigung ihres Daseins begründet. Zerstören Sie die Moral, und Sie würden damit auch das Gesetz der Schwerkraft aufheben. Alles Gestein würde auseinanderbersten. Die Welt der Sterne würde sich in einem unvorstellbaren Chaos auflösen.«

12

Eines Abends wartete Hall im Restaurant *Poodle Dog* vergeblich auf John Gray, mit dem er sich dort zum Essen verabredet hatte. Später hatten sie wie üblich ins Theater gehen wollen. Aber John Gray kam nicht, und um halb acht kehrte Hall, einen Stoß Zeitschriften unter dem Arm und mit der Absicht, bald zu Bett zu gehen, ins Hotel St. Francis zurück. Eine Frau ging vor ihm her auf den Fahrstuhl zu. Ihre Art zu gehen kam ihm vertraut vor, und so holte er tief Atem und eilte hinter ihr her.

»Grunja«, sagte er leise, als sich der Fahrstuhl in Bewegung setzte.

Sie sah ihn überrascht an. Ihre Augen waren voller Unruhe. Schon hatte sie seine Hand ergriffen, drückte sie zwischen den ihren und klammerte sich an ihr wie hilfesuchend fest.

»Winter«, stieß sie leise hervor, »du bist es? Deswegen bin ich ins St. Francis gekommen. Ich hatte so gehofft, dich hier zu finden. Ich brauche dich so sehr. Onkel Sergius ist verrückt, völlig verrückt. Er hat mir befohlen, meine Sachen für eine lange Reise zu packen. Morgen reisen wir auf einem Schiff ab. Er hat mich gezwungen, das Haus aufzugeben und in ein Hotel unten in der Stadt zu ziehen; er versprach mir, später ebenfalls dorthin zu kommen oder mich sonst morgen früh an Bord des Dampfers zu treffen. Ich habe Zimmer für ihn reservieren lassen. Aber irgend etwas bahnt sich an. Er trägt sich mit einem furchtbaren Plan, das weiß ich.«

»Welches Stockwerk, Sir?« unterbrach sie der Fahrstuhlführer.

»Fahren Sie wieder hinunter«, bat Hall, denn außer ihnen befand sich niemand im Fahrstuhl.

»Nur mit der Ruhe«, sagte er beschwichtigend. »Jetzt gehen wir erst einmal in den Palmengarten und sprechen über alles.«

»Nein, nein«, wehrte sie ab. »Laß uns auf die Straße gehen. Ich möchte etwas Bewegung haben. Ich sehne mich nach frischer Luft. Ich möchte nachdenken können. Hältst du mich für verrückt, Winter? Sieh mich an! Sehe ich so aus?«

»Still«, befahl Hall und drückte ihren Arm. »Warte. Wir werden über alles reden. Aber warte.«

Sie befand sich offensichtlich in einem Zustand höchster Erregung, und ihre Bemühungen, sich während der Fahrt nach unten zu beherrschen, waren zwar nicht vergebens, aber mitleiderregend.

»Warum hast du dich nicht mit mir in Verbindung gesetzt?« fragte er, als sie auf den Bürgersteig hinausgetreten waren und auf die Ecke der Powell Street zugingen; von dort aus wollte er den Union Square überqueren. »Was hast du seit deiner Ankunft in San Franzisko gemacht? Du hast doch meine Nachricht in Denver erhalten. Warum bist du dann nicht ins St. Francis gekommen?«

»Ich habe jetzt keine Zeit, dir das zu erzählen«, sagte sie hastig. »In meinem Kopf schwirrt alles durcheinander. Ich weiß nicht mehr, was ich glauben soll. Alles kommt mir vor wie ein Traum. So etwas kann doch gar nicht möglich sein. Onkels Geist ist gestört. Manchmal bin ich völlig sicher, daß es so etwas wie das Mordbüro gar nicht geben kann. Das ist ein Phantasiegebilde von Onkel Sergius. Auch du hast es dir nur eingeredet. Wir leben doch immerhin im zwanzigsten Jahrhundert. Etwas so Furchtbares ist unmöglich. Ich... ich frage mich zuweilen, ob ich nicht Typhus habe oder ob ich nicht jetzt in diesem Augenblick in einem Delirium liege, von Ärzten und Krankenschwestern umgeben, und mir in einem Angsttraum dies alles zusammenphantasiere? Sag mir nur, sag mir, bist auch du nur eine Erscheinung aus meinen Träumen – nichts als die Vision eines von einer Krankheit umwölkten Gehirns?«
»Nein«, antwortete er ernst und nachdenklich. »Du bist wach und völlig gesund. Du bist du selber. Jetzt überquerst du mit mir die Powell Street. Die Fahrbahn ist glitschig. Fühlst du es nicht unter deinen Füßen? Sieh dir nur einmal diese Schneeketten an den Wagen dort drüben an. Dein Arm liegt in meinem. Das ist echter Nebel, der vom Pazifik hereintreibt. Und das sind richtige Menschen auf den Bänken dort drüben. Siehst du diesen Bettler, der mich um Geld bittet? Auch er ist wirklich. Ich gebe ihm einen halben Dollar, hast du das gesehen? Wahrscheinlich wird er ihn in echten Whisky umsetzen. Ich habe seinen Atem gerochen. Du auch? Auch er war wirklich, das versichere ich dir, sehr

wirklich. Und wir sind wirklich. Bitte, begreife das. Und worin liegen jetzt deine Schwierigkeiten? Du mußt mir alles erzählen.«

»Gibt es wirklich eine Organisation von Mördern?«

»Ja«, antwortete er.

»Woher willst du das wissen? Ist es nicht bloß eine Vermutung? Bist du nicht vielleicht von der Verrücktheit meines Onkels angesteckt?«

Niedergeschlagen schüttelte Hall den Kopf. »Wenn ich es nur wäre! Leider weiß ich, daß das Gegenteil zutrifft.«

»Wieso weißt du das?« rief sie und drückte die Finger ihrer freien Hand heftig gegen ihre Schläfe.

»Weil ich im Mordbüro Stellvertreter auf Zeit bin.«

Sie wich vor ihm zurück, wobei sie ihren Arm halb unter dem seinen hervorzog, und wurde daran nur durch einen beschwichtigenden Druck seiner Hand gehindert.

»Du gehörst dieser Mörderbande an, die Onkel Sergius umzubringen versucht?«

»Nein, ich gehöre der Bande nicht an. Ich habe nur ihre Geldmittel zu verwalten. Hat dir... hat dir Onkel Sergius irgend etwas von dieser Bande erzählt?«

»Ach, was für ein endloses Gefasel. Er ist geistig so gestört, daß er jetzt bereits glaubt, diese Sache aufgezogen zu haben.«

»Das hat er auch«, erklärte Hall mit Nachdruck. »Er ist verrückt, daran ist kein Zweifel; aber trotzdem hat er das Mordbüro gegründet und geleitet.«

Wieder wich sie vor ihm zurück und versuchte, ihm ihren Arm zu entziehen.

»Und gibst du als nächstes etwa auch noch zu, daß du es bist, der dem Büro fünfzigtausend Dollar im voraus für seinen Tod gezahlt hat?« fragte sie.
»Es stimmt. Ich gebe es zu.«
»Wie hast du das tun können«, stöhnte sie.
»Hör mich an, liebe Grunja«, bat er, »du weißt noch nicht alles. So kannst du es auch nicht verstehen. Zu dem Zeitpunkt, als ich das Honorar zahlte, wußte ich noch nicht, daß er dein Vater ist und...«
Jäh unterbrach er sich, erschrocken von dem Schnitzer, der ihm da unterlaufen war.
»Ja«, sagte sie nun wieder ruhiger, »auch er hat mir erzählt, er sei mein Vater. Ich habe es ebenfalls für irres Gerede gehalten. Sprich weiter.«
»Ich habe also nicht gewußt, daß er dein Vater ist; ich wußte auch nicht, daß er den Verstand verloren hatte. Nachdem es mir klar wurde, habe ich versucht, ihm die ganze Sache auszureden. Aber er ist verrückt. Das sind sie alle, alle sind verrückt. Und jetzt hat er eine neue Wahnsinnstat im Sinn. Du befürchtest, daß etwas geschehen könnte. Du mußt mir sagen, was du für Vermutungen hast. Vielleicht gelingt es uns, weiteres Unheil zu verhindern.«
Sie schmiegte sich dichter an ihn und sprach mit leiser, beherrschter Stimme. »Wir müssen beide einander noch vieles erklären. Aber zunächst einmal zur Gefahr. Als ich in San Franzisko eintraf, ging ich — warum ich das getan habe, kann ich nicht sagen, nur wurde ich von einer Vorahnung getrieben — zuallererst ins Leichenhaus, und dann habe ich der Reihe nach die Kranken-

häuser aufgesucht. Dort habe ich ihn gefunden, im Deutschen Krankenhaus, wo er mit zwei tiefen Stichwunden lag. Er erklärte mir, einer der Mörder habe ihn so zugerichtet...«

»Ein Mann mit Namen Harding«, unterbrach er sie und sagte aufs Geratewohl: »Es ist in der Wüste Nevada geschehen, in der Nähe von Winnemucca, in einem Zug.«

»Ja, ja, das war der Name. Genau das hat er auch gesagt.«

»Da siehst du, wie genau alles verzahnt ist«, meinte Hall. »Es mag sehr viel Verrücktheit dabei mitspielen, aber sogar diese Verrücktheit ist Wirklichkeit, und auf jeden Fall sind wir, du und ich, noch bei klarem Verstand.«

»Ja, aber laß mich weitererzählen.« Von neuem Vertrauen zu ihm erfüllt, drückte sie seinen Arm. »Ach, wir haben einander noch so viel zu berichten. Onkel schwört auf dich, aber das wollte ich gar nicht sagen. Ich habe ein möbliertes Haus ganz oben auf Rincon Hill gemietet, und sobald die Ärzte es erlaubten, habe ich Onkel Sergius dorthin geschafft. Während der letzten Wochen haben wir dort gewohnt. Mein Onkel ist nun wieder völlig hergestellt – oder richtiger, mein Vater. Er *ist* mein Vater. Das glaube ich jetzt, denn anscheinend muß ich wohl alles glauben. Und ich werde es auch glauben... falls ich nicht jäh erwache und feststelle, daß alles nur ein Angsttraum war. Und nun hat sich On... Vater während der letzten paar Tage im Haus betätigt. Nachdem alles für unsere Reise nach

Honolulu gepackt war, hat er heute das Gepäck an Bord des Dampfers schaffen lassen und mich in ein Hotel geschickt. Ich verstehe zwar nichts von Sprengstoffen, sondern habe aus Büchern nur eine verschwommene Vorstellung davon, aber trotzdem ist mir klar, daß er überall im Haus Sprengladungen gelegt hat. Er hat im Keller gegraben. Aber er hat auch Löcher in die Wände des großen Wohnzimmers geschlagen und sie wieder verputzt. Ich weiß, daß er hinter den Trennwänden Kabel gezogen hat, und ich weiß auch, daß er heute alles dafür vorbereitet hat, ein Kabel vom Haus bis zu einem Gebüsch auf dem Grundstück in der Nähe des Gartentors zu legen. Wahrscheinlich kannst du erraten, was er vorhat.«

In diesem Augenblick fiel Hall ein, daß John Gray nicht zu ihrer Theaterverabredung gekommen war.

»Heute nacht passiert etwas«, fuhr Grunja fort. »Mein Onkel hat die Absicht, sich mit mir später im St. Francis zu treffen oder aber morgen auf dem Dampfer. Bis dahin...«

Aber Hall, der darüber nachgedacht hatte, was er als nächstes zu tun hätte, zog sie am Arm mit sich, wieder aus dem Park hinaus und bis zu der Ecke, an der eine Reihe von Taxis stand.

»Bis dahin«, erklärte er ihr, »müssen wir auf Rincon Hill sein. Er wird sie umbringen, und das müssen wir verhindern.«

»Wenn nur er nicht umgebracht wird«, murmelte sie. »Diese Feiglinge! Diese Feiglinge!«

»Entschuldige, meine Liebe, aber es sind keine Feiglinge. Es sind mutige Männer, und sie sind die liebenswertesten, wenn auch ein wenig sonderbare Kerle unter der Sonne. Kennt man sie erst einmal, muß man sie einfach gernhaben. Es ist schon zuviel gemordet worden.«

»Aber sie wollen doch meinen Vater töten!«

»Und er will sie umbringen«, erwiderte Hall. »Vergiß das nicht. Alles geschieht auf seinen Befehl hin. Er ist völlig übergeschnappt, und die anderen sind ebenso verdreht wie er. Komm! Beeilen wir uns! Jetzt versammeln sie sich alle in dem verminten Haus. Wir können sie noch retten – oder ihn, wer weiß?«

»Rincon Hill – Zeit ist Geld –, Sie wissen doch, was das bedeutet«, sagte er zum Taxifahrer, während er Grunja beim Einsteigen half. »Fahren Sie zu! Drücken Sie auf die Tube! Reißen Sie von mir aus das Pflaster auf, ganz wie Sie wollen, solange Sie uns nur schnell genug hinbringen!«

Rincon Hill, früher einmal das beste Wohnviertel von San Franzisko, erhebt sein Haupt verkommener Vornehmheit aus dem Dreck und Gedränge des großen Arbeitergettos, das sich südlich der Market Street ausbreitet. Am Fuß des Hügels bezahlte Hall den Taxifahrer, und er und Grunja gingen die sanfte Steigung hinauf. Obwohl es noch früh am Abend war, erst etwa halb zehn, waren nur wenige Menschen unterwegs. Als sich Hall zufällig einmal umblickte, bemerkte er eine vertraute Gestalt, die gerade den Lichtkreis einer Straßenlaterne durchquerte. Er zog Grunja in die Häuserschatten der Nebenstraße und wartete; sie hatten nicht

umsonst gewartet, denn bald darauf sah er Haas in dem für ihn charakteristischen leichtfüßigen, katzenähnlichen Gang vorbeigehen. Sie setzten ihren Weg fort, blieben ein gutes Stück hinter ihm, und als sie ihn, auf der Anhöhe angelangt, im Licht der nächsten Straßenlaterne über einen niedrigen, altmodischen Eisenzaun setzen sahen, stieß Grunja Hall verstohlen und vielsagend an.
»Das ist unser Haus«, flüsterte sie. »Paß auf! Er kann sich nicht vorstellen, daß er in seinen Tod geht.«
»Ich kann es mir auch kaum vorstellen«, flüsterte Hall voller Skepsis zurück. »Meiner Ansicht gehört Mr. Haas zu den Typen, die sehr schwer umzubringen sind.«
»Aber Onkel Sergius ist sehr vorsichtig. Er hat, soviel ich mich erinnere, noch niemals etwas verpfuscht. Er hat alles gut vorbereitet, und sobald dein Mr. Haas durch diese Eingangstür tritt ...«
Sie brach jäh ab. Hall hatte ihren Arm ungestüm ergriffen.
»Er geht nicht durch diese Eingangstür, Grunja. Paß auf, er schleicht nach hinten.«
»Es gibt keinen Hintereingang«, sagte sie. »Der Hang fällt dort in einer Steilwand bis zum nächsten Garten ab, mehr als zehn Meter tiefer. Er wird also wieder nach vorn kommen. Es ist ein sehr kleiner Garten.«
»Er hat etwas Bestimmtes vor«, murmelte Hall, als die dunkle Gestalt wieder in Sicht kam. »Aha, Mr. Haas, Sie sind ein ganz Gerissener! Sieh mal, Grunja, jetzt ist er in das Gebüsch neben dem Gartentor gekrochen. Ist das die Stelle, bis zu der das Kabel verlegt ist?«

»Ja. Es ist das einzige dichte Gebüsch, in dem sich ein Mensch verstecken kann. Aber da kommt jemand. Ob das noch einer der Mörder ist?«

Hall und Grunja warteten den Mann nicht ab, sondern gingen am Haus vorbei bis zur nächsten Ecke. Der Mann, der aus der anderen Richtung gekommen war, bog zu Dragomiloffs Haus ein und stieg die Stufen zur Tür hinauf. Sie hörten, wie sie nach einer kurzen Weile geöffnet und wieder geschlossen wurde.

Grunja bestand darauf, Hall zu begleiten. Es sei ihr Haus, erklärte sie, und sie kenne jeden Winkel. Außerdem habe sie noch den Schlüssel, und so brauchten sie nicht zu klingeln.

Der Eingang war erleuchtet, so daß die Hausnummer deutlich zu erkennen war, und sie gingen rasch an den Büschen vorbei, hinter denen sich Haas verbarg, schlossen die Eingangstür auf und traten ein. Hall hängte seinen Hut auf einen Kleiderhaken und zog die Handschuhe aus. Hinter der Tür rechts war leises Stimmengewirr zu hören. Sie blieben draußen stehen und lauschten.

»Schönheit *ist* etwas Zwingendes«, hörten sie eine Stimme über alle anderen hinweg.

»Das ist Hanover, das Mitglied aus Boston«, raunte Hall.

»Schönheit ist etwas Absolutes«, fuhr die Stimme fort. »Das menschliche Leben, überhaupt jedes Leben ist der Schönheit unterworfen worden. Es handelt sich dabei aber nicht um eine widersinnige Anpassung. Die Schönheit ist nicht dem Leben unterworfen worden. Die

Schönheit war bereits in der Welt, als es den Menschen noch nicht gab. Schönheit wird auch noch weiterbestehen, wenn der Mensch schon aus der Welt verschwunden und zu einem Nichts geworden ist. Schönheit ist — nun ja, sie ist eben Schönheit, das ist alles, das erste und das letzte Wort, und sie ist nicht von den kleinen madenähnlichen Menschen abhängig, die durch den Urschleim kriechen.«

»Metaphysik«, hörten sie Lucoville verächtlich ausrufen, »nichts weiter als trügerische Metaphysik, mein lieber Hanover. Wenn ein Mensch erst einmal anfängt, die vorübergehenden Erscheinungen einer kurzlebigen Evolution als absolut hinzustellen...«

»Sie sind selber ein Metaphysiker«, unterbrach ihn Hanover. »Sie würden ja sogar behaupten, daß nichts außerhalb des Bewußtseins existiert, das heißt, daß, wenn das Bewußtsein vernichtet ist, damit auch die Schönheit vernichtet ist, daß das Ding selber, das vitale Prinzip, dem das sich entwickelnde Leben unterworfen wurde, zerstört ist. Während wir doch alle wissen, und Sie sollten es gleichfalls wissen, daß nur das Prinzip als solches von Dauer ist. Wie Spencer so richtig von dem ewigen Strom von Energie und Materie mit seinem abwechselnden Rhythmus von Evolution und Auflösung gesagt hat: ›Stets das gleiche im Prinzip, aber niemals das gleiche im konkreten Ergebnis.‹«

»Neue Normen, neue Normen«, warf Lucoville heftig ein. »Neue Normen, die immer wieder in einander folgenden und einander unähnlichen Evolutionen auftreten.«

»Die Norm selber!« rief Hanover triumphierend. »Haben Sie darüber nachgedacht? Sie selber haben soeben versichert, daß die Norm von Dauer ist. Was aber ist diese Norm? Sie ist das Ewige, das Absolute, sie ist alles, was sich außerhalb des Bewußtseins befindet, nämlich Vater und Mutter des Bewußtseins.«
»Einen Augenblick«, rief Lucoville erregt.
»Ach was!« fuhr Hanover mit dem echten dogmatischen Eifer des Gelehrten fort, »Sie versuchen den alten, längst durchlöcherten Idealismus Berkeleys wieder zu beleben. Das ist Metaphysik – aber Generationen hinter der Zeit zurück. Die moderne Schule behauptet, wie Sie wissen sollten, daß das Ding dank seiner selbst existiert. Bewußtsein, das Sehen und Gewahrwerden eines Dings, ist reiner Zufall. Sie, mein lieber Lucoville, sind hier der Metaphysiker.«
Es folgten zustimmendes Händeklatschen und zustimmendes Gemurmel.
»Jetzt haben Sie sich in der eigenen Schlinge gefangen«, hörten sie eine sanfte Stimme mit einem unverkennbar englischen Akzent.
»John Gray«, flüsterte Hall Grunja zu. »Wäre das Theater nicht so hoffnungslos kommerziellen Interessen unterworfen, würde er es von Grund auf revolutionieren.«
»Wortklauberei«, entgegnete Lucoville. »Haarspalterei, Taschenspielertricks mit der Sprache, ein Auswechseln von Wörtern und Ideen. Wenn Sie mir zehn Minuten einräumen, so werde ich meinen Standpunkt erläutern.«

»Hör dir das nur an!« sagte Hall leise. »Das sind also unsere liebenswerten Mörder, verehrungswürdige Philosophen. Würdest du nicht auch eher glauben, daß es sich bei ihnen um freundliche Irre, aber keinesfalls um grausame, brutale Mörder handelt?«

Grunja zuckte die Achseln. »Von mir aus können sie die Schönheit nach allen beliebigen Seiten hin und her drehen, aber ich kann nicht vergessen, daß sie es sich in den Kopf gesetzt haben, Onkel Sergius zu ermorden — meinen Vater.«

»Aber verstehst du denn nicht? Sie sind von Ideen besessen. Das menschliche Leben als solches bedeutet ihnen nichts — nicht einmal das eigene. Sie sind Sklaven des Gedankens und leben in einer Welt der Ideen.«

»Zu fünfzigtausend pro Person«, entgegnete sie.

Nun zuckte er die Achseln.

»Komm«, forderte er sie auf, »gehen wir hinein. Nein, ich gehe als erster.«

Er drehte den Türknauf und trat, von Grunja gefolgt, ein. Jäh brach das Gespräch ab, und sieben Männer, die es sich in dem Zimmer bequem gemacht hatten, blickten den beiden Eindringlingen entgegen.

»Hören Sie, Hall«, rief Harkins offensichtlich gereizt, »Sie sollten aus dieser Sache herausgehalten werden. Und wir haben Sie auch herausgehalten. Trotzdem sind Sie hier, noch dazu — verzeihen Sie — mit einer Fremden.«

»Wenn es nur an Ihnen gelegen hätte, wäre ich bestimmt ausgeschlossen geblieben«, antwortete Hall. »Aber wozu diese Geheimnistuerei?«

»So lauteten die Befehle des Chefs. Er hat uns gebeten, hierherzukommen. Und da wir seinen Anweisungen gehorchten und Sie davon nicht informiert haben, bleibt uns nur der eine Schluß, daß er es war, der Sie benachrichtigt hat.«

»Nein, keineswegs«, rief Hall lachend. »Aber Sie könnten uns eigentlich auch zum Sitzen auffordern. Dies, meine Herren, ist Miß Constantine. Miß Constantine, Mr. Gray; Mr. Harkins; Mr. Lucoville; Mr. Breen; Mr. Alsworthy; Mr. Starkington und Mr. Hanover – die noch überlebenden Mitglieder des Mordbüros, mit Ausnahme von Mr. Haas.«

»Das ist Vertrauensbruch!« rief Lucoville zornig. »Hall, Sie enttäuschen mich!«

»Sie sind sich über einiges noch nicht ganz im klaren, Freund Lucoville. Dies ist Miß Constantines Haus. In Abwesenheit ihres Vaters sind Sie alle ihre Gäste.«

»Uns wurde zu verstehen gegeben, es sei Dragomiloffs Haus«, entgegnete Starkington. »Das hat er uns gesagt. Wir kamen jeder für sich, und da wir doch alle hier zusammengetroffen sind, können wir nur daraus schließen, daß wir uns weder in der Straße noch in der Hausnummer geirrt haben.«

»Es läuft aufs gleiche hinaus«, antwortete Hall mit einem nachsichtigen Lächeln. »Miß Constantine ist Dragomiloffs Tochter.«

Schon waren Grunja und Hall von den anderen umringt, und alle streckten ihr die Hand hin. Sie aber legte ihre Hand auf den Rücken und trat einen Schritt zurück.

»Sie wollen meinen Vater töten«, sagte sie, zu Lucoville gewandt. »Ihnen kann ich unmöglich die Hand geben.«

»Setzen Sie sich doch bitte in diesen Sessel«, antwortete Lucoville, der ihr, von Starkington und Gray unterstützt, einen Sessel herantrug. »Es ist uns eine große Ehre – die Tochter unseres Chefs, wir wußten nicht, daß er eine Tochter hat, sie ist uns willkommen – jede Tochter unseres Chefs ist uns willkommen...«

»Aber Sie wollen ihn doch töten«, wiederholte sie ihre Anschuldigung. »Sie sind Mörder.«

»Wir sind Freunde, Sie können es uns glauben. Wir verkörpern eine Freundschaft, die höher und tiefer ist als Leben und Tod. Meine Liebe, das Menschenleben ist ein Nichts – es ist etwas ungemein Winziges. Das Leben! Unser Leben ist nichts weiter als ein kleiner unwichtiger Stein auf dem Spielbrett der gesellschaftlichen Evolution. Wir bewundern Ihren Vater, wir respektieren ihn, er ist ein großer Mann. Er ist – oder richtiger, er war – unser Chef.«

»Und dennoch wollen Sie ihn ermorden!«

»Aber auf seinen Befehl hin. Nun setzen Sie sich doch bitte.« Lucovilles Bemühungen hatten insofern Erfolg, als sie sich in den Sessel sinken ließ. »Ihren Freund, Mr. Hall«, fuhr er fort, »lehnen Sie doch auch nicht als Freund ab. Sie bezeichnen ihn nicht als Mörder. Und doch war er es, der das Honorar von fünfzigtausend Dollar für das Leben Ihres Vaters eingezahlt hat. Wie Sie sehen, hat er bereits unsere Organisation zerstört. Aber wir machen ihm deshalb keinen Vorwurf. Er ist

unser Freund. Wir achten ihn, weil wir ihn als einen wahren Mann kennen, als einen ehrenwerten Mann, als einen Mann, der zu seinem Wort steht, als einen Moralisten von nicht geringen Graden.«
»Ist das nicht wunderbar, Miß Constantine?« warf Hanover begeistert ein, »Freundschaft, die den Tod als ein geringes Übel erscheinen läßt! Die Herrschaft der Gerechtigkeit! Die Anbetung der Gerechtigkeit! Weckt das nicht Hoffnungen? Denken Sie darüber nach! Es beweist, daß die Zukunft uns gehört, daß die Zukunft den rechtdenkenden, rechthandelnden Männern und Frauen gehört; daß solche ungestümen, doch schwächlichen Gefühle und animalischen Gelüste des tierischen Urschlamms, Eigenliebe und Liebe zu verwandtem Fleisch und Blut, verwehen wie der Morgendunst vor der Sonne der höheren Gerechtigkeit! Die Vernunft — und wohlgemerkt die *rechte Vernunft* — triumphiert! Die ganze Menschheit wird sich eines Tages nicht vom Fleisch und dem abgrundtiefen Urschlamm abwenden und der höheren rechten Vernunft folgen.«
Grunja senkte den Kopf und hob abwehrend die Arme, um ihrer Verwirrung und Verzweiflung Ausdruck zu verleihen.
»Es ist unmöglich, ihnen zu widerstehen, nicht wahr?« rief Hall frohlockend und beugte sich über sie.
»Es ist das Chaos des entfesselten Denkens«, antwortete sie hilflos. »Es ist die verrückt gewordene Moral.«
»Das habe ich dir doch gesagt«, erwiderte er. »Sie sind alle verrückt, genauso verrückt wie dein Vater und auch genauso verrückt wie du und ich, soweit wir von

ihrem Denken angesteckt sind. Und was hältst du jetzt von unseren liebenswerten Mördern?«

»Ja, was halten Sie von uns?« Hanover sah sie über seine Brille hinweg strahlend an.

»Ich kann nur sagen«, antwortete sie, »daß Sie gar nicht danach aussehen – ich meine, wie Mörder. Was Sie betrifft, Mr. Lucoville, so will ich Ihnen jetzt die Hand geben. Ich werde Ihnen allen die Hand geben, falls Sie mir versprechen, diesen Versuch aufzugeben, meinen Vater zu töten.«

»Es liegt noch ein langer Weg vor Ihnen, Miß Constantine, bis Sie zum Licht emporsteigen können«, warf ihr Hanover bedauernd vor.

»Töten? Töten?« rief Lucoville erregt. »Warum immer diese Angst vor dem Töten? Der Tod ist nichts. Nur die Tiere, die Geschöpfe des Sumpfes fürchten den Tod. Meine Liebe, wir haben den Tod überwunden. Wir sind vollkommene Intelligenzen, die Gut und Böse kennen. Uns fällt es nicht schwerer, getötet zu werden als selber zu töten. Töten – das geschieht doch in jedem Schlachthaus und in jeder Fleischfabrik im ganzen Land. Es ist so alltäglich, daß es fast langweilig ist.«

»Wer hätte denn noch niemals eine Mücke zerdrückt?« rief Starkington. »Wer hat noch nicht mit der weit ausholenden Bewegung einer von Fleisch, von Getötetem ernährten Hand einen so wunderbaren, einen so empfindsamen und zarten Flugapparat vernichtet? Sollte im Tod etwas Tragisches liegen – dann denken Sie an die Mücke, die zerquetschte Mücke, an dieses schwerelose, zauberhafte Flugwunder, das zermalmt und zerquetscht wurde, wie es noch niemals einem Flieger widerfahren ist, nicht einmal MacDonald, der fünfzehntausend Fuß tief fiel. Haben Sie jemals eine Mücke aufmerksam betrachtet, Miß Constantine? Es lohnt sich. Die Mücke ist als Erscheinung des Lebendigen etwas ebenso Wunderbares wie der Mensch.«

»Aber es *gibt* doch einen Unterschied«, warf Gray ein.

»Darauf wollte ich noch kommen. Ja, worin liegt der Unterschied? Die Mücke wird zerdrückt.« Er hielt inne, um seinen Worten größeren Nachdruck zu verleihen. »Na und, auch er wird zerdrückt, oder etwa nicht? Und das ist die ganze Geschichte. Er ist erledigt. Jedoch nicht die Erinnerung an ihn. Zermalme einen Menschen – erschlage ganze Generationen von Menschen –, etwas bleibt trotz allem. Was ist dieses Bleibende? Kein umherwandernder Organismus, kein hungriger Magen, kein kahler Schädel und kein Mund voll schmerzender Zähne, sondern Gedanken – königliche, erhabene Gedanken. Darin liegt der Unterschied. Gedanken! Hohe Gedanken! Rechte Gedanken! Logisch begründete Rechtschaffenheit!«

»Halt!« rief Hanover, sprang vor Erregung auf und fuchtelte mit den Armen. »Zerquetschen – ich akzeptiere Ihr Wort, Starkington, so brutal es auch ist, aber es ist ausdrucksvoll. Zerquetschen Sie – und ich warne Sie, Starkington –, zerquetschen Sie auch nur die kleinste Pigmentzelle des durchsichtigen Flors eines neugebildeten Mückenflügels, und die Gesamtheit des Universums wird von seinen Sonnen weggerissen und bis zu den Sternen hinter den Sternen fortgeschleudert.

Vergessen Sie nicht, daß in dieser Pigmentzelle und in dem letzten Atom der Milliarden Atome, aus denen sich diese Pigmentzelle zusammensetzt, kosmische Ordnung waltet und ebenso in jedem der zahllosen Myriaden von Teilchen, aus denen sich diese Milliarden von Atomen zusammensetzen.«
»Hören Sie, meine Herren«, mischte sich nun Grunja ein, »wozu sind Sie eigentlich hier? Ich meine nicht im Universum, sondern in diesem Haus. Ich lasse alles gelten, was Mr. Hanover so anschaulich über die Pigmentzelle des Mückenflügels gesagt hat. Ganz offensichtlich ist es unrecht, eine... eine Mücke zu zerquetschen. Wie aber können Sie dann im Namen der Vernunft Ihre Anwesenheit hier mit der Moral, die Sie mir gerade auseinandergesetzt haben, in Einklang bringen, wo Sie es doch auf einen grausamen Mord abgesehen haben?«
Alle redeten durcheinander und versuchten etwas Versöhnliches zu sagen.
»Ich bitte um Ruhe!« brüllte Hall sie an, wandte sich dann Grunja zu und befahl energisch: »Grunja, hör auf. Du bist schon angesteckt. In fünf Minuten bist du ebenso schlimm wie sie. Feuerpause für alle Argumente, meine Herren. Schluß damit. Vergessen Sie das Ganze. Wenden wir uns dem Nächstliegenden zu. Wo ist der Chef, Miß Constantines Vater? Sie sagten, er hätte Sie gebeten, hierherzukommen. Warum sind Sie hier? Um ihn zu ermorden?«
Hanover wischte sich die Stirn, noch völlig erschöpft von seinen leidenschaftlichen Gedankenausbrüchen, und nickte.

»Das ist unsere wohldurchdachte Absicht«, erklärte er ruhig. »Selbstverständlich ist Miß Constantines Anwesenheit sehr störend. Ich fürchte, wir werden sie bitten müssen, sich zurückzuziehen.«

»Sie sind ein Ungeheuer, Sir«, versicherte sie dem freundlichen Gelehrten ernst. »Ich bleibe hier. Und Sie werden meinen Vater nicht umbringen. Das versichere ich Ihnen.«

»Warum ist denn der Chef nicht hier?« fragte Hall.

»Weil noch etwas Zeit ist. Er hat uns angerufen, selber mit uns gesprochen und gesagt, er würde sich hier in diesem Zimmer um zehn Uhr mit uns treffen. Jetzt ist es fast zehn.«

»Vielleicht kommt er gar nicht«, meinte Hall.

»Er hat uns sein Wort gegeben«, lautete die einfache, aber durchaus überzeugende Antwort.

Hall warf einen Blick auf seine Uhr. Auf ihr waren es nur noch einige Sekunden bis zehn. Noch bevor diese Sekunden abgelaufen waren, öffnete sich die Tür, und Dragomiloff trat ein. Er war wie immer blond und farblos, trug einen grauen Reiseanzug, und beim Eintreten streifte er die Versammelten mit einem flüchtigen Blick aus seinen so auffallend blaßblauen Augen unter den seidigen Wimpern.

»Ich begrüße Sie, meine lieben Freunde und Brüder«, sagte er mit seiner monotonen, gleichmäßigen Stimme. »Wie ich sehe, sind Sie alle hier – mit Ausnahme von Haas. Wo ist Haas?«

Die Mörder, die nicht zu lügen vermochten, starrten einander seltsam verlegen an.

»Wo ist Haas?« wiederholte Dragomiloff.

»Wir ... wir wissen es nicht genau, ja, nicht genau«, begann Harkins zögernd.

»Nun, ich weiß es, und zwar genau«, unterbrach ihn Dragomiloff. »Ich habe Ihre Ankunft von einem Fenster im oberen Stockwerk aus beobachtet und Sie alle erkannt. Auch Haas ist gekommen. Er liegt jetzt im Gebüsch innerhalb des Zauns auf der rechten Seite des Weges und genau einen Meter zweiunddreißig von der unteren Angel des Tores entfernt. Ich habe es neulich ausgemessen. Glauben Sie, daß ich das beabsichtigte?«

»Wir haben uns gehütet, Ihre Absichten im voraus zu erkennen, verehrter Chef.« Hanover sprach salbungsvoll, jedoch schien er das Logische in seinen Worten besonders unterstreichen zu wollen. »Wir haben Ihre Einladung und Ihre Anweisungen sorgfältig erörtert und waren einmütig zu dem Schluß gelangt, daß wir keinen Wortbruch und keinen Vertrauensbruch begingen, wenn wir Haas seinen Posten draußen anwiesen. Entsinnen Sie sich nicht Ihrer Anweisungen?«

»Genau«, erklärte Dragomiloff. »Warten Sie, bis ich sie selber noch einmal durchgegangen bin.« Während einer halben Minute des Schweigens ließ er in Gedanken seine Anweisungen an sich vorüberziehen, und dann löste sich die Starre seines Gesichts und wich fast einem Strahlen der Genugtuung. »Sie haben recht«, verkündete er, »Sie haben völlig korrekt gehandelt. Aber jetzt, meine lieben Freunde, sind alle unsere Pläne durch das Eindringen meiner Tochter und jenes Mannes, der Stellvertreter auf Zeit in Ihrer Organisation ist und von dem ich hoffe, er wird eines Tages mein Schwiegersohn, zunichte gemacht.«

»Was ist das Ziel Ihres Plans?« fragte Starkington hastig.

»Sie zu vernichten«, rief Dragomiloff lachend. »Und das Ziel Ihres Plans war?«

»Sie zu vernichten«, gab Starkington zu. »Und wir werden Sie vernichten. Wir bedauern Miß Constantines Anwesenheit ebenso wie die Mr. Halls. Sie kamen uneingeladen. Sie können sich natürlich zurückziehen.«

»Ich denke nicht daran!« rief Grunja. »Sie alle sind kaltblütige, unmenschliche, mathematische Ungeheuer! Dies ist mein Vater, und mag ich auch abgründiger Urschlamm sein oder alles, was Sie nur wollen, aber ich denke nicht daran, mich zurückzuziehen, und Sie werden ihm nichts antun!«

»Sie müssen mir in dieser Angelegenheit auf halbem Weg entgegenkommen«, bat Dragomiloff. »Lassen Sie uns das diesmal in Betracht ziehen, da wir auf beiden Seiten Fehler gemacht haben. Ich schlage einen Waffenstillstand vor.«

»Einverstanden«, erklärte Starkington. »Ein Waffenstillstand von fünf Minuten. Während dieser Zeit darf kein offenkundiger Gewaltakt unternommen werden und niemand das Zimmer verlassen. Wir würden uns gern drüben beim Flügel miteinander besprechen. Sind Sie einverstanden?«

»Ja, gewiß. Aber nehmen Sie doch bitte zuerst genau zur Kenntnis, wo ich stehe. Meine Hand ruht auf diesem einen Buch in diesem Regal. Ich werde mich nicht

von der Stelle rühren, bevor Sie nicht beschlossen haben, welchen Weg Sie einschlagen wollen.«
Die Mörder zogen sich in den hinteren Teil des Zimmers zurück und begannen im Flüsterton miteinander zu sprechen.
»Komm«, raunte Grunja ihrem Vater zu. »Du brauchst nur durch die Tür zu treten und kannst fliehen.«
Dragomiloff lächelte nachsichtig. »Du verstehst noch immer nichts«, sagte er freundlich.
Leidenschaftlich ballte sie die Fäuste und rief: »Du bist genauso verrückt wie sie.«
»Aber Grunja, meine Liebe«, versuchte er sie zu beschwichtigen, »ist es denn nicht eine wunderbare Geisteskrankheit – wenn du es schon als solche bezeichnen willst? Hier herrscht der Gedanke, und hier herrscht Gerechtigkeit. Ich habe den Eindruck, daß hier die höchste Vernunft und Selbstbeherrschung erreicht ist. Was den Menschen von den niederen Tieren unterscheidet, ist die Selbstbeherrschung. Betrachte nur einmal diese Szene. Dort stehen sieben Männer, die es darauf abgesehen haben, mich zu ermorden. Hier stehe ich, dazu entschlossen, sie zu ermorden. Und doch haben wir uns durch das Wunder des gesprochenen Wortes auf einen Waffenstillstand geeinigt. Wir vertrauen einander. Das ist ein unvergleichliches Beispiel höchster moralischer Beherrschung.«
»Jeder Einsiedler, der auf einer Säule hockt oder mit den Schlangen in einer Felsenhöhle haust, ist ebenfalls ein unvergleichliches Beispiel solcher Beherrschung«, entgegnete sie ungeduldig. »Die Beherrschung, die in

manchen Heilanstalten geübt wird, ist oft bemerkenswert.«

Aber Dragomiloff ließ sich nicht verleiten, das Zimmer zu verlassen, sondern lächelte und scherzte, bis die Mörder zurückkehrten. Wie zuvor war auch jetzt Starkington der Wortführer.

»Wir haben beschlossen«, erklärte er, »daß es unsere Pflicht ist, Sie umzubringen, verehrter Chef. Wir räumen Ihnen eine Minute Zeit ein, in der Sie davonlaufen können. Sobald die verstrichen ist, machen wir uns an unsere Arbeit. Wir bitten auch unsere beiden ungebetenen Gäste, sich innerhalb dieses Zeitraums zurückzuziehen.«

Grunja schüttelte energisch den Kopf. »Ich bin bewaffnet«, rief sie drohend, zog eine kleine automatische Pistole hervor und verriet ihre mangelnde Erfahrung dadurch, daß sie sie nicht entsicherte.

»Es tut mir leid«, entschuldigte sich Starkington, »aber trotzdem müssen wir unsere Aufgabe durchführen.«

»Falls nicht etwas Unvorhergesehenes dies verhindert?« meinte Dragomiloff.

Starkington sah seine Kollegen an, die ihm zunickten, und erklärte: »Selbstverständlich, falls nicht etwas Unvorhergesehenes...«

»Und hier hätten wir das Unvorhergesehene«, unterbrach ihn Dragomiloff ruhig. »Sie sehen meine Hände, mein lieber Starkington. Sie sind waffenlos. Noch einen Augenblick, bitte. Sie sehen das Buch, auf dem meine linke Hand ruht. Hinter diesem Buch befindet sich an der Hinterwand des Regals ein Knopf. Durch einen einzigen festen Stoß drückt das Buch gegen den Knopf. Dieses Zimmer ist ein ganzes Dynamitlager. Brauche ich noch mehr zu erklären? Ziehen Sie einmal den Teppich beiseite, auf dem Sie stehen – ja, so ist es richtig. Nun heben Sie die lockere Diele an. Sehen Sie die Dynamitpatronen, die dort nebeneinanderliegen? Sie sind alle angeschlossen.«

»Höchst interessant«, murmelte Hanover und blickte durch seine Brille auf das Dynamit hinunter. »Der Tod auf so einfache Weise herbeigeführt! Nichts weiter als eine heftige chemische Reaktion. Eines Tages werde ich mich, wenn ich die Zeit aufbringe, eingehender mit dem Studium von Sprengstoffen befassen.« In diesem Augenblick wurde Hall und Grunja bewußt, daß die philosophischen Mörder tatsächlich den Tod nicht fürchteten. Ihr Körper war, wie sie behaupteten, für sie nicht wichtig. Die Liebe zum Leben durchsetzte nicht ihre Überlegungen. Sie kannten nichts weiter als die Liebe zum Denken.

»Das haben wir natürlich nicht geahnt«, versicherte Gray Dragomiloff. »Aber wir befürchteten, was wir nicht ahnten. Deswegen haben wir Haas draußen aufgestellt. Uns konnten Sie entkommen, aber nicht ihm.«

»Ach ja, da fällt mir etwas ein, Kameraden«, sagte Dragomiloff. »Ich habe noch ein Kabel bis zu der Stelle im Garten gelegt, wo Haas jetzt auf mich lauert. Ich hoffe nur, daß er nicht versehentlich auf den Knopf drückt, den ich dort versteckt eingebaut habe, sonst gehen wir alle samt unseren Theorien in die Luft. Wie wäre es, wenn einer von Ihnen hinausginge und ihn hereinholte? Und während wir gerade dabei sind, wollen wir uns auf noch einen Waffenstillstand einigen. Unter den gegenwärtigen Umständen sind Ihnen die Hände gebunden.«

»Sieben Leben für eins«, rief Harkins. »Mathematisch betrachtet ist das abstoßend.«

»Und wirtschaftlich betrachtet ist es katastrophal«, räumte Breen ein.

»Angenommen«, fuhr Dragomiloff fort, »wir schließen den Waffenstillstand bis ein Uhr, und Sie alle essen mit mir zu Abend.«

»Wenn Haas einverstanden ist«, erklärte Alsworthy. »Ich gehe ihn gleich holen.«

Haas war einverstanden, und nicht anders als jede andere Gesellschaft von Freunden verließen sie gemeinsam das Haus und nahmen einen Elektrobus in den oberen Teil der Stadt.

13

In einem Separatzimmer des *Poodle Dog* saßen die acht Mörder, Dragomiloff, Hall und Grunja an einem Tisch. Und es wurde ein fröhliches, fast geselliges Abendessen, der Tatsache zum Trotz, daß Harkins und Hanover Vegetarier waren, Lucoville jedes gekochte Essen verschmähte und wie eine Kuh eine große Schüssel mit Salat, rohen Steckrüben und Karotten verzehrte und Alsworthy mit Nüssen, Trauben und Bananen begann, bei dieser Kost blieb und mit ihr abschloß. Breen dagegen, der nach Verdauungsstörungen aussah, delektierte sich an einem dicken, ziemlich rohen Steak und erschauerte bei dem Gedanken an Wein. Dragomiloff und Haas tranken einen leichten einheimischen Rotwein, während sich Hall, Gray und Grunja in eine Flasche Rheinwein teilten. Starkington dagegen begann mit zwei Martinis und versenkte während des ganzen Essens sein Gesicht immer wieder in einem Maßkrug mit Würzburger Bier. Die Unterhaltung war freimütig, und die Gefühle, die zum Ausdruck kamen, waren kameradschaftlich und voller Zuneigung.

»Heute hätten wir Sie umgelegt«, erklärte Starkington Dragomiloff, »wäre nicht Ihre Tochter so unerwartet erschienen.«

»Mein lieber Starkington«, entgegnete Dragomiloff,

»sie war es, die Sie gerettet hat. Ich hätte alle sieben auf einen Schlag erledigt.«

»Nein, keinesfalls«, mischte sich Breen ein. »Wenn ich richtig verstanden habe, führte das Kabel zu den Büschen, in denen sich Haas versteckt hielt.«

»Daß er sich dort befand, war ein Zufall, ein reiner Zufall«, erwiderte Dragomiloff und tat die Sache mit einer Handbewegung ab, aber er vermochte doch nicht zu verbergen, daß ihm dieser Umstand sehr zu schaffen machte.

»Seit wann ist das Zufällige unter den Faktoren für die Evolution ausgeschaltet worden?« begann Hanover mit gelehrtem Ernst.

»Sie hätten die Sprengung niemals ausgelöst, Chef«, sagte Haas, während Lucoville zur gleichen Zeit Hanover fragte: »Wann ist das Zufällige denn als Faktor eingesetzt worden?«

»Möglicherweise ist Ihre Uneinigkeit nur eine Frage der Definition«, meinte Hall beschwichtigend. »Diese Spargel kommen übrigens aus der Büchse, Hanover. Wußten Sie das?«

Hanover vergaß das Streitgespräch und lehnte sich entsetzt zurück. »Und dabei esse ich niemals irgendwelches Zeug aus der Büchse! Sind Sie auch sicher, Hall? Sind Sie sicher?«

»Fragen Sie den Kellner. Er wird es Ihnen bestätigen.«

»Schon gut, mein lieber Haas«, erklärte Dragomiloff. »Das nächste Mal werde ich bestimmt auf den Knopf drücken, und Sie werden nicht im Weg stehen. Sie werden sich am anderen Ende des Kabels befinden.«

»Ich kann das nicht verstehen, ich kann das alles nicht verstehen«, rief Grunja. »Es sieht alles so harmlos aus. Es kann doch nicht Wirklichkeit sein. Hier sitzen Sie alle. Alle vertragen sich, alle essen und trinken zusammen und erzählen sich in aller Freundschaft, wie sie sich gegenseitig umzubringen gedenken.« Sie wandte sich an Hall. »Weck mich auf, Winter. Es ist ein Traum.«

»Wenn es das nur wäre!«

Sie sah Dragomiloff an. »Ach, Onkel Sergius, weck mich doch auf!«

»Du bist wach, Grunja, meine Liebe.«

»Wenn ich wach bin«, fuhr sie energisch und fast zornig fort, »sind alle anderen hier Traumwandler. Wachen Sie auf! Wachen Sie doch auf! Wenn nur ein Erdbeben käme, irgend etwas, wenn es Sie nur weckte. Vater, du kannst es doch tun. Zieh den Befehl, dich zu töten, zurück, denn du hast ihn selber gegeben.«

»Sehen Sie denn nicht ein, daß er das nicht kann«, rief ihr Starkington über den Tisch hinweg zu.

Dragomiloff, der am anderen Ende saß, schüttelte den Kopf. »Du erwartest doch nicht, Grunja, daß ich mein Wort breche?«

»Ich habe keine Angst davor, etwas zu brechen, was es auch sei!« mischte sich Hall ein. »Der Befehl hat mit mir begonnen. Ich ziehe den Auftrag zurück. Geben Sie mir meine fünfzigtausend wieder oder schenken Sie sie der Wohlfahrt. Mir soll es gleich sein. Mir kommt es nur auf eins an: Ich will nicht, daß Dragomiloff ermordet wird.«

»Sie vergessen sich selber«, erinnerte ihn Haas. »Sie

sind nichts weiter als ein Kunde des Büros. Und als Sie die Dienste des Büros in Anspruch nahmen, haben Sie gewissen Dingen zugestimmt. Auch das Büro hat sich zu gewissen Dingen verpflichtet. Wenn Sie auch den Wunsch haben sollten, diese Vereinbarung aufzuheben, so ist sie doch bereits Ihrer Einflußnahme entzogen. Die Angelegenheit liegt in Händen des Büros, und das Büro verstößt nicht gegen Vereinbarungen. Es hat sie niemals gebrochen und wird es auch niemals tun. Wenn es keinen absoluten Glauben an das gegebene Wort mehr gibt, wenn das gegebene Wort nicht ebenso unzerstörbar ist wie die Erde selber, dann gibt es keine Hoffnung im Leben, und die Schöpfung muß wegen der ihr innewohnenden Lüge im Chaos enden. Wir lehnen diese Lüge ab. Wir beweisen es durch unsere Handlungen, die das Endgültige eines gegebenen Worts besiegeln. Ist das richtig, Freunde?«

Die Zustimmung war einstimmig, und Dragomiloff richtete sich in seinem Sessel halb auf, griff über den Tisch und packte Haas' Hand. Dieses eine Mal verriet Dragomiloffs stets gleichbleibende, monotone Stimme die ihn bedrängenden Gefühle, als er stolz erklärte: »Die Hoffnung der Welt! Die höhere Rasse! Die Spitze der Evolution! Die gerechten Herrscher und königlichen Denker! Die Verwirklichung aller unserer Träume und aller unserer Bestrebungen; der Urschleim, der zum Licht emporgestiegen ist; Zeichen und Verheißung des Göttlichen endlich wahr geworden!«

Hanover stand von seinem Platz auf und umarmte den Chef in einem Rausch geistiger Bewunderung und Ver-

bundenheit. Grunja und Hall sahen einander verzweifelt an. »Königliche Denker«, murmelte er hilflos.
»Die Heilanstalten sind voll von solchen königlichen Denkern«, erwiderte sie gereizt.
»Logik!« spottete er.
»Auch ich werde ein Buch schreiben«, fuhr sie fort. »Mit dem Titel: *Die Logik des Wahnsinns* oder *Warum Denker verrückt werden.*«
»Niemals zuvor hat unsere Logik eine stärkere Bestätigung gefunden«, sagte Starkington, nachdem sich der Überschwang der königlichen Denker gelegt hatte.
»Aber Sie benutzen Ihre Logik zur Anwendung von Gewalt«, entgegnete Grunja heftig. »Ich werde es Ihnen beweisen...«
»Durch Logik?« warf Gray rasch ein und löste damit allgemeines Gelächter aus, in das auch Grunja, ob sie wollte oder nicht, einstimmte.
Hall hob ernst die Hand, um sich Gehör zu verschaffen.
»Wir müssen noch immer die Frage erörtern, wie viele Engel auf einer Nadelspitze tanzen können.«
»Schämen Sie sich!« rief Lucoville. »Das ist vorsintflutlich. Wir sind Gelehrte und keine Scholastiker!«
»Und das können Sie ebensoleicht beweisen«, entgegnete Grunja spitz, »wie Sie die Engel, die Nadel und sonst was beweisen können.«
»Wenn ich jemals aus diesem Schlamassel mit Ihnen herauskomme«, erklärte Hall, »schwöre ich aller Logik ab. Für mich ist sie erledigt!«
»Ein Eingeständnis geistiger Erschöpfung«, wandte Lucoville ein.

»Nur meint er es nicht ernst«, sagte Harkins. »Er kann gar nicht anders als logisch denken. Das ist sein Erbe – das Erbe des Menschen. Das unterscheidet den Menschen von den niedrigeren...«
»Halt!« mischte sich Hanover ein. »Sie vergessen, daß das gesamte Universum auf Logik beruht. Ohne Logik könnte das Universum nicht bestehen. In jeder seiner Fasern herrscht die Logik. Logik liegt im Molekül, im Atom und im Elektron. Ich habe eine Abhandlung darüber verfaßt, habe sie hier in meiner Tasche und werde sie Ihnen vorlesen. Ich habe ihr den Titel *Elektronische Logik* gegeben. Sie...«
»Da kommt der Kellner«, unterbrach ihn Hall boshaft. »Selbstverständlich bestätigt er, daß es Büchsenspargel waren.«
Hanover hörte auf, in seiner Tasche zu kramen, und machte statt dessen seiner Empörung gegen den Kellner und die Geschäftsleitung des *Poodle Dog* Luft.
»Das war aber nicht logisch«, sagte Hall lächelnd, nachdem der Kellner den Raum wieder verlassen hatte.
»Und wieso nicht, wenn ich fragen darf?« entgegnete Hanover ein wenig schroff.
»Weil es nicht die Jahreszeit für frische Spargel ist«, klärte Hall ihn auf.
Bevor sich Hanover von diesem Schlag erholen konnte, begann sich Breen mit ihm zu unterhalten.
»Sie haben vorhin einmal gesagt, Hanover, Sie interessierten sich für Sprengstoffe. Ich möchte Ihnen die Quintessenz universaler Logik vor Augen führen – die unwiderlegbare Logik der Elemente, der Chemie, der

Mechanik und der Zeit, die alle miteinander zu einem der schönsten Gebilde verschmolzen sind, das sich der menschliche Geist wird vorstellen können. Ich stimme so vollkommen mit Ihnen überein, daß ich Ihnen nun die vernunftlose Logik des Stoffes, aus dem das Weltall besteht, vorführen werde.«

»Wieso vernunftlos?« fragte Hanover leise und erschauerte vor den noch nicht gegessenen Spargeln. »Halten Sie das Elektron nicht der Vernunft fähig?«

»Das weiß ich nicht. Ich habe noch niemals ein Elektron gesehen. Aber nehmen wir einmal um des Arguments willen an, das Elektron könnte vernünftig überlegen. Auf jeden Fall werden Sie mit mir darin einig sein, daß es sich dabei um die unbestechlichste, die absoluteste und die unerschütterlichste Logik handelt, der Sie jemals begegnet sind. Sehen Sie sich das einmal an.« Breen war zu der Stelle hinübergegangen, wo sein Mantel an der Wand hing, und hatte ein flaches, längliches Päckchen herausgeholt. Der Gegenstand, den er auspackte, ähnelte einer zusammenschiebbaren Taschenkamera von mittlerer Größe. Er hielt ihn hoch, und seine Augen funkelten vor Bewunderung. »Wahrhaftig, Hanover!« rief er aus, »ich glaube, Sie haben recht. Sehen Sie sich das nur an – der allerletzte Schiedsrichter, die beredte Stimme, der Sieger über kreischende Münder und sich bekriegende Glaubensbekenntnisse! Dies hier verkündet das endgültige Wort. Wenn es spricht, schweigen Könige und Kaiser, Schieber und Fälscher, Schriftgelehrte und Pharisäer und alle falschen Propheten – sie versinken für immer in Schweigen.«

»Lassen Sie es doch mal reden«, rief Haas mit einem breiten Lächeln. »Vielleicht bringt es sogar Hanover zum Schweigen.«
Das Gelächter erstarb, als sie bemerkten, wie Breen, den Gegenstand in der Hand wägend, in Gedanken versunken war. In der Stille sahen sie, wie seine Vorstellungen, was als nächstes zu tun sei, Gestalt annahmen.
»Nun gut«, erklärte er, »es wird sprechen.« Er zog eine ganz gewöhnliche, verchromte Uhr aus seiner Westentasche. »Es ist ein kleiner Wecker«, fuhr er fort, »mit siebzehn Steinen, Schweizer Elgin-Uhrwerk. Lassen Sie mich mal überlegen. Jetzt ist es Mitternacht. Unser Waffenstillstand« – er beugte sich zu Dragomiloff vor – »läuft um ein Uhr aus. Sehen Sie, ich stelle sie genau auf eine Minute nach eins.« Er deutete dann auf eine Öffnung in dem kameraähnlichen Gegenstand. »Sehen Sie sich diesen Schlitz an. Er ist eigens dafür bestimmt, diese Uhr in sich aufzunehmen – wohlgemerkt, ich habe gesagt, eigens dafür bestimmt. Ich lasse die Uhr hineingleiten – so. Haben Sie das metallische Einrasten gehört. Das war die automatische Verschlußvorrichtung. Keine Macht der Welt kann nun die Uhr wieder entfernen. Ich kann es auch nicht. Damit ist die Entscheidung gefallen, und sie ist unwiderruflich. Dies alles habe ich selber erfunden – alles bis auf die Stimme. Die Stimme ist die Nakatodakas, des großen Japaners, der im vergangenen Jahr gestorben ist.«
»Ach, nur eine Grammophonplatte«, seufzte Hanover. »Ich dachte, es geht um Sprengstoffe.«

»Die Stimme Nakatodakas ist ein Sprengstoff«, erklärte Breen. »Sie werden sich erinnern, daß Nakatodaka in seinem Laboratorium von seiner eigenen Stimme umgebracht worden ist.«

»Formose!« rief Haas. »Jetzt erinnere ich mich.«

»Ich auch«, erklärte Hall Grunja. »Nakatodaka war ein großer Chemiker.«

»Aber soviel ich weiß, ist sein Geheimnis mit ihm gestorben«, sagte Starkington.

»Das hat die ganze Welt geglaubt«, erwiderte Breen. »Die japanische Regierung hat jedoch seine Formel gefunden, und diese wurde von einem Revolutionär aus dem Kriegsministerium gestohlen.« Seine Stimme schwoll vor Stolz an. »Dies ist die erste Formose, die jemals auf amerikanischem Boden gebaut wurde. Ich habe sie konstruiert.«

»Du lieber Gott!« rief Grunja. »Und wenn das Ding losgeht, sprengt es uns alle in die Luft!«

Breen nickte voller Genugtuung.

»Wenn Sie hierbleiben, ja«, sagte er. »Die Leute in diesem Viertel werden glauben, es sei ein Erdbeben oder es handle sich um einen Anschlag der Anarchisten.«

»Stellen Sie das Ding ab!« befahl sie.

»Das kann ich nicht. Das ist ja gerade das Schöne daran. Wie ich schon zu Hanover sagte, ist das die Logik der Chemie, der Mechanik und der Zeit, alle unlösbar miteinander verschmolzen. Im ganzen Universum gibt es keine Kraft, die diese Verschmelzung jetzt noch aufheben könnte. Jeder Versuch würde die Explosion nur vorzeitig auslösen.«

Grunja ergriff Halls Hand und sah ihn hilflos an, während Hanover umherfuchtelte, sich über die Höllenmaschine beugte, sie durch seine Brille begeistert betrachtete und von neuem in Ekstase geriet.

»Wunderbar! Wunderbar! Breen, ich kann Sie nur beglückwünschen. Jetzt sind wir in der Lage, die Angelegenheiten von Nationen zu schlichten und die Welt auf eine höhere, edlere Stufe zu heben. Hebräisch ist ein Zeitvertreib. Aber dies hier ist eine Leistung. Ich werde mich jetzt ganz bestimmt dem Studium von Sprengstoffen zuwenden... Lucoville, Sie sind widerlegt. Den Elementen sind tatsächlich Moral, Vernunft und Logik nicht fremd.«

»Sie vergessen nur eins, mein lieber Hanover«, entgegnete Lucoville, »daß hinter diesem Mechanismus, dieser Chemie und dieser Abstraktion der Zeit der Geist eines Menschen steht, der die Dinge ersinnt, sie kontrolliert und sich ihrer bedient...«

Er wurde jedoch von Hall unterbrochen, der seinen Stuhl zurückgestoßen hatte und aufgesprungen war.

»Sie sind ja wahnsinnig, alle! Hier sitzen Sie wie ein Haufen Muscheln! Ist Ihnen nicht klar, daß dieses verdammte Ding explodieren wird?«

»Erst eine Minute nach eins«, versicherte ihm Hanover beschwichtigend. »Außerdem hat uns Breen noch nicht gesagt, was er vorhat.«

»Der Geist des Menschen, der hinter allem steht und die eines Bewußtseins nicht fähige Materie und die blinde Gewalt leitet«, rief Lucoville spöttisch.

Starkington beugte sich zu Hall vor und sagte leise:

»Übertragen Sie diese Szene auf eine Bühne mit einem Publikum aus der Wall Street! Eine Panik würde ausbrechen.«

Aber Hall ließ den Einwurf unbeachtet.

»Hören Sie, Breen, was beabsichtigen Sie eigentlich? Ich jedenfalls werde jetzt sofort zusammen mit Miß Constantine von hier verschwinden.«

»Es ist noch reichlich Zeit«, antwortete der Treuhänder von Nakatodakas Stimme. »Ich werde Ihnen meine Absichten auseinandersetzen. Der Waffenstillstand geht um ein Uhr zu Ende. Ich stehe zwischen unserem lieben Chef und der Tür. Durch die Wände kann er nicht entkommen. Ich bewache die Tür. Alle übrigen dürfen gehen. Aber ich bleibe hier mit ihm zusammen. Die Explosion ist unvermeidlich. Nichts kann sie aufhalten. Eine Minute nach Ablauf des Waffenstillstands wird der letzte Auftrag, der vom Büro übernommen wurde, erledigt sein. Entschuldigen Sie, lieber Chef, einen Augenblick. Ich habe Ihnen gesagt, daß nicht einmal ich den Vorgang, der sich jetzt in diesem Mechanismus abspielt, mehr aufhalten kann. Aber ich kann ihn beschleunigen. Sehen Sie meinen Daumen, der leicht in dieser Vertiefung ruht. Mit ihm berühre ich einen Knopf. Ein Druck des Daumens, und die Maschine explodiert sofort. Als ehrenhafter, logischer Mensch und alter Kollege werden Sie einsehen, daß jeder Versuch von Ihnen, durch diese Tür zu entkommen, uns alle in die Luft sprengen wird, auch Ihre Tochter und den Stellvertreter auf Zeit. Daher werden Sie Ihren Platz nicht verlassen. Hanover, die Formel ist an einem sicheren

Ort aufbewahrt. Ich werde hierbleiben und mit dem Chef um eine Minute nach eins sterben. Sie werden die Formel in der obersten Schublade meines Aktenschranks in meinem Schlafzimmer finden.«

»Unternimm etwas!« flehte Grunja Hall an. »Du mußt etwas unternehmen.«

Hall, der sich inzwischen gesetzt hatte, stand wieder auf und schob, als er eine Hand auf dem Tisch aufstützte, das Weinglas beiseite.

»Meine Herren.« Er sprach mit ruhiger Stimme, die ihm sofort die respektvolle Aufmerksamkeit der anderen sicherte. »Bis zu diesem Augenblick habe ich mich, trotz meines Abscheus vor allem Töten, veranlaßt gesehen, die Ideale, von denen Sie sich bei Ihren Handlungen leiten ließen, gelten zu lassen. Nun muß ich jedoch Ihre Motive in Zweifel ziehen.«

Er wandte sich Breen zu, der ihn aufmerksam beobachtete.

»Sagen Sie mir«, fuhr Hall fort, »sind Sie der Ansicht, daß Sie persönlich den Tod verdient haben? Wenn Sie Ihr Leben hingeben, um dadurch Ihren Chef umzubringen, so verstoßen Sie damit gegen den Grundsatz, daß jeder Tod durch Ihre Hand durch die Verbrechen des Opfers gerechtfertigt ist. Welcher Verbrechen haben Sie sich also schuldig gemacht, daß Sie das Urteil, das Sie über sich selbst verhängt haben, als gerecht erscheinen lassen können?«

Breen lächelte über diese gewandten Ausführungen. Die anderen hörten höflich zu.

»Verstehen Sie«, erklärte der Bakteriologe beglückt,

»uns vom Mordbüro ist bewußt, daß wir selbst bei der Durchführung unserer Aufträge umkommen können. Das ist ein in unserem Beruf normales Risiko.«
»Gewiß, ein zufälliger Tod als Folge von etwas Unerwartetem«, gab Hall ruhig zur Antwort. »Hier aber haben wir es mit einem geplanten Tod zu tun, und noch dazu mit dem eines Unschuldigen – Ihrer selbst. Das aber ist ein Verstoß gegen Ihre eigenen Grundsätze.«
Es folgte ein kurzes, nachdenkliches Schweigen.
»Wissen Sie, Breen, eigentlich hat er ganz recht«, meinte Gray schließlich. Er hatte dem Wortduell mit gefurchter Stirn gelauscht. »Ich fürchte, daß Ihre Lösung kaum annehmbar ist.«
»Dennoch«, warf Lucoville ein, »wäre folgendes zu überlegen: Dadurch, daß Breen den Tod eines Unschuldigen plant, könnte er seinen Tod wegen des Verstoßes gegen einen unserer Grundsätze rechtfertigen.«
»Ich bitte Sie«, stieß Haas ungeduldig hervor. »Das ist Selbstbetrug. Sie bewegen sich bei Ihren Argumenten im Kreis. Bis zu seinem Tod ist er nicht schuldig; wenn er nicht schuldig ist, hat er den Tod auch nicht verdient.«
»Verrückt!« flüsterte Grunja. »Sie sind alle verrückt.«
Furchtsam musterte sie der Reihe nach alle Gesichter an diesem festlich gedeckten Tisch. In ihren Augen lag jener fiebrige Schimmer, den man auch bei Gelehrten während eines wissenschaftlichen Streitgesprächs beobachten kann. Keiner von ihnen schien davon, daß die tödliche Bombe Minute um Minute ihrer Auslösung näher tickte, auch nur im geringsten beeinflußt.

Breen hatte seinen Daumen von dem kleinen Knopf an der Seite der Maschine weggenommen. Er betrachtete interessiert jeden der Anwesenden, der zu seinem Vorschlag Stellung nahm.
»Ich sehe die Möglichkeit einer Lösung«, meinte Harkins bedächtig und beugte sich vor, um sich an der Diskussion besser beteiligen zu können. »Breen hat dadurch, daß er die Bombe während der Dauer des Waffenstillstands scharf gemacht hat, gegen eine Vereinbarung verstoßen. Ich möchte nicht behaupten, daß dieses Vorgehen nun eine so harte Strafe verdiente, wie er sie ins Auge gefaßt hat, aber ganz gewiß hat er sich einer Handlungsweise schuldig gemacht, die außerhalb der strengen Moralauffassung unserer Organisation steht...«
»Richtig!« rief Breen mit funkelnden Augen. »Das trifft zu, und das ist die Antwort! Da ich die Sprengung während eines Waffenstillstands scharf machte, habe ich eine Sünde begangen. Ich erkläre mich selber für schuldig und verdiene den Tod.« Seine Blicke streiften rasch die Uhr an der Wand. »In genau dreißig Minuten...«
Aber er hatte dabei Dragomiloff aus den Augen gelassen, und diese Unachtsamkeit erwies sich als verhängnisvoll. Schnell wie eine angreifende Kobra hatten die starken Hände des Chefs die lebenswichtigen Nerven an Breens Hals gesucht und gefunden. Der japanische Todesgriff wirkte augenblicklich; noch während die anderen bestürzt und überrascht zu ihm hinsahen, löste sich Breens Hand von dem kleinen Sprengkörper, und er sank leblos zu Boden. Noch fast mit der gleichen

Bewegung hatte Dragomiloff seinen Mantel ergriffen und war an die Tür gestürzt.
»Wir treffen uns auf dem Schiff, Grunja, meine Liebe«, murmelte er und war verschwunden, bevor sich noch einer der anderen hatte rühren können.
»Ihm nach!« rief Harkins und sprang auf. Aber John Grays kräftige Gestalt versperrte ihm den Weg.
»Wir haben einen Waffenstillstand!« erinnerte ihn Gray wütend. »Breen hat ihn gebrochen und hat für sein Vergehen teuer zahlen müssen. Wir sind noch immer für weitere zwanzig Minuten durch unser Ehrenwort gebunden.«
Starkington, der der ganzen Diskussion leidenschaftslos von einem Ende des langen Tisches aus gefolgt war, hob den Kopf und begann zu reden.
»Denken wir an den Sprengkörper«, bemerkte er ruhig. »Ich fürchte, daß wir unsere Auseinandersetzungen verschieben müssen. Wir haben jetzt noch genau ...«, er warf einen Blick auf die Uhr an der Wand, »achtzehn Minuten, bis er explodieren soll.«
Haas beugte sich neugierig zu Boden und nahm den kleinen Kasten, der Breens schlaffer Hand entglitten war, an sich.
»Es muß doch eine Möglichkeit geben...«
»Breen hat uns versichert, es gäbe keine«, antwortete Starkington gelassen. »Ich glaube ihm. Breen ist in seinen wissenschaftlichen Erklärungen immer zuverlässig gewesen.« Er erhob sich. »Als Leiter der Filiale in Chikago muß ich jetzt den Befehl über unsere stark verminderten Kräfte übernehmen. Harkins, Sie und Alsworthy

müssen den Sprengkörper so schnell wie möglich zur Bucht hinunterschaffen. Wir können ihn nicht hierlassen, er würde nur Unschuldige umbringen.«

Er wartete, bis die zwei Männer ihre Mäntel geholt hatten und gegangen waren. Den gefährlich tickenden Behälter mit dem Sprengkörper hatten sie bei sich.

»Unser verehrter ehemaliger Chef hat von einem Schiff gesprochen«, fuhr er ruhig fort. »Ich hatte von vornherein angenommen, daß er aus diesem Grund nach San Franzisko gefahren war. Seine Worte haben es mir nur bestätigt. Wir können uns nicht so tief erniedrigen, den Namen des Dampfers aus seiner Tochter herauszulocken, sondern müssen andere Vorkehrungen treffen. Haas...?«

»Nur drei Dampfer werden morgen früh auslaufen«, antwortete Haas fast mechanisch, während sich Grunja über die unerschöpflichen Informationen wunderte, die hinter seiner hohen Stirn gespeichert waren. »Es sind noch genug von uns übrig, um sie alle zu überprüfen.«

»Um so besser«, meinte Starkington. »Und um welche...«

»Die *Argosy* in Oakland, die *Eastern Clipper* an Jansens Wharf und die *Takku Maru* am Commercial Dock.«

»Alles klar. Lucoville, Sie übernehmen die *Argosy*. Haas, die *Takku Maru* sollte Ihnen am meisten zusagen. Und Gray nimmt die *Eastern Clipper*.«

Die drei Männer erhoben sich sogleich, aber Starkington machte ihnen ein Zeichen, sitzen zu bleiben.

»Wir haben Zeit bis zum Gezeitenwechsel, meine Herren«, bemerkte er ruhig. »Außerdem bleiben uns noch

zwölf Minuten von unserem Waffenstillstand.« Sein Blick fiel auf Breens Leichnam, der verkrampft am Boden lag. »Wir müssen jetzt auch Vorkehrungen für den Abtransport unseres armen Freundes treffen. Ein tödlicher Herzanfall, möchte ich sagen. Hanover, würden Sie bitte mal telefonieren... Danke.«
Er griff über den Tisch nach der Weinkarte.
»Danach möchte ich einen Kognak vorschlagen, einen starken. Vielleicht aus Spanien. Das passende Getränk als Abschluß eines guten Essens. Meine Herren, wir wollen auf das Ende eines höchst schwierigen Auftrags trinken. Und wir wollen, meine Herren, auf den Mann trinken, der diesen Auftrag ermöglicht hat.«
Hall fuhr herum, um gegen diesen Ausbruch makabren Humors auf seine Kosten zu protestieren, aber bevor er ein Wort hervorbrachte, sprach Starkington gelassen weiter:
»Meine Herren, wir heben unser Glas auf: Iwan Dragomiloff!«

14

Mit Hilfe seiner vollen Brieftasche fiel es Winter Hall nicht weiter schwer, den Zahlmeister davon zu überzeugen, daß es an Bord der *Eastern Clipper* noch immer Platz für einen Nachzügler gab. Er hatte sich nicht lange in seinem Hotel aufgehalten, hatte einen Koffer gepackt, eine kurze Mitteilung hinterlassen, die am Morgen sofort weitergegeben werden sollte, und sich mit der verängstigten Grunja an der Gangway getroffen. Während er noch damit beschäftigt war, die finanziellen Dinge zu regeln, verschwand Grunja, um ihrem Vater Halls Anwesenheit an Bord des Schiffes mitzuteilen. Ein rätselhaftes Lächeln spielte über Dragomiloffs Züge hin.

»Hast du etwa erwartet, meine Liebe, ich wäre böse?« fragte er. »Oder beunruhigt? Oder sogar überrascht? Die Aussicht auf eine Reise allein mit meiner neu entdeckten Tochter ist an sich schon etwas Erfreuliches, wieviel erfreulicher aber wird es sein, mit ihr zu reisen, wenn sie noch dazu glücklich ist.«

»Du hast mich immer glücklich gemacht, Onkel – ich meine, Vater«, sagte sie, und ihre Augen funkelten.

Dragomiloff lachte. »Eines Tages ist es jedoch so weit, meine Liebe, daß die Möglichkeiten eines Vaters, seine Tochter glücklich zu machen, begrenzt sind. Und wenn du jetzt nichts dagegen hast, werde ich mich schlafen legen. Es war ein anstrengender Tag.«

Grunja küßte ihn zärtlich und öffnete die Tür, als ihr etwas einfiel.

»Vater«, rief sie. »Das Mordbüro! Deine Leute haben die Absicht, jedes Schiff zu überprüfen, das am Morgen ausläuft.«

»Aber selbstverständlich«, antwortete er ruhig. »Das ist doch das Wichtigste, was ihnen zu tun bleibt.« Er küßte sie noch einmal und schloß die Tür hinter sich.

Sie stieg zum oberen Deck empor, wo sie Hall traf. Hand in Hand standen sie an der Reling und blickten auf die Lichter der schlafenden Stadt hinüber. Seine Hand schloß sich fester um die ihre.

»Muß es wirklich ein Jahr sein?« fragte er niedergeschlagen.

»Es sind doch nur noch drei Monate«, antwortete sie lachend. »Du darfst nicht ungeduldig werden.« Ihr Lachen erstarb. »Dieser Rat sollte eigentlich eher mir gelten.«

»Grunja!«

»Es ist wahr«, gab sie zu. »Ach, Winter, ich möchte so gern mit dir verheiratet sein!«

»Der Kapitän des Schiffes kann uns morgen trauen!«

»Nein. Ich bin genauso verrückt wie ihr alle. Ich habe mein Wort gegeben und werde es auch halten.« Sie sah ihn ernst an. »Erst wenn das Jahr um ist, werde ich dich heiraten. Und sollte bis dahin meinem Vater etwas zustoßen...«

»Ihm wird nichts zustoßen«, versicherte ihr Hall.

Sie sah ihn durchdringend an.
»Und doch willst du mir nicht versprechen, alles zu verhindern.«
»Meine Liebe, das kann ich nicht.« Hall starrte über die Reling auf das dunkle Wasser unter ihnen. »Diese Wahnsinnigen – und ich muß deinen Vater mit zu dieser Kategorie rechnen – lassen es nicht zu, daß sich jemand in ihr gefährliches Spiel einmischt. Und das ist es nämlich für sie – ein Spiel.«
»Bei dem niemand gewinnen kann«, gab sie bedrückt zu und blickte dann auf ihre Uhr. »Es ist sehr spät. Ich muß jetzt wirklich schlafen gehen. Sehe ich dich morgen früh?«
»Du wirst mir wohl auf einem so kleinen Dampfer kaum aus dem Weg gehen können«, rief er lachend, senkte den Kopf und küßte leidenschaftlich ihre Finger.

Dragomiloff wurde es in seiner Kabine zu warm, und so schraubte er das Bullauge auf und stieß es weit auf. Seine Kabine ging auf den Kai und auf eine feste Masse verschwommener Lagerschuppen hinaus, die nur von einer Reihe kleiner elektrischer Birnen beleuchtet waren, die im Nachtwind leicht hin und her schwangen. Aber das Öffnen des Fensters hatte nicht viel genützt; die Nachtluft war schwül und drückend.
Er stand in der Dunkelheit in seiner Kabine, lehnte sich an die Messingeinfassung des Bullauges und holte tief Atem. In seinen Gedanken ließ er die vergangenen neun Monate und die vielen Male an sich vorbeiziehen, da er mit knapper Not entkommen war. Er fühlte sich

müde, geistig und körperlich erschöpft. Das Alter, dachte er. Die eine Variable in der Gleichung des Lebens, die das Gehirn nicht zu beherrschen oder richtig zu berechnen vermochte. Nun lagen mindestens zehn Tage vor ihm, in denen er von allen Belastungen frei war; zehn angenehme Tage einer Seereise, bei der er sich erholen konnte. Als er dort stand, vernahm er plötzlich eine vertraute Stimme aus der Dunkelheit weiter unten.
»Sind Sie sicher? Dragomiloff. Es ist durchaus möglich, daß er als Passagier an Bord ist.«
»Völlig sicher«, antwortete der Zahlmeister. »Es gibt niemand dieses Namens auf dem Schiff. Sie können sich darauf verlassen, daß wir alles tun würden, was in unserer Macht steht, um der Bundesregierung behilflich zu sein.«
In der Sicherheit seiner dunklen Kabine mußte Dragomiloff lächeln. Alle Müdigkeit war verflogen, als er mit wachen Sinnen nun gespannt lauschte. Es war ein geschickter Schachzug Grays, sich als Bundesbeamter auszugeben, aber Gray hatte sich ja stets der Stellung würdig gezeigt, die er innerhalb des Büros einnahm.
»Es bestände immerhin die Möglichkeit, daß dieser Mann unter anderem Namen reist«, fuhr Gray fort. »Er ist verhältnismäßig klein und wirkt recht schmächtig, aber da täuscht man sich – Sie können mir glauben, er ist es nicht –, und er reist mit seiner Tochter, einer sehr hübschen jungen Dame mit Namen Grunja.«
»Wir haben einen Herrn an Bord, der mit seiner Tochter reist...«
Dragomiloffs Lächeln wurde noch breiter. In der Dun-

kelheit seiner Kabine zogen sich seine kleinen, kräftigen Finger in Vorbereitung auf das Kommende zusammen und entspannten sich wieder.
Unten auf dem Kai war es einen Augenblick still, dann fuhr Gray bedächtig fort:
»Ich würde gern der Sache nachgehen, wenn Sie nichts dagegen haben. Könnten Sie mir seine Kabinennummer nennen?«
»Natürlich. Eine Sekunde, Sir. Da haben wir sie – 31 – auf dem unteren Deck.« Es folgte eine Pause, in der er zögerte. »Aber sollten Sie sich irren...«
»Dann werde ich mich entschuldigen.« Grays Stimme klang kühl. »Die Bundesregierung hat kein Interesse daran, Unschuldige zu belästigen. Aber ich muß nun einmal meine Pflicht erfüllen.«
Die schattenhaften Gestalten am Fuß der Gangway trennten sich, und die größere ging an der anderen vorbei, die schräge Gangway leichtfüßig hinauf.
»Ich finde mich schon zurecht, danke. Sie brauchen meinetwegen Ihren Posten nicht zu verlassen.«
»Gewiß, Sir, ich hoffe nur...«
Aber Gray befand sich bereits außer Hörweite. Er betrat das Deck des Schiffes und ging rasch auf eine Tür zu, die zu einem Innengang führte. Im Innern stellte er sogleich die Nummern der Kabinen fest, vor denen er stand. Die Tür vor ihm trug die Nummer 108; ohne zu zögern wandte er sich der Treppe zu und ging nach unten. Dort bestanden die Nummern nur aus zwei Ziffern. Er lächelte und schlich den stillen Gang entlang, wobei er jede Tür überprüfte.

Die Nummer 31 lag jenseits einer Biegung des Ganges in einer kleinen Nische. Gray drückte sich gegen die Wand der Nische und überlegte seine nächsten Schritte. Er unterschätzte Dragomiloff nicht, der ihm nicht nur die Augen für die Schönheit von Logik und Moral in ihren großen Zusammenhängen geöffnet, sondern ihm auch beigebracht hatte, einem Mann mit einem einzigen schnellen Schlag das Genick zu brechen. Plötzlich begann das Schiff zu erzittern, und er zog sich kampfbereit zusammen, aber es waren nur die großen Maschinen, die sich unten im Maschinenraum langsam in Gang setzten und vor der Abfahrt auf Touren gebracht wurden.

In der Stille des menschenleeren Ganges überlegte Gray, ob er seinen Revolver benutzen sollte, verwarf aber diesen Gedanken. In diesem engen Raum würde das Krachen ohrenbetäubend sein und ein Entkommen entsprechend schwieriger. Statt dessen zog er ein dünnes, scharfes Messer aus einer Scheide an seinem Unterarm und prüfte die Schärfe der Klinge kurz an seinem Daumen. Befriedigt umschloß er es noch fester, die Schneide nach oben gewandt, während er sich mit der anderen Hand und mit dem Dietrich an das Schloß herantastete.

Mit einem raschen Blick vergewisserte er sich, daß er allein auf dem Gang war; alle Passagiere schliefen. So leise wie möglich führte er den Dietrich ein und drehte ihn langsam herum.

Zu seiner Überraschung wurde die Tür plötzlich nach innen aufgerissen. Bevor er das Gleichgewicht wiedergewonnen hatte, war er schon in den Raum hineingezogen, und starke Finger umfaßten die Hand, die das Messer hielt. Aber Gray hatte stets schnell reagieren können. Anstatt sich nach hinten zu werfen, folgte er der Bewegung seines Angreifers, stieß sich vor und verstärkte durch sein Gewicht die Bewegung des anderen. Die beiden Männer fielen ineinander verschlungen gegen die Wand unterhalb des Bullauges. Gray riß sich hoch, kam auf die Füße, wich nach einer Seite aus und hielt das Messer wieder fest und stoßbereit in der Hand. Auch Dragomiloff war auf den Beinen; die Hände vorgestreckt, suchte er mit gekrümmten Fingern nach einer Möglichkeit, den Todesgriff bei seinem Gegner anzuwenden.

Einen Augenblick standen sie keuchend nur ein paar Schritte voneinander entfernt. Die kleinen elektrischen Birnen am Kai warfen in der Kabine unheimliche Schatten. Dann stieß schnell wie der Blitz Grays Arm nach vorn, und das Messer pfiff durch die Dunkelheit. Aber es begegnete nur Luft; Dragomiloff hatte sich zu Boden fallen lassen, und als der Arm des anderen über ihn hinwegstieß, griff er zu, packte ihn und drehte ihn herum. Mit einem unterdrückten Schrei ließ Gray das Messer fallen und stürzte sich auf den kleineren Mann, wobei er mit der freien Hand nach der Kehle des anderen suchte.

Sie kämpften verbissen und schweigend, zwei erfahrene Mörder, die beide die Fähigkeiten des anderen kannten und von der Berechtigung wie auch von der Notwendigkeit, den anderen zu töten, überzeugt waren. Jeder Griff und jeder Gegengriff erfolgte automatisch; sie standen einander in ihrer Kenntnis von den Todesgriffen der Japaner nicht nach, und dieses Wissen konnte tödlich sein. Unter ihnen nahm das Dröhnen der gewaltigen Kolben, die sich langsam in Bewegung setzten, zu. In der Kabine wogte der Kampf unerbittlich weiter, ein Griff ergab den anderen, und ihr keuchender Atem wurde von den stärkeren Geräuschen der Schiffsmaschine übertönt.

Mit ihren um sich schlagenden Beinen stießen sie gegen die offene Tür, und sie fiel ins Schloß. Gray versuchte freizukommen, und plötzlich fühlte er, wie das Messer, das er verloren hatte, gegen eins seiner Schulterblätter drückte. Mit durchgebogenem Kreuz bäumte er sich auf und rollte ein Stück weiter, wehrte mit einer Hand Dragomiloffs Angriff ab und suchte mit der anderen nach der Waffe. Dann hatten seine Finger sie gefunden. Er warf sich heftig herum, riß sich los, holte mit dem Messer zu einem Frontalangriff aus und stieß mit aller Kraft zu. Er fühlte, wie es in etwas Weiches eindrang, und eine Sekunde lang hielt er inne. In diesem Augenblick fanden Dragomiloffs mordlustige Finger die Stelle, die sie gesucht hatten. Gray sank zurück, und seine Hand zog das Messer mit der letzten Kraft eines Sterbenden aus der Matratze der Koje heraus.

Dragomiloff kam taumelnd auf die Füße und starrte düster auf die schattenhafte Gestalt seines alten Freundes, die am Fuß der schmalen Koje zusammengesunken war. Er lehnte sich gegen das Bullauge und bemühte sich, wieder zu Atem zu kommen, sich dessen bewußt, wieviel von seiner Kampfkraft ihm die Jahre doch schon geraubt hatten. Erschöpft rieb er sich das Gesicht. Dennoch, dachte er, war er Gray nicht unterlegen, und Gray war bei einem Angriff ebenso lebensgefährlich wie jedes andere Mitglied. Ein plötzliches Klopfen an der Tür versetzte ihn sofort in die Situation zurück, in der er sich befand. Rasch beugte er sich nieder, rollte den Leichnam aus dem Blickfeld und unter die Koje und trat leise an die Tür.

»Ja?«

»Mr. Constantine? Dürfte ich Sie einen Augenblick sprechen, Sir?«

»Eine Sekunde.«

Dragomiloff schaltete das Licht in der Kabine ein, und ein hastiger Blick überzeugte ihn davon, daß nichts allzu ungewöhnlich aussah. Er hob einen Stuhl auf, warf die Decke so aufs Bett, daß sie die zerrissene Matratze überdeckte, und schlüpfte in einen Morgenmantel. Noch einmal sah er sich um. Er stellte fest, daß alles in Ordnung war, öffnete die Tür einen Spalt und gähnte dem Zahlmeister ins Gesicht.

»Ja? Was gibt es?«

Der Zahlmeister wirkte verlegen.

»Ein Mr. Gray, Sir. Ist er heruntergekommen, um Sie zu sprechen?«

»Ach, der. Ja, er war hier. Wirklich zu dumm, mich in dieser Weise zu belästigen. Er suchte einen Mr. Dragomowitsch oder so ähnlich. Er hat sich dann entschuldigt und ist wieder gegangen. Wieso?«

»Das Schiff legt ab, Sir. Glauben Sie, daß er im letzten

Augenblick an Land gegangen ist? Während ich hier herunterkam?«

Wieder gähnte Dragomiloff und sah den Zahlmeister kühl an.

»Ich habe keine Ahnung. Würden Sie mich bitte jetzt entschuldigen, ich möchte wahrhaftig ein wenig schlafen.«

»Selbstverständlich, Sir. Entschuldigen Sie. Vielen Dank.«

Dragomiloff verschloß die Tür und schaltete das Licht wieder aus. Er setzte sich auf den kleinen Stuhl und starrte nachdenklich das geschlossene Bullauge an. Morgen würde es schon zu spät sein; die Stewards würden in den Kabinen saubermachen. Sogar der Morgen wäre bereits zu spät; es gab immer wieder frühe Spaziergänger an Bord. Es mußte jetzt sein, so groß die Gefahr auch sein mochte. Geduldig lehnte er sich zurück und wartete auf die Abfahrt des Schiffes.

Vom Deck über ihm drangen Stimmen bis zu ihm, als die Leinen abgeworfen wurden und das Schiff langsam vom Kai ablegte. Das Dröhnen der Maschinen nahm zu, und eine leichte Bewegung teilte sich der Kabine mit. Über ihm war leises Trampeln von Füßen zu hören, als die Matrosen hin und her rannten, die Leinen einholten und den Anforderungen dieses stählernen Ungeheuers gehorchten, das sie über das Meer tragen sollte.

Allmählich verstummten die Rufe an Deck. Dragomiloff öffnete das Bullauge und streckte den Kopf hinaus. Die Wasserfläche zwischen der Pier und dem Schiff wurde allmählich breiter; die Reihe von Lichtern entlang der Lagerschuppen verschwamm in der Ferne. Aufmerksam lauschte er auf Schritte über ihm, aber es waren keine mehr zu hören. Er machte sich an seine Aufgabe, holte den Leichnam aus seinem Versteck heraus, hob ihn mühelos hoch und legte ihn auf die Koje. Mit einem letzten forschenden Blick stellte er fest, daß die Luft rein war. Er schob die schlaffen Arme durch das Bullauge und stieß den Körper in die Luft hinaus. Mit einem leisen Platschen schlug er auf, und Dragomiloff wartete, ob nicht von oben her ein Laut zu vernehmen war. Aber alles blieb still. Mit ernstem Gesicht verriegelte er das Bullauge, zog die Vorhänge vor und machte wieder Licht.

Eine letzte Überprüfung war notwendig, bevor er sich schlafen legte, denn Dragomiloff war ein gründlicher Mensch. Er steckte das Messer in einen Koffer und schloß ihn ab. Den Riß in der Matratze bedeckte er mit dem Laken, das er fest hineinstopfte, und strich den Teppich glatt. Erst nachdem die Kabine ihr altes Aussehen zurückgewonnen hatte, entspannte sich Dragomiloff und begann sich auszuziehen.

Es war eine mühselige Nacht gewesen, aber er hatte wieder einen Schritt auf seinem erbarmungslosen Weg zurückgelegt.

15

Lucoville klopfte heftig an die Tür von Starkingtons Hotelzimmer, und als sich die Tür öffnete, trat er ein und legte ohne ein Wort eine Zeitung auf den Tisch. Sofort hatten Starkingtons Blicke die schwarzen Schlagzeilen gefunden, und schnell las er den unheimlichen Bericht durch.

Zwei Tote bei rätselhafter Explosion

15. August:

Eine rätselhafte Explosion hat heute in den frühen Morgenstunden den tragischen Tod zweier noch nicht identifizierter Männer auf der Worth Street in der Nähe der Bucht herbeigeführt. Die Polizei konnte keine Anhaltspunkte für die Ursache der heftigen Detonation entdecken, bei der viele Fenster in der unmittelbaren Umgebung barsten, und die auch das Leben von zwei Männern kostete, von denen angenommen wird, daß sie sich zum Zeitpunkt der Explosion in dieser Gegend aufhielten.

Die Heftigkeit der Detonation hat die Identifizierung der beiden Opfer unmöglich gemacht. Zersprengte Reste eines kleinen Metallkastens waren der einzige ungewöhnliche Fund in dieser Gegend, aber die Polizei erklärt, sie könnten wegen ihres geringen Umfangs un-

möglich eine Rolle bei diesem tragischen Unfall gespielt haben. Die Behörden geben zu, daß sie gegenwärtig vor einem Rätsel stehen.

»Harkins und Alsworthy!« stieß er zwischen zusammengebissenen Zähnen hervor. »Wir müssen uns so schnell wie möglich mit den anderen hier treffen!«
»Ich habe Haas und Hanover angerufen«, antwortete Lucoville. »Sie sollten jeden Augenblick hier sein.«
»Und Gray?«
»In seinem Hotelzimmer hat er sich nicht gemeldet. Ich bin ziemlich überrascht, da vereinbart war, es sollte bis heute früh ein Bericht über die Schiffe vorliegen, die gestern nacht noch überprüft wurden.«
»Sie haben auf der *Argosy* nichts gefunden?«
»Nichts. Auch Haas hat auf der *Takku Maru* nichts festgestellt.«
Die beiden Männer sahen einander schweigend an. Der gleiche Verdacht war in ihnen aufgestiegen.
»Nehmen Sie an...«, begann Starkington, aber in diesem Augenblick wurde stürmisch an die Tür geklopft, und bevor einer von ihnen hätte antworten können, wurde sie aufgestoßen, und sie sahen sich Hanover und Haas gegenüber.
Haas kam hereingestürzt und legte eine spätere Ausgabe der Zeitung auf den Tisch.
»Haben Sie das schon gesehen«, rief er. »Gray ist tot!«
»Tot?«
»Man hat ihn im Wasser treibend neben dem Jansen Pier gefunden, wo die *Eastern Clipper* gelegen hatte!

Dragomiloff befindet sich an Bord dieses Schiffes, und es ist bereits ausgelaufen!«

Es folgte ein Augenblick entsetzten Schweigens. Starkington durchquerte das Zimmer und ließ sich langsam auf einem Stuhl nieder. Er musterte die ernsten Gesichter seiner Gefährten, bevor er zu sprechen begann.

»Meine Herren«, sagte er leise, »wir werden aufgerieben. Alle noch lebenden Mitglieder des Mordbüros befinden sich in diesem Augenblick in diesem Zimmer. Vier von uns sind innerhalb der letzten zwölf Stunden umgekommen. Wo bleibt der Erfolg, der jede unserer Bemühungen in all den Jahren krönte? Kann dies alles für immer vorbei sein?«

»Es gibt Grenzen für die Unfehlbarkeit eines jeden Menschen«, warf Haas ein. »Harkins und Alsworthy sind das Opfer eines Zufalls geworden.«

»Eines Zufalls? Das glauben Sie doch wohl nicht ernstlich, Haas. Bestimmt nicht. So etwas wie Zufall gibt es nicht. Entweder sind wir Herren über unser eigenes Leben, oder wir sind Herren über gar nichts.«

»Oder zumindest glauben wir das, oder wir glauben gar nichts«, berichtigte Lucoville trocken.

»Aber dann muß die Wanduhr falsch gegangen sein!« rief Haas.

»Offensichtlich«, gab Starkington zu. »Aber ist es ein Zufall, wenn man durch Abhängigkeit von einer technischen Einrichtung versagt? Erfindungen, mein lieber Haas, sind das Werk von Tatmenschen, aber nicht von Denkern.«

»Eine lächerliche Behauptung«, rief Haas spöttisch.

»Keineswegs. Nur die Unfähigkeit, Probleme geistig zu bewältigen, führt die Menschen dazu, nach technischen Lösungen zu suchen. Nehmen Sie zum Beispiel diese Wanduhr. Löst tatsächlich das Wissen um die genaue Zeit die Probleme dieser Stunde? Was ist an Schönheit oder Moral gewonnen, wenn man weiß, daß es zu diesem Zeitpunkt acht Minuten nach zehn ist?«
»Das ist eine allzu grobe Vereinfachung«, entgegnete Haas. »Eines Tages wird sich die Uhr vielleicht rächen.«
Hanover beugte sich vor.
»Wenn Sie schon so verächtlich über Tatmenschen sprechen«, meinte er, »halten Sie uns dann etwa nur für Denker und nicht für Menschen der Tat?«
Starkington lächelte.
»Um bei der Wahrheit zu bleiben, meiner Ansicht nach sind wir in letzter Zeit weder das eine noch das andere gewesen. Jetzt müssen wir beides sein.«
Lucoville, der am Fenster gestanden und auf die Straße hinabgestarrt hatte, wandte sich um.
»Hören Sie«, sagte er tonlos, »Dragomiloff ist abgereist und hat das Land verlassen. Es ist zweifelhaft, ob er jemals zurückkehrt. Warum geben wir nicht diese sinnlose Jagd auf? Wir können das Büro wieder aufbauen. Dragomiloff hat es mit nur einem Mann aufgezogen — mit sich selber —, und wir sind vier.«
»Die Jagd aufgeben?« Haas war sichtlich empört. »Sinnlos? Wie könnten wir das Büro wieder aufbauen, wenn wir als erstes nicht die Jagd, sondern unsere Grundsätze aufgeben?«
Lucoville senkte den Kopf.

»Natürlich haben Sie recht. Ich habe es mir nicht richtig überlegt. Aber was ist unser nächster Schritt?«
Haas antwortete ihm. Diese dünne, lodernde Flamme eines Mannes erhob sich und beugte sich über den Tisch vor. Seine hohe Stirn war gefurcht.
»Heute nachmittag läuft ein Schiff aus – die *Oriental Star* –, sie liegt am Dearborn Slip. Es ist das schnellste Schiff im Pazifikdienst. Es könnte leicht einen Tag vor Ankunft der *Eastern Clipper* in Hawaii festmachen. Ich schlage vor, daß wir auf Dragomiloff warten, wenn er in Honolulu eintrifft, und daß wir, wenn wir ihm entgegentreten, vorsichtiger sind als unsere Vorgänger.«
»Eine ausgezeichnete Idee«, stimmte ihm Hanover begeistert bei. »Er wird sich in Sicherheit wiegen.«
»Der Chef fühlt sich niemals sicher«, meinte Starkington. »Nur läßt er sich niemals von seinem Gefühl der Unsicherheit beirren. Was ist, meine Herren, sagt Ihnen Haas' Vorschlag zu?«
Es folgte ein kurzes Schweigen. Dann schüttelte Lucoville den Kopf.
»Ich halte es nicht für notwendig, daß wir alle fahren. Haas hat sich noch immer nicht ganz von seiner Verletzung erholt. Außerdem finde ich es nicht richtig, alles auf eine Karte zu setzen. Ich schlage daher vor, daß Haas zurückbleibt. Es könnte durchaus die Notwendigkeit eintreten, daß auch von hier aus etwas unternommen wird.«
Die anderen drei dachten sorgfältig über diesen Vorschlag nach. Starkington nickte.
»Ich bin einverstanden. Haas?«

Der kleine, drahtige Mann lächelte wehmütig.
»Selbstverständlich wäre ich beim Töten gern dabei. Aber ich muß mich der Logik von Lucovilles Ausführungen beugen. Ich bin auch einverstanden.«
Hanover nickte zustimmend.
»Haben wir genügend Geld?«
Starkington streckte die Hand aus und holte einen Umschlag aus seinem Schreibtisch.
»Dies wurde mir heute früh durch einen Boten überbracht. Hall hat ein Schriftstück unterzeichnet, wodurch er mich zur Abhebung unseres Reservefonds bevollmächtigt.«
Hanover zog die Augenbrauen hoch.
»Dann ist er also mit Dragomiloff abgereist.«
»Wohl eher mit der Tochter«, verbesserte ihn Haas lächelnd. »Armer Hall! Durch seine Liebe dazu gezwungen, sich einen Schwiegervater zuzulegen, den er bezahlt hat, sich umbringen zu lassen!«
»Halls Logik ist durch Gefühle verfälscht«, meinte Starkington. »Das Schicksal des Gefühlsmenschen ist nicht nur voraussagbar, sondern für gewöhnlich auch verdient.« Er stand auf. »Ich werde jetzt unsere Buchungen vornehmen.« Er starrte Lucoville plötzlich besorgt an. »Warum blicken Sie so finster drein?«
»Das Essen an Bord eines Schiffes«, seufzte Lucoville unglücklich. »Glauben Sie, daß man für die ganze Dauer der Reise für frisches Gemüse gesorgt hat?«

Der Rand der Sonne hob sich stetig über den östlichen Horizont. Winter Hall, der die warme Brise dieses Mor-

gens auf dem Pazifik genoß, wurde plötzlich bewußt, daß jemand neben ihm stand. Er blickte zur Seite und sah Dragomiloff neben sich, der in die Ferne starrte.
»Guten Morgen!« sagte Hall lächelnd. »Haben Sie gut geschlafen?«
Dragomiloff sah sich gezwungen, das Lächeln zu erwidern.
»So gut, wie man es erwarten konnte«, lautete seine trockene Antwort.
»Wenn ich nicht einschlafen kann«, erklärte Hall, »gehe ich für gewöhnlich an Deck spazieren. Ich habe immer festgestellt, daß mir dann Bewegung hilft.«
»Bestimmt war es nicht der Mangel an Bewegung.« Dragomiloff richtete seinen Blick nun voll auf den großen, gut aussehenden jungen Mann an seiner Seite. »Gestern nacht hatte ich, bevor das Schiff ablegte, noch einen Besucher.«
Die Erinnerung traf Hall wie ein Schlag.
»Gray! Er sollte dieses Schiff überprüfen!«
»Ja. Gray hat mich auch aufgesucht.«
»Ist er denn an Bord?« Hall blickte sich um, und sein unbeschwertes Lächeln war verschwunden.
»Nein. Er ist nicht mit uns abgefahren. Er ist dageblieben.«
Hall starrte den kleinen Mann mit dem sandfarbenen Haar neben sich an und begann zu begreifen.
»Sie haben ihn umgebracht!«
»Ja, ich habe ihn umgebracht. Ich sah mich dazu gezwungen.«
Hall wandte sich erneut der Betrachtung des Sonnen-

aufgangs zu. Die kräftigen Züge seines Gesichts wirkten nun streng.

»Sie sagen, Sie wären dazu gezwungen gewesen. Sollte dieses Eingeständnis einen Wandel in Ihren Anschauungen bedeuten?«

»Nein.« Dragomiloff schüttelte den Kopf. »Obwohl alle Ansichten Veränderungen unterworfen sein sollten, wenn der denkende Mensch seiner Fähigkeit, vernünftig zu überlegen, würdig sein soll. Ich habe nur deswegen von gezwungen gesprochen, weil Gray mein Freund war. In gewisser Weise könnte man sagen, er war mein Günstling. Meine Lehren befolgend, hat er mir nach dem Leben getrachtet. In Anerkennung der Reinheit seiner Motive habe ich ihm sein Leben genommen.

Hall seufzte niedergeschlagen.

»Nein, Sie haben sich nicht verändert. Sagen Sie mir nur, wann nimmt dieser Wahnsinn ein Ende?«

»Wahnsinn?« Dragomiloff zuckte die Achseln. »Definieren Sie einmal Ihre Begriffe. Worin liegt geistige Gesundheit? Indem man jenen zu leben gestattet, deren Handlungen dazu führen, daß unschuldige Menschen umgebracht werden? Zuweilen Tausende von Unschuldigen?«

»Bestimmt meinen Sie damit nicht John Gray?«

»Nein. Ich rechtfertige nur die Grundlage meiner Lehren, an die John Gray geglaubt hat und die Sie als Wahnsinn zu bezeichnen beliebten.«

Hall sah Dragomiloff mit einem Ausdruck der Hoffnungslosigkeit an.

»Aber Sie haben doch bereits das Trügerische einer solchen Philosophie eingestanden. Der Mensch vermag nicht zu richten; er kann nur gerichtet werden. Und nicht durch ein Individuum, sondern nur durch die Gruppe.«

»Stimmt. Darauf fußend, haben Sie mich auch davon überzeugt, daß die Ziele des Mordbüros schändlich waren. Oder sagen wir besser: die Zeit war für sie noch nicht ›reif‹. Denn Sie dürfen nicht übersehen, daß das Büro selber eine Gruppe darstellt, die für die Gesellschaft repräsentativ ist. Stellen Sie sich doch bitte einmal ein solches Büro vor, das die ganze Menschheit umfaßt. Dann wären die Argumente, die Sie vorbrachten, um mich zu überzeugen, nicht länger gültig. Aber lassen wir das. Auf jeden Fall haben Sie mich überzeugt, und ich habe die Aufgabe übernommen, mich selber ermorden zu lassen. Leider hat sich gerade die Perfektion meiner Organisation gegen mich gerichtet.«

»Perfektion!« rief Hall gereizt. »Wie können Sie sich eines solchen Wortes bedienen? Ihre Leute haben bei sechs oder acht Mordversuchen versagt!«

»Gerade dieses Versagen ist ja der Beweis der Perfektion«, erklärte Dragomiloff ernst. »Wie ich sehe, haben Sie noch immer nichts begriffen. Mißerfolge sind berechenbar, denn in die Arbeit des Büros sind gewisse Kontrollen und Überprüfungen eingebaut. Gerade die Mißerfolge beweisen die Richtigkeit dieser Kontrollen und Überprüfungen.«

Hall starrte den kleinen Mann neben sich verwundert an.

»Sie sind unglaublich! Sagen Sie mir nur – schon gut, ich werde nicht das Wort ›Wahnsinn‹ gebrauchen –, wann wird dieses Abenteuer ein Ende finden?«
Zu seiner Überraschung lächelte Dragomiloff recht freundlich.
»Mir gefällt dieses Wort ›Abenteuer‹. Das ganze Leben ist ein Abenteuer, aber wir wissen es erst dann zu würdigen, wenn das Leben selber auf dem Spiel steht. Wann wird es enden? Wahrscheinlich, wenn es mit uns zu Ende geht. Wenn unser Gehirn zu funktionieren aufhört; wenn wir uns zu den Würmern und Nichtdenkern gesellen. In meinem Fall«, fuhr er fort, wobei er Halls kaum verborgene Ungeduld bemerkte, »nach Ablauf eines Zeitraums von einem Jahr, vom Augenblick meiner ersten Anweisung an Haas an gerechnet.«
»Und diese Zeit ist bald um. In weniger als drei Monaten wird unser Vertrag ausgelaufen sein. Was dann?«
Zu seiner Verwunderung erstarb plötzlich Dragomiloffs Lächeln.
»Das weiß ich nicht. Ich kann es nicht glauben, daß die Organisation, die ich mit solcher Sorgfalt aufgebaut habe, es mir erlauben wird, das Ende dieses Zeitraums lebend zu erreichen.«
»Aber ganz bestimmt können Sie sich doch nicht den Erfolg der anderen wünschen?«
Dragomiloff preßte die Hände zusammen. Er furchte die Stirn und sah sehr ernst aus.
»Ich weiß es nicht. Gerade diese Frage hat mir im Verlauf der Wochen und Monate immer stärker zu schaffen gemacht.«

»Sie sind ein wirklich erstaunlicher Mensch! In welcher Hinsicht hat sie Ihnen denn zu schaffen gemacht?«
Der schmächtige Mann mit dem hellen Haar blickte seinem Gesprächspartner fest in die Augen.
»Ich bin gar nicht so sicher, daß ich mich durch das Ablaufen der Frist retten lassen möchte. Die Zeit sollte der Herr der Menschen sein und nicht ihr Diener. Verstehen Sie, die Zeit ist die einzige vollkommene Maschine, deren Getriebe durch die Sterne gesteuert und deren Zeiger von der Unendlichkeit bewegt werden. Auch ich habe eine vollkommene Maschine konstruiert: das Büro. Aber das Büro muß seinen eigenen Gesetzen gehorchen, um seine Vollkommenheit zu beweisen. Es darf vor seinen Unzulänglichkeiten nicht durch die blind waltende Funktion einer anderen, größeren Maschine bewahrt werden.«
»Und dennoch versuchen Sie, das Zeitelement zu Ihrer Rettung auszunutzen«, wandte Hall ein, wie immer von der besonderen Art der Gedankengänge des anderen gereizt.
»Ich bin auch nur ein Mensch«, antwortete Dragomiloff bedrückt. »Möglicherweise erweist sich dies auf die Dauer als die eigentliche, die entscheidende Schwäche meiner Philosophie.«
Ohne ein weiteres Wort wandte er sich um und ging langsam und schwerfällig auf die Türen zu, die in das Innere des Schiffes führten. Hall sah ihm einen Augenblick nach und fühlte dann, wie sein Arm auf der anderen Seite berührt wurde. Er fuhr herum und sah sich Grunja gegenüber.

»Was hast du denn meinem Vater gesagt?« fragte sie. »Er sah so niedergeschlagen aus.«

»Es liegt eher an dem, was dein Vater zu sich selber gesagt hat«, erwiderte Hall. Er ergriff ihren Arm, und sie begannen an Deck auf und ab zu gehen. »In jedem von uns liegt ein Instinkt verborgen, der um die Erhaltung unseres Lebens kämpft. Aber es liegt auch ein verborgenes Todesverlangen in uns, das sich zu seiner Rechtfertigung so manchen Vorwands bedient. Wir müssen abwarten, welche dieser beiden Kräfte im Leben deines seltsamen Vaters die Oberhand behält.«

»Oder in seinem Tod«, murmelte sie und klammerte sich heftig an den schützenden Arm ihres Geliebten.

16

Die Tage an Bord der *Eastern Clipper* verstrichen schnell und angenehm. Grunja lag jeden Tag auf ihrem Liegestuhl in der warmen Sonne und wurde, wie auch Hall, tief gebräunt. Dragomiloff hingegen schien, obwohl er ebenso viele Stunden auf dem sonnenbeschienenen Deck verbrachte, der Kraft der versengenden Strahlen gegenüber unempfindlich zu sein und blieb so blaß, wie er es immer gewesen war. Hall und Dragomiloff schienen ein Moratorium über philosophische Gespräche geschlossen zu haben; ihre Unterhaltung wandte sich eher den Schwärmen der Bonitos und Albacore zu, die im Kielwasser des Schiffes umhertollten, oder dem ausgezeichneten Essen, das es an Bord gab, oder zuweilen sogar ihren jeweiligen Ergebnissen beim Decktennis.

Eines Morgens war dann die Reise zu Ende, als habe es sie niemals gegeben. Als sie an diesem Morgen erwachten und das Deck betraten, sahen sie sich im Schatten des hochaufragenden Diamond Head an der Einfahrt zur Insel Oahu. Im Hintergrund breitete sich weiß und schimmernd die Hafenstadt Honolulu aus. Kleine Kanus, in denen mit Blütenkränzen geschmückte Eingeborene saßen, jagten bereits auf das Schiff zu. Unten, in der Tiefe des großen Schiffes, stützten sich die Heizer auf ihre geschwärzten Schaufeln; die schweren Maschi-

nen liefen nun langsamer, und das Schiff machte kaum noch Fahrt.
»Wie schön!« murmelte Grunja und wandte sich Hall zu. »Ist es nicht schön, Winter?«
»Fast so schön wie du«, antwortete Hall scherzend und sah dann Dragomiloff an. »Zehn Wochen«, sagte er leichthin. »Es sind nur noch zehn Wochen, Sir, bis sich unsere gegenseitigen Beziehungen ändern werden. Dann werden Sie mein Schwiegervater.«
»Und nicht länger mehr Ihr Freund?« rief Dragomiloff lachend.
»Mein Freund immer.« Hall runzelte leicht die Stirn. »Und was haben Sie jetzt vor? Glauben Sie, daß die anderen Mitglieder des Büros Ihnen hierher folgen?«
Dragomiloffs Lächeln blieb unverändert.
»Ob sie mir folgen werden? Die sind schon da. Oder doch die meisten von ihnen. Natürlich werden sie mindestens einen in den Staaten zurücklassen.«
»Aber wie können sie denn vor uns dort eintreffen?«
»Mit einem schnelleren Schiff. Ich bin sicher, daß sie am Nachmittag nach dem Auslaufen unseres Schiffes an Bord der *Oriental Star* abgereist sind. Die Entdeckung von Grays Leichnam hat sie auf unser Schiff und damit auf unser Ziel hingewiesen. Sie werden gestern abend schon angelegt haben. Keine Angst, wenn wir aussteigen, werden sie dasein.«
»Aber wie kannst du dessen so sicher sein?« fragte Grunja.
»Ich versetze mich an ihre Stelle und überlege mir, was ich unter den gleichen Umständen tun würde. Nein,

meine Liebe, ich irre mich nicht. Sie werden dasein, um mich zu begrüßen.«

Grunja griff nach seinem Arm, und in ihren Augen breitete sich Furcht aus.

»Aber was willst du tun, Vater?«

»Keine Sorge, mein Kind. Ich werde ihnen nicht zum Opfer fallen, falls du das befürchtest. Nun paß genau auf: Einige Tage vor unserer Abreise habe ich mit dem Postschiff einen Brief abgeschickt und Zimmer für euch in der *Queen Anne Inn* bestellt. Es wird euch auch jederzeit, wenn ihr es wünscht, ein Wagen mit Chauffeur zur Verfügung stehen. Ich selber werde mich euch nicht anschließen können, aber sobald ich irgendwo untergekommen bin, lasse ich von mir hören.«

»Für uns beide?« Hall war überrascht. »Aber Sie wußten doch nicht einmal, daß ich mitkäme!«

Dragomiloffs Lächeln wurde noch breiter.

»Ich habe doch schon gesagt, daß ich mich stets in die Lage der anderen versetze. An Ihrer Stelle hätte ich es niemals darauf ankommen lassen, daß mir ein so schönes Mädchen wie meine Grunja durch die Lappen ginge. Mein lieber Hall, mir war klar, daß Sie sich an Bord dieses Schiffes befinden würden.«

Er lehnte sich wieder über die Reling. Die mit Eingeborenen besetzten Kanus schaukelten nun neben dem Schiff auf und nieder; Jungen, die nur den einheimischen *Molo* trugen, tauchten nach Münzen, die die Fahrgäste in das klare Wasser der Hafeneinfahrt warfen. Die weißen Gebäude am Kai spiegelten das Licht der Morgensonne. Der große Dampfer lag nun still; ein kleines

Schiff löste sich vom Ufer und brachte den Lotsen und die chinesischen Träger, die das Gepäck von Bord schaffen sollten.

Ein lautes Heulen zerriß die Stille, als die Schiffssirene die glückliche Ankunft meldete. Das Schiff mit dem Lotsen kam längsseits, und die Hafenbeamten, sehr adrett in ihren Mützen und den weißen, kurzen Hosen, stiegen an Bord. Ihnen folgte eine Schar blaugekleideter, bezopfter Träger, die die Strickleiter emporkletterten, ihre breitkrempigen Strohhüte im gleichen Rhythmus hüpfend, und in einem Gang nach unten verschwanden.

Dragomiloff wandte sich zu den beiden anderen.

»Würdet ihr mich jetzt bitte entschuldigen, ich bin mit dem Packen noch nicht fertig«, erklärte er unbekümmert, winkte ihnen zu und verschwand im Innern des Schiffes.

Der Lotse erschien auf der Brücke, und die Maschinen der *Eastern Clipper* begannen zu dröhnen und wechselten zu einem höheren Ton über, als sich das Schiff dem Land näherte.

»Am besten, wir gehen jetzt nach unten und kümmern uns um unser Gepäck«, meinte Hall.

»Ach, Winter, muß das jetzt schon sein? Hier ist es so schön! Sieh nur, wie die Berge um die Stadt herum aufsteigen. Die Wolken sind wie Pusteblumen, die über den Gipfeln schweben!« Sie hielt jäh inne, und alle Freude wich aus ihrem Gesicht. »Winter, was wird mein Vater unternehmen?«

»Um deinen Vater würde ich mir an deiner Stelle keine Sorgen machen. Vielleicht sind sie gar nicht hier. Und selbst wenn sie hier sein sollten, ist es zweifelhaft, daß sie inmitten dieses Menschengewimmels irgend etwas versuchen. Komm jetzt.«

Sie gingen nach unten, während sich der Dampfer immer näher an den Pier heranschob. Leinen wurden ans Ufer geworfen, und eifrige Hände machten sie an den am Kai eingelassenen Pollern fest. Die Schiffswinden begannen sich zu drehen, rollten die Trossen auf und zogen das Schiff an seinen Liegeplatz am Pier. Eine Musikkapelle begann zu spielen und stimmte das bekannte *Aloha* an. Rufe des Erkennens klangen auf, als sich Fahrgäste und Freunde in der Menge fanden; heftig wurde mit Taschentüchern gewinkt. Die Gangway senkte sich langsam herab, und die Kapelle spielte noch lauter.

Als Hall, nachdem er sein Gepäck einem Träger übergeben hatte, an Deck zurückkehrte, blieb er an der Reling stehen und musterte die fröhlichen Gesichter, die in einer langen Reihe unten am Kai zur Reling hinaufblickten. Plötzlich fuhr er zusammen und richtete sich auf: Starkington blickte ihm in die Augen! Der Leiter der Filiale in Chikago lächelte erfreut und winkte ihm zu. Halls Blicke glitten über die nach oben gewandten Gesichter und blieben an einem anderen haften. Auch Hanover war da, der Gangway etwas näher. Die übrigen, dessen war Hall ganz sicher, mußten ebenfalls derartige strategische Stellungen eingenommen haben.

Inzwischen waren die Gangway festgemacht und die Schranken entfernt worden. Die Fahrgäste und ihre Freunde drängten sich die Gangway hinauf und hinunter und schoben sich an schwerbeladenen Trägern

vorbei, die sich mühsam einen Weg bahnten und gefährlich unter ihren Lasten schwankten. Jetzt betrat Starkington die Gangway und arbeitete sich durch die Menge. Hall ging auf ihn zu.
Starkington lächelte ihn glücklich an.
»Hallo, Hall! Ich freue mich, Sie wiederzusehen. Wie ist es Ihnen ergangen?«
»Starkington! Sie dürfen es nicht tun!«
Starkington zog die Augenbrauen hoch.
»Was darf ich nicht tun? Ich darf unser geheiligtes Wort nicht halten? Ich darf einem Versprechen nicht treu bleiben? Einer Verpflichtung nicht nachkommen?« Er lächelte noch immer, aber die Augen hinter diesem Lächeln waren von tödlichem Ernst erfüllt. Sie schweiften über Halls Schulter hinweg weiter und musterten das Gesicht jedes Passagiers, der sich der Gangway näherte.
»Diesmal gibt es für ihn kein Entkommen, Hall. Lucoville ist mit dem Lotsenboot an Bord gekommen; er muß in diesem Augenblick unten im Schiff sein. Hanover bewacht den Kai. Der Chef hat einen schweren Fehler begangen, als er sich auf diese Weise in die Ecke drängen ließ.«
Hall biß die Zähne zusammen.
»Ich werde es nicht zulassen. Ich werde die Behörden einschalten.«
»Sie werden niemanden einschalten.« Starkingtons Stimme klang pedantisch. Ebensogut hätte er ein Lehrer sein können, der einem ziemlich dummen Schüler etwas völlig Eindeutiges erklärte. »Sie haben Ihr Ehrenwort gegeben — sowohl dem Chef selber wie auch

uns. Sie haben bisher die Behörden nicht eingeschaltet und werden es auch jetzt nicht tun...« Er unterbrach sich, als ihn ein chinesischer Träger, unter einem Berg von Koffern gekrümmt, mit einer Entschuldigung in hohem Singsangton streifte. Jetzt erschien auch Lucoville. Als er Hall entdeckte, lächelte er erfreut.

»Hall! Schön, Sie zu sehen! Wie war die Reise? Haben Sie sie genossen? Sagen Sie«, fuhr er fort und senkte die Stimme, »wie war das Gemüse an Bord? Für die Rückreise hätte ich gern eine Küche, die meinem Geschmack eher entspricht. Auf der *Oriental Star* wurden wir mit Gemüse und Obst entsetzlich kurzgehalten. Fleisch und noch mal Fleisch! Wahrscheinlich haben diese Leute geglaubt, sie bereiteten den Passagieren damit eine besondere Freude...«

Nun erst schien er sich dessen bewußt zu werden, daß Starkington wartete, denn er ließ dieses Thema fallen und wandte sich dem anderen zu.

»Dragomiloff ist unten. Er hat die Kabine Nr. 31 unter einem anderen Namen gebucht; ich habe draußen an seiner Kabinentür einen Riegel angebracht, um jede Flucht unmöglich zu machen. Natürlich gibt es noch immer das Bullauge...«

»Das wird von Hanover bewacht.« Er wandte sich an Hall, der bleich neben ihm stand. »Sollten Sie jetzt nicht lieber an Land gehen, Hall? Glauben Sie mir, Sie können nichts tun, um dies zu verhindern.«

»Ich bleibe«, rief Hall und drehte sich hastig um, als eine Hand jäh seinen Arm packte. »Grunja! Grunja, meine Liebe!«

»Winter!« rief sie und sah dabei Starkington mit funkelnden Augen an. »Was suchen Sie hier? Sie dürfen meinem Vater nichts antun!«

»Wir haben schon früher über diese Dinge gesprochen«, antwortete Starkington höflich. »Sie kennen unsere Mission, und auch die Anweisungen Ihres Vaters sind Ihnen bekannt. Ich möchte vorschlagen, Miß Dragomiloff, daß Sie an Land gehen. Sie können doch nichts unternehmen.«

»An Land gehen?« Plötzlich warf sie den Kopf entschlossen zurück. »Ja, ich werde an Land gehen! Und ich kehre mit der Polizei zurück. Mir ist völlig gleich, was für Anweisungen mein Vater gegeben hat. Sie werden ihn jedenfalls nicht umbringen!« Dann fuhr sie zu Hall herum, und ihre Augen blitzten. »Und du! Du stehst nur hier herum! Was bist du eigentlich für ein Mann? Du bist noch schlimmer als diese Wahnsinnigen, denn sie glauben noch, im Recht zu sein, während du weißt, daß sie im Unrecht sind. Aber trotzdem unternimmst du nichts!«

Sie entriß ihren Arm Halls Griff, lief auf die Gangway zu und suchte sich ihren Weg durch die sich langsam auflösende Menge. Starkington blickte ihr nach und nickte bedächtig.

»Da haben Sie eine sehr gute Wahl getroffen, Hall. Ein Mädchen mit Temperament. Ich fürchte nur, daß wir unser Programm beschleunigt durchführen müssen. Ich hatte gehofft, wir könnten warten, bis das Schiff leer ist. Die meisten Fahrgäste aber scheinen es bereits verlassen zu haben. Kommen Sie?«

Die letzten Worte hatte er mit so höflicher Stimme gesprochen, daß Hall es kaum zu glauben vermochte, es sei für ihn eine Aufforderung, der Hinrichtung eines Mannes beizuwohnen, der noch dazu Grunjas Vater war. Starkington lächelte ihn aufmunternd an und ergriff seinen Arm.
Wie im Traum ging Hall neben ihm her. Es war nicht zu glauben! Man hätte meinen können, er werde mitgenommen, um einen Freund zu einer nachmittäglichen Whistpartie zu besuchen! Als sie die breite, mit einem Läufer bedeckte Treppe hinunterstiegen, redete Starkington munter weiter.
»Finden Sie nicht auch, es gibt nichts Angenehmeres als eine Schiffsreise. Wir alle haben sie sehr genossen. Lucoville hat sich selbstverständlich unaufhörlich über das Essen beschwert, aber... Ach, da sind wir ja.«
Er beugte sich vor und lauschte an der Tür. Aus dem Innern waren leise Laute zu vernehmen. Er entfernte den Riegel, den Lucoville angebracht hatte, und wandte sich an die anderen.
»Lucoville, treten Sie dort hinüber. Hall, ich möchte vorschlagen, daß Sie diese Nische verlassen. Bestimmt ist der Chef darauf vorbereitet, sich zu verteidigen, und ich möchte nicht, daß Sie zu Schaden kommen.«
»Aber Sie können doch auch getötet werden!« rief Hall.
»Sicher. Aber einer von uns beiden sollte doch wohl in der Lage sein, diesen Auftrag zu einem Ende zu bringen, Lucoville oder ich. Und nur darauf kommt es an.«
Er zog einen Revolver aus der Tasche und hielt ihn schußbereit. Lucoville, der neben ihm stand, tat das

gleiche. Hall starrte die beiden voller Entsetzen an. Keiner verriet auch nur die geringste Furcht. Starkington holte einen Schlüssel aus seiner Tasche und steckte ihn ins Schloß. Er versuchte nicht einmal, es leise zu tun.
»Zurück, Hall!« befahl er, und im gleichen Augenblick schwang die Tür jäh nach innen auf. Bei dem Anblick, der sich ihnen bot, blieb Starkington mit offenem Mund wie angewurzelt stehen, während Hall in schallendes Gelächter ausbrach.
Auf der Koje lag zappelnd und sich windend ein Chinese, der bis auf sein Unterzeug entkleidet und an die Koje gefesselt war. Er hatte einen festen Knebel im Mund, und seine Augen funkelten vor Zorn. Noch während er den Kopf hin und her drehte und dadurch die Männer verzweifelt anflehte, ihn zu befreien, bemerkten sie, daß sein Zopf abgeschnitten war.
»Dragomiloff!« stieß Lucoville keuchend hervor. »Er muß einer der Träger gewesen sein, die an uns vorbeigingen!« Er machte einen Satz zur Tür, aber Starkingtons Arm versperrte ihm den Weg.
»Zu spät«, erklärte er gleichmütig. »Wir müssen mit unserer Suche ganz von vorn anfangen.«
Auf dem Gang waren Schritte zu vernehmen, und Grunja tauchte auf, begleitet von mehreren Leuten der Inselpolizei, Gummiknüppel in Händen. Als Grunja Hall erblickte, der noch immer von einem Lachanfall geschüttelt wurde, blieb sie unsicher stehen. Die Entschlossenheit ihrer Haltung brach angesichts dieser Heiterkeit in sich zusammen. Starkington zog höflich die Augenbrauen hoch.

Die Polizei übersah sofort die Situation, stürzte vor und befreite den armen Chinesen, der sie mit einem Schwall von Worten überschüttete, zuerst auf sein abgeschnittenes Haar deutete, dann auf seinen fast nackten Körper und schließlich mit den Armen fuchtelnd zeigte, wie er überwältigt und gefesselt worden war. Dies alles war von einem unaufhörlichen Redefluß begleitet. Ein Polizist unterbrach ihn mehrmals, stellte ihm Fragen in der gleichen Sprache und wandte sich dann streng an Starkington.
»Wo ist der Mann, der für diese Gewalttat verantwortlich ist?« fragte er auf englisch.
»Das weiß ich nicht«, gestand Starkington. Aber dann kam ihm sein Gerechtigkeitssinn zu Hilfe. Er griff in seine Tasche und holte eine Handvoll Geldscheine heraus, von denen er einige dem Chinesen reichte.
»Bitte«, sagte er freundlich zu dem noch immer erregten Chinesen. »Sie sind nicht weniger hereingefallen als wir, aber dies soll Sie etwas für das entschädigen, was man Ihnen angetan hat. Aber«, und seine Stimme verriet nun tiefe Enttäuschung, »ich weiß wirklich nicht, wodurch wir entschädigt werden könnten!«

17

Zwei Wochen verstrichen, bevor Grunja und Hall Anweisungen erhielten, die sie mit Dragomiloff zusammenführen sollten.

Sie hatten ihre Zeit damit verbracht, mit dem Wagen und dem Fahrer alle Schönheiten der tropischen Stadt zu besuchen. Am Morgen nach ihrer Ankunft war der Fahrer in der *Queen Anne Inn* erschienen und hatte ihnen eine Nachricht überbracht, die folgenden Inhalt hatte:

»Meine Kinder, hiermit stelle ich Euch Chan vor, einen alten, vertrauenswürdigen Angestellten der Firma S. Constantine & Co. Er wird Euch fahren, wohin Ihr wollt und wann Ihr wollt, mit Ausnahme der wenigen Stunden, in denen ich ihn für meine eigenen Angelegenheiten brauche. Stellt ihm keinerlei Fragen, denn er wird sie nicht beantworten. Mir geht es gut, und ich bin glücklich; ich werde mich mit Euch, sobald die Situation es erlaubt, in Verbindung setzen. Alles Liebe meiner lieben Grunja und ein fester Händedruck für meinen Freund Hall.«

Keine Unterschrift, aber es war auch keine nötig. Darüber beruhigt, daß Dragomiloff in Sicherheit war, konnten auch sie sich entspannen. Sie verbrachten ihre Zeit wie andere Touristen. Sie schwammen am Strand von Waikiki und sahen den unerschrockenen Wellenreitern zu, die über die schäumenden Brandungswellen des Ozeans mit gebeugtem Knie auf das von Palmen gesäumte Ufer zujagten. Sie schlenderten durch die farbenfrohen Straßen der Stadt und bewunderten die vielen schönen Ausblicke. Sie besuchten den Fischmarkt an der King Street, wo die Verkäufer ihre Waren in acht verschiedenen Sprachen anpriesen, oder sie saßen am Kewolobecken, wenn die japanischen Dschunken bis zur Reling mit ihrem Fang beladen hereinschlingerten. Chan war in seinem Gleichmut unerschütterlich, weder machte er Vorschläge, noch nahm er zu irgend etwas Stellung; er fuhr, wohin sie wollten, und das war alles.

Häufig fanden sich am Abend auch Starkington, Hanover und Lucoville bei ihnen ein. Grunja mochte diese drei, obwohl sie sich dagegen wehrte. Ihre Art zu denken und ihr Verhalten erinnerten sie so sehr an ihren Vater. Insgeheim schämte sie sich über die Szene an Bord des Schiffes; sie hatte das Gefühl, sie habe dadurch mangelndes Vertrauen zu ihrem Vater bewiesen. Ihr kameradschaftliches Verhalten gegenüber den dreien aber schien ihr bis zu einem gewissen Grad diese Schwäche wiedergutzumachen. Außerdem brachte jeder Tag, der verstrich, das Ende des Vertrags näher und verringerte die Gefahr, das Büro könne doch noch Erfolg haben.

Eines Abends war diese Zeitfrage in einem Gespräch mit den drei freundlichen Mördern aufgetaucht.

»Es sind jetzt nicht einmal mehr zwei Monate«, meinte Hall, als sich die fünf zum Essen setzten. Er lachte auf.

»Sie können es mir glauben, ich habe nichts dagegen, daß Sie Ihre Tage so angenehm verbringen. Ganz im Gegenteil, es freut mich, daß die Gelder des Büros auf so harmlose Weise vergeudet werden. Aber eins macht mich doch neugierig. Wieso suchen Sie nicht nach Dragomiloff?«
»Aber wir suchen ihn doch«, klärte Starkington ihn freundlich auf. »Auf unsere Weise eben. Und unsere Suche wird Erfolg haben. Natürlich kann ich Ihnen nicht unseren Plan im einzelnen auseinandersetzen, aber so viel kann ich Ihnen doch sagen: Er hat zwei Tage in Nanakuli und die folgenden drei Tage in Waianae verbracht. In dem einen Fall ist Lucoville der Sache nachgegangen, im anderen Hanover. Aber er war schon wieder aufgebrochen.«
Hall zog spöttisch die Augenbrauen hoch.
»Sie selber haben sich nicht mit der Sache befaßt?«
»Nein.« Starkingtons Stimme verriet nicht die geringste Verlegenheit. »Ich hatte genug damit zu tun, Sie und Miß Dragomiloff im Auge zu behalten; allerdings bin ich überzeugt, daß Sie über seinen Aufenthalt genauso im dunkeln tappen wie wir.«
Er hob sein Glas.
»Trinken wir auf etwas – auf das Ende dieser Geschichte.«
»Ich trinke nur zu gern darauf«, antwortete Hall ruhig, »obwohl wir nicht das gleiche darunter verstehen.«
»Das ist die Schwierigkeit in jeder Sprache«, gab Starkington mit einem wehmütigen Lächeln zu, »die Definition.«

»Das ist keine Schwierigkeit«, widersprach Hanover. »Die Definition ist die eigentliche Grundlage jeder Sprache. Sie bildet das Gerippe, an dem die Lautformen angehängt werden, die eine Sprache ausmachen.«

»Da beziehen Sie sich auf die gleiche Sprache«, erklärte Lucoville ernst, obwohl es in seinen Augen aufblitzte. »Ich bin aber sicher, daß Starkington und Hall von verschiedenen Sprachen reden – oder überhaupt verschiedene Sprachen sprechen.«

»Ich hatte geglaubt, ich hätte nicht etwa von einer Sprache, sondern von etwas gesprochen, worauf wir trinken könnten«, wies ihn Starkington freundlich zurecht. Er hob sein Glas. »Wenn es also keine weiteren Unterbrechungen gibt...«

Es gab keine.

»Meiner Ansicht nach«, sagte Grunja lebhaft, wobei sich in ihren Augen ihre Freude über diese schlagfertige Unterhaltung spiegelte, »liegt das Wesentliche darin, daß jeder seiner eigenen Definition treu bleibt.«

»Da stimme ich Ihnen zu«, rief Lucoville.

»Ich auch«, fügte Hanover hinzu.

»Und ich...«, Starkington, der sein Glas abgesetzt hatte, hob es nun erneut, »ich ... bin durstig.« Ohne sich nochmals aufhalten zu lassen, trank er. Lachend schlossen sich die anderen ihm an. Als sie in der von Düften durchwehten Nachtluft unter den großen Hibiskusbüschen, die ihren Weg säumten, nach Hause schlenderten, nahm Hall Grunjas Hand und fühlte, wie ihre Finger sich verkrampften.

»Wie haben die anderen erfahren können, wo Vater

gewesen ist?« fragte sie besorgt. »Diese Inseln sind doch zu groß, und es gibt zu viele von ihnen, als daß sie zufällig auf seine Spur hätten stoßen können.«
»Es sind kluge, tüchtige Leute«, antwortete Hall nachdenklich. »Aber das gleiche gilt von deinem Vater. Ich glaube, du brauchst dir keine Sorgen um ihn zu machen.«
Sie bogen in die breite Anfahrt zum Hotel ein. In einiger Entfernung, in dem von Bougainvilleen umwucherten Hof, wurde ein *Luau* abgehalten, und die leise Gitarrenmusik drang bis zu ihnen. Als sie das Hotel betraten, zog sich der Portier von der Tür zurück, von wo aus er das Fest beobachtet hatte, und kam auf sie zu. Mit ihren Schlüsseln überreichte er Hall einen versiegelten Umschlag. Hall riß ihn auf und las ihn Grunja vor:

»Lieber Hall: mein Zufluchtsort ist jetzt endlich bereit; mein Zufluchtsort und meine Falle. Es hat einige Zeit gedauert, aber es war die Sache wert. Geht beide in Eure Zimmer und dann über die Hintertreppe nach unten. Chan wird hinter dem Hotel auf Euch warten. Euer Gepäck kann später geholt werden, obwohl wir dort, wo wir wohnen, nur wenige Symbole unserer sogenannten Zivilisation brauchen werden.«

Es folgte ein seltsames Postskriptum, das der Deutlichkeit halber unterstrichen war:

»Es ist ganz entscheidend, daß Ihre Uhr genau geht, wenn Sie mich treffen.«

Hall dankte dem Portier und steckte die Mitteilung achtlos in die Tasche. Mit einer leichten Kopfbewegung gab er Grunja zu verstehen, ihm keine Fragen zu stellen, bevor sie nicht auf dem oberen Gang wären, vor neugierigen Blicken sicher.

»Was kann Vater mit Zufluchtsort und Falle gemeint haben?« fragte Grunja besorgt. »Oder mit seiner Bitte, daß deine Uhr, wenn wir zusammentreffen, genau gestellt sein soll?«

Aber Hall hatte dafür keine Erklärung. Rasch packten sie ihre Koffer und ließen sie in ihren Zimmern zurück. Ein Telefonanruf beim Observatorium der Insel bestätigte, daß Halls Taschenuhr genau ging, und kurz darauf stiegen sie die Hintertreppe hinunter und spähten in die Dunkelheit der mondlosen Nacht hinaus. Der Wagen zeichnete sich als dunklerer Schatten ab. Sie setzten sich auf den hinteren Sitz, während Chan den Wagen startete. Ohne Lichter krochen sie die dunkle Gasse entlang, bis sie auf eine Kreuzung gelangten. Chan schaltete das Licht ein und fuhr auf die verödete Straße hinaus. Etwa eine Meile vom Strand entfernt bog er erneut ab, diesmal auf eine breite Landstraße, und behielt seine Geschwindigkeit bei.

Bis dahin hatte Hall geschwiegen. Nun beugte er sich vor und sprach ruhig in das Ohr des Chauffeurs.

»Wo sollen wir mit Mr. Constantine zusammentreffen?« fragte er.

Der Chauffeur zuckte die Achseln. »Ich habe die Anweisung, Sie bis zu einer Stelle jenseits des Nuuanu-Pali-Passes zu bringen«, erklärte er in seinem verstümmelten, aber sonst richtigen Englisch. »Dort werden wir erwartet. Darüber hinaus kann ich Ihnen nichts sagen.«

Hall lehnte sich zurück, und Grunja ergriff seine Hand. Ihre Augen leuchteten bei dem Gedanken, ihren Vater wiederzusehen. Der Wagen fuhr ruhig die einsame Straße entlang, und seine Scheinwerfer schnitten einen Kegel in die dunstige Finsternis. Immer höher stiegen sie in die Berge hinauf, während die Lichter der Stadt unten in der Ferne immer kleiner wurden, um schließlich ganz zu verschwinden. Plötzlich wurde der Fahrtwind schärfer. Ohne jede Warnung hatte Chan die Geschwindigkeit des Wagens gesteigert, wobei sie auf ihren Sitzen zurückgeworfen wurden, während der Wind gegen ihre Gesichter prallte.

»Was ist?« begann Hall.

»Der Wagen hinter uns«, erklärte Chan ruhig. »Er ist uns seit unserer Abfahrt gefolgt. Jetzt ist, glaube ich, der richtige Zeitpunkt, unseren Vorsprung zu vergrößern.«

Hall drehte sich um. Unterhalb von ihnen wand sich ein Wagen durch die Steilkehren der kurvenreichen Strecke, und die Scheinwerfer zeigten deutlich seinen Weg an. Ihr Wagen erhielt einen jähen Stoß, als sie die Asphaltstraße verließen, und wirbelnder Staub nahm ihnen die Sicht.

»Die sehen doch die Stelle, an der wir abgebogen sind«, rief Hall.

»Natürlich«, antwortete Chan gleichmütig. »Meine Anweisungen besagen, daß ich sie nicht abhängen soll.«

Er fuhr den Wagen mit großem Geschick durch die Kurven der Schotterstraße. Rings um sie her wirbelte Staub, und Hall dachte, sie hätten doch lieber die Seitenfenster einsetzen sollen.
Sie hatten nun die Paßhöhe erreicht und fuhren wieder hinunter. Bei den scharfen Kurven konnte Hall nach hinten Ausschau halten und bemerkte weiter oben am Berg die beiden Lichtkegel ihrer Verfolger.
Ohne jede Warnung bremste Chan scharf, und Grunja und Hall flogen nach vorn. Der Wagen kam zum Stehen. Die Tür wurde aufgerissen, und eine kleine Gestalt sprang herein. Gleich darauf fuhren sie weiter und erhöhten trotz der Dunkelheit ihre Geschwindigkeit.
»Wer...?«
Es folgte ein leises Lachen.
»Wen haben Sie wohl erwartet?« fragte Dragomiloff. Er beugte sich zur Seite und schaltete eine kleine Lampe im hinteren Teil des schlingernden Wagens ein. Grunja verschlug es bei seinem Anblick den Atem. Dragomiloff trug Strickjacke und Hose, beide mußten einmal weiß gewesen sein, aber waren nun vom Gestrüpp zerfetzt und verschmutzt. An seinen Füßen hatte er ein Paar dreckige Tennisschuhe. Zärtlich küßte er seine Tochter und ergriff Halls ausgestreckte Hand. Dann schaltete er das Licht wieder aus, lehnte sich zurück und lächelte in die Finsternis.
»Wie gefällt euch mein Aufzug?« fragte er. »Abseits der großen Städte braucht man keine korrekte Kleidung mehr. Wenn wir uns erst einmal eingewöhnt haben, ziehen wir vielleicht sogar den einheimischen *Molo* an.

Das heißt, Hall und ich. Du, Grunja, darfst zwischen einer *Muumuu* und einer *Pa-u* wählen, ganz, wie du willst.«

»Aber Vater«, rief Grunja, »du solltest dich einmal sehen! Du siehst aus wie ein verkommener Strandläufer! Wohin ist unser lieber, alter feierlicher Onkel Sergius entschwunden, den ich gekitzelt und dem ich Kissen an den Kopf geworfen habe?«

»Der ist tot, meine Kleine«, antwortete Dragomiloff zwinkernd. »Den hat dein Mr. Hall mit ein paar gelassenen logischen Angriffen umgebracht. Die zweittödlichste Waffe aller Waffen, die ich jemals kennengelernt habe.«

»Und die tödlichste?« fragte Hall.

»Die werden Sie noch sehen.« Dragomiloff wandte sich seiner Tochter zu. »Grunja, meine Liebe, du solltest am besten schlafen. Alle Erklärungen können noch warten. Wir brauchen einige Stunden, um unser Ziel zu erreichen.«

Ihr Wagen fuhr noch immer die kurvenreiche Straße hinunter, die nun zum Ostufer der Insel führte. Die Wolken waren weggefegt, und im Osten begannen die ersten schwachen Streifen der Morgendämmerung aufzuschimmern. Hall beugte sich zu Dragomiloff vor.

»Wissen Sie, daß man uns folgt?«

»Natürlich. Die anderen sollen uns sogar im Auge behalten, bis wir das Dorf Haikuloa hinter uns haben. Von da ab gibt es keine Abzweigung mehr, und sie können über unseren Bestimmungsort nicht im unklaren sein. Nach Haikuloa können wir aufdrehen.«

»Das alles verstehe ich nicht.« Hall sah in der Dunkelheit den kleinen Mann an und runzelte nachdenklich die Stirn. »Sind Sie eigentlich bei dieser seltsamen Jagd der Hase oder der Hund?«

»Beides. Jeder Mensch ist sein Leben lang beides. Die Jagd hört nie auf; nur der beherrschende Einfluß des Menschen auf die einzelnen Umstände dieser Jagd entscheidet, ob er Hase oder Hund ist.«

»Und Sie sind der Ansicht, daß Sie diese Umstände beherrschen?«

»Völlig.«

»Und dennoch«, fuhr Hall fort, »wußten die anderen, daß Sie sich in Nanakuli und Waianae aufgehalten haben.«

»Das war von mir so geplant. Ich habe die Spur gelegt, die sie dorthin geführt hat. Ich habe eine Spur nach Westen gelegt, damit sie ihr folgten, während Sie und Grunja nach Osten gingen.«

Er lachte, als er den Ausdruck von Halls Gesicht sah.

»Die Logik zeigt sich in vielerlei Spielarten, mein Freund. Wenn ich einen Stein in einer Hand halte und Sie erraten, in welcher, so werde ich vielleicht das nächste Mal wechseln. Oder ich behalte ihn in der gleichen Hand, wobei ich darauf baue, Sie könnten glauben, ich würde ihn in die andere Hand nehmen. Oder vielleicht tausche ich den Stein aus, davon ausgehend, daß Sie von mir erwarten, ich würde so denken, wie ich es tat. Oder ...«

»Ich weiß«, räumte Hall ein, »es handelt sich hier um eine alte Theorie über die Maßstäbe der Intelligenz.

Aber ich kann nicht einsehen, wie sie hier anzuwenden wäre.«

»Das werde ich Ihnen erklären. Zunächst einmal, wie ich meinen Weg nach Westen zu Starkingtons Befriedigung markiert habe. Ich habe ganz einfach russische Bücher im größten Buchladen von Honolulu bestellt und dabei gebeten, sie mir in gewisse kleine Dörfer entlang der Westküste zu liefern. Starkington und die anderen wußten natürlich, daß ich unter gar keinen Umständen auf meine weiteren Studien verzichten würde. Hätte ich eine auffälligere Spur hinterlassen, hätte er sie mir nicht abgenommen, aber ich wußte, er würde dies als unbewußte Handlungsweise meinerseits betrachten.«

»Aber er hat behauptet, Sie hätten diese Orte tatsächlich besucht.«

»Das habe ich auch. Von einem leeren Angelhaken kann man nur wenig Köder erwarten. Ich war jedoch darauf vorbereitet, ihn nach Osten zu führen, sobald er meinte, nun habe er meine Spur nach Westen aufgenommen. Sie und Grunja haben dies ganz ausgezeichnet gemacht; ich bin überzeugt, daß ihr beide auf sehr dramatische Weise die Hintertreppe des Hotels hinuntergeschlichen seid. Und ich bin gleichfalls sicher, daß Starkington euch dabei beobachtet hat.«

Hall starrte den schmächtigen Mann an.

»Sie sind erstaunlich!«

»Vielen Dank.« Es lag keine falsche Bescheidenheit in seiner Stimme. Dragomiloff versank in Schweigen.

Der Wagen hatte Haikuloa hinter sich gelassen, und

Chan war nun entschlossen, das ihnen folgende Auto abzuschütteln. Ihr Wagen jagte die schmale Schotterstraße entlang. Plötzlich lag das Meer direkt unter ihnen und breitete sich bis zum Horizont und zur aufgehenden Sonne aus. Mit einer jähen Wendung fuhr Chan in das Gestrüpp hinein, setzte seinen Weg noch einige hundert Meter fort und bremste. Sie waren von der Stille des frühen Morgens umgeben.

»Noch etwas...«, begann Hall.

»Still! Sie werden bald vorbeikommen!«

Schweigend warteten sie. Einige Augenblicke später drang das Heulen eines schweren Wagens an ihr Ohr. Er jagte an ihrem Versteck vorbei und verschwand auf der Straße, die nach unten führte. Dragomiloff stieg mit Hall aus dem Auto und ging bis zum Rand des steilen Abhangs vor, an dem sie gehalten hatten. Unterhalb von ihnen lag eine Reihe strohgedeckter Hütten: ein Dorf am Strand. Dragomiloff deutete in die Ferne.

»Dort. Sehen Sie? Die kleine Insel vor der Küste? Das ist unser Zufluchtsort.«

Hall blickte über die schmale Wasserfläche hinüber, die die Insel von der Küste trennt. Die Insel war ziemlich klein, etwa eine Meile lang und weniger als die Hälfte breit. Palmen säumten den weißen Sandstrand; auf einem kleinen Hügel in der Mitte lag ein großes strohgedecktes Landhaus. Nirgends war ein Zeichen von Leben zu erkennen.

Die Richtung von Dragomiloffs Finger änderte sich.

»Dieser Streifen Wasser zwischen der Küste und der Insel heißt Huhu Kai – das zornige Meer.«

»Ich habe noch nie ein so ruhiges Wasser gesehen«, meinte Hall. »Der Name ist wohl eine Art Scherz?«
»Irrtum. Der Boden des Meeres zwischen der Küste und der Insel weist sehr seltsame Formen auf.« Jäh brach er diesen Gedankengang ab. »Haben Sie auch nicht vergessen, Ihre Uhr genau zu stellen?«
»Ja, das habe ich getan. Aber warum...«
»Gut! Wie spät haben Sie es jetzt?«
Hall warf einen Blick auf seine Uhr.
»Sechs Uhr dreiundvierzig.«
Dragomiloff rechnete schnell nach.
»Dann haben wir noch etwa eine Stunde und können es uns eine Weile bequem machen.«
Aber er schien dazu unfähig. Ruhelos ging er auf und ab, blieb schließlich neben Hall stehen und blickte auf das kleine, strohgedeckte Dorf unterhalb von ihnen hinab.
»Sie werden einige Zeit brauchen, um mit dem Wagen hinunterzugelangen; die Straße hat viele Kurven und ist oft gefährlich.« Und dann murmelte er ohne jeglichen Zusammenhang mit ihrem bisherigen Gespräch: »Gerechtigkeit. Moral und Gerechtigkeit. Das ist alles, was wir haben, aber es genügt nicht. Wissen Sie, Hall, wie der Wahlspruch dieser Inseln lautet? *Ua mau ke ea o ka aina i ka pono.* Das bedeutet: ›Das Leben des Landes wird durch Gerechtigkeit bewahrt.‹«
»Sind Sie schon früher hier gewesen?«
»Ja, sehr oft. S. Constantine & Co. importiert schon seit vielen Jahren aus Hawaii. Ich hatte gehofft...« Er beendete jedoch seinen Gedanken nicht, sondern wandte

sich fast ungestüm Hall zu, als sei er von einer jähen Erregung erfaßt.
»Wie spät ist es?«
»Sieben Uhr drei.«
»Dann müssen wir aufbrechen. Wir lassen Grunja und Chan hier zurück. Das ist das beste. Lassen Sie auch Ihre Jacke hier, es wird warm werden. Kommen Sie; wir gehen zu Fuß.«
Hall drehte sich um und warf einen letzten Blick auf das Mädchen, das in einer Ecke des Wagens zusammengekauert schlief. Chan saß ungerührt am Steuer, und seine Augen starrten geradeaus. Mit einem Seufzer wandte sich Hall ab und folgte Dragomiloff auf einem schmalen Pfad zwischen den Bäumen.

18

Leise näherten sie sich durch das hohe Gras dem Rand des Palmengürtels, der den weißen Sand säumte. Das Wasser war glatt wie Seide, und die kleinen Wellen brachen sich in einem leichten Kräuseln am Ufer. In der klaren Morgenluft hob sich die Insel scharf und weiß gegen den grünen Hintergrund des Meeres ab. Die Sonne, die nun ein Stück über dem Horizont stand, hing wie eine orangefarbene Kugel im Osten.

Hall keuchte von der Anstrengung ihres Abstiegs, während Dragomiloff keinerlei Zeichen der Ermüdung verriet. Er drehte sich zu seinem Begleiter um, und seine Augen leuchteten erwartungsvoll.

»Wieviel Uhr?« fragte er.

Hall sah ihn an und holte tief Atem.

»Warum fragen Sie ständig nach der Zeit?«

»Wieviel Uhr?« Dragomiloffs Stimme klang drängend.

Hall zuckte die Achseln.

»Sieben Uhr zweiunddreißig.«

Dragomiloff nickte befriedigt und sah den Strand entlang. Unter ihnen breitete sich die Reihe der Hütten aus. Einbäume waren nebeneinander auf den Sand gezogen. Die Flut stieg und brandete gegen die Kanus. Während sie noch hinsahen, trat ein Einheimischer aus einer der Hütten, zog die dem Meer nächsten Kanus höher auf den Sand und verschwand dann wieder im dunklen Eingang.

Der von ihren Verfolgern benutzte Wagen stand vor der größten Hütte, seine Räder bis zur Hälfte in den Sand gewühlt. Niemand war zu sehen. Dragomiloff kniff die Augen zusammen und beobachtete den Strand, während sein Gesicht einen nachdenklichen Ausdruck annahm.

»Wie spät?«

»Sieben Uhr vierunddreißig.«

Dragomiloff nickte.

»Wir müssen in genau drei Minuten aufbrechen. Wenn ich über den Sand laufe, folgen Sie mir. Wir werden das kleine Kanu, das uns am nächsten liegt, ins Wasser lassen. Ich steige ein, und Sie werden uns abstoßen. Dann paddeln wir zur Insel hinüber.« Er hielt inne und dachte nach. »Ich hatte es so geplant, daß sie in Sicht sein würden, aber es macht nichts. Wir werden ganz einfach einen Schrei ausstoßen.«

»Einen Schrei?« Hall starrte seinen Gefährten an. »Wollen Sie sich denn erwischen lassen?«

»Ich will nur, daß man uns folgt. Warten Sie – jetzt ist alles gut.«

Starkington war, von Hanover und Lucoville gefolgt, aus der großen Hütte getreten. Sie standen da, schoben die Füße im Sand hin und her und sprachen mit einem Einheimischen, der groß und majestätisch im offenen Eingang seiner Hütte lehnte.

»Ausgezeichnet!« Dragomiloffs Augen blieben auf die drei gerichtet. »Wie spät?«

»Genau sieben Uhr siebenunddreißig.«
»Die richtige Zeit! Jetzt!«
Er stürzte aus ihrem Versteck hervor, und seine Füße berührten nur leicht den schimmernden Sand. Hall, der eilig hinter ihm herlief, wäre fast gestürzt, konnte sich aber noch rechtzeitig hochreißen. Dragomiloff hatte das kleine Kanu bereits im Wasser und sprang, ohne zu zögern, hinein. Mit einem mächtigen Stoß trieb Hall es ins Meer hinaus und schwang sich mit triefenden Hosenbeinen hinein. Dragomiloff hatte bereits ein Paddel ergriffen, und sie schossen über das stille Wasser dahin. Hall nahm ein zweites Paddel vom Boden des Bootes und vereinte seine Kräfte mit denen des schmächtigeren Mannes, und ihr leichtes Fahrzeug glitt mühelos über das glatte Meer.
Die drei am Ufer stießen einen Schrei aus und eilten an den Rand des Wassers. Einen Augenblick später waren sie in ein größeres Kanu gestiegen und stießen ihre Paddel ins Wasser. Der Einheimische lief ihnen nach, rief etwas mit lauter Stimme, fuchtelte heftig mit den Händen und deutete aufs Meer hinaus, aber sie beachteten ihn nicht. Dragomiloff und Hall legten sich noch mehr ins Zeug, und mit ihrem leichten Kanu vergrößerten sie schnell den Abstand.
»Das ist doch Wahnsinn!« keuchte Hall, und der Schweiß floß ihm über das Gesicht. »Sie sind zu dritt! Sie werden uns lange, bevor wir die Insel erreicht haben, einholen! Und im übrigen bietet dieser kahle Felsen auch kein Versteck!« Dragomiloff antwortete ihm nicht darauf. Sein kräftiger Rücken beugte sich und richtete sich

wieder auf, während er sein Paddel in einer stetigen Bewegung hob und senkte. Hinter ihnen begann nun das größere Kanu aufzuholen; der Abstand zwischen den beiden flachen Booten verringerte sich.

Dann hörte Dragomiloff plötzlich zu paddeln auf und lächelte verbissen.

»Wie spät?« fragte er ruhig. »Wie spät ist es?«

Hall beachtete ihn nicht. Sein Paddel stieß unermüdlich in das glatte Meer.

»Wie spät?« wiederholte Dragomiloff.

Mit einem unterdrückten Fluch warf Hall sein Paddel hin.

»Dann lassen Sie sich von ihnen kriegen«, rief er verzweifelt und griff in seine Tasche. »Sie und Ihr ewiges ›Wie spät ist es?‹! Es ist jetzt sieben Uhr einundvierzig!«

In diesem Augenblick durchlief ein leichtes Zittern ihr Kanu. Es war, als habe es die Hand eines Riesen sanft angestoßen. Hall blickte überrascht auf — das Zittern wiederholte sich. Dragomiloff beugte sich gespannt vor, die Hände untätig auf den Knien, und starrte zum Festland hinüber. Hall drehte sich um und betrachtete voller Bestürzung das Schauspiel hinter sich.

Das verfolgende Kanu machte keine Fahrt mehr. Trotz der kräftigen Paddelschläge blieb es an der gleichen Stelle, als sei es auf das Meer gemalt. Dann begann es in einem weiten Bogen abzutreiben und ließ dabei leichtes Kielwasser hinter sich. Die drei im Kanu stießen noch verzweifelter mit ihren Paddeln ins Wasser, aber es nützte nichts. Hall starrte zu ihnen hinüber. Drago-

miloff saß gelassen da und beobachtete mit ernstem Gesicht das, was sich abspielte.
Auf allen Seiten dieser engbegrenzten Arena, in der sich dieses Schauspiel vollzog, blieb das Meer völlig ruhig. Aber in der Mitte, weniger als vierhundert Meter von der Stelle entfernt, an der sie lagen und vom Meer sanft gewiegt wurden, waren gewaltige Naturkräfte am Werk. Ganz allmählich steigerte das schimmernde Wasser seinen riesigen Sog, und die gekräuselten Wellen an der Oberfläche wurden kreisförmig. Das große Kanu trieb gleichmäßig auf der Strömung dahin und war fest an den Rand dieses Kreises gepreßt. Die Anstrengungen der Paddler waren gegenüber dieser mächtigen Kraftentfaltung vergeblich.
Der Sog des Meeres nahm zu. Es begann mit immer größerer Geschwindigkeit zu kreisen. Vor Halls entsetzten Augen fing die glatte Oberfläche an, langsam zur Mitte hin einzusinken und einen flachen Trichter mit glatten, schimmernden Wänden zu bilden. Das Kanu trieb an diesen grünen Wänden entlang und legte sich stark zur Seite, wurde aber durch die gewaltigen Zentrifugalkräfte vor dem Kentern bewahrt. Die drei Männer hatten zu paddeln aufgehört; sie klammerten sich an die Seiten des Bootes und blickten dem ihnen gewissen Tod entgegen. Plötzlich entglitt eins der Paddel dem Kanu, begleitete fortan ihren schwindelerregenden Weg und lag flach und regungslos neben ihnen auf der glatten Wasserfläche.
Hall wandte sich Dragomiloff zornig zu.
»Sie sind ein Teufel!« rief er.

Aber dieser beobachtete nur weiterhin das furchtbare Schauspiel, ohne daß sein Gesicht die geringste Regung verriet.
»Die Flut«, murmelte er, wie zu sich selber gewandt. »Es ist die Flut. Welche Kraft ließe sich mit der Macht der Natur vergleichen!«
Hall drehte sich mit zusammengebissenen Zähnen erneut zu den Männern in ihrer letzten Not um.
Immer tiefer bohrte sich der Trichter in die Wassermassen, immer schneller drehten sich die glasartigen Wände, das Kanu weiterhin an dem schimmernden Hang festgehalten. Einmal hob Hall den Blick zu der Steilküste oberhalb des Dorfes empor. Die Sonne, ihr Schein von einem Heliographen irgendwo zurückgeworfen, traf auf einen Teil ihres Wagens. Einen kurzen Augenblick lang streifte ihn der Gedanke, ob Grunja wohl Zeugin dieses Schauspiels würde; aber dann wurden seine Augen von dem, was sich vor ihm abspielte, wieder angezogen.
Die Gesichter der drei Männer waren deutlich zu erkennen. Sie verrieten keinerlei Furcht, sie schrien auch nicht. Sie schienen dagegen in eine lebhafte Diskussion vertieft. Wahrscheinlich, dachte Hall bewundernd, sprachen sie vom Tod, dem sie nun bald begegnen würden, oder von der Vollkommenheit der Falle, in die sie sich hatten locken lassen.
Der Wirbel vertiefte sich. Ein Laut schien aus der Tiefe des sich rasend drehenden Trichters aufzusteigen, eine Art Ächzen, das Brausen rauschenden Wassers. Das Kanu drehte sich mit unglaublicher Geschwindigkeit.

Dann schien es plötzlich den glatten Hang tiefer hinabzugleiten, als suchte es aus eigenem Willen den Untergang in der Tiefe. Unbewußt schrie Hall auf. Aber das schlanke Boot hielt durch, nun tiefer im Trichter des rasenden Wassers, und wirbelte wie entfesselt im Kreis herum. Immer schneller jagte es an den grün schimmernden Wänden entlang. Hall hatte das Gefühl, als würden auch seine Blicke in den Abgrund, der sich vor ihm auftat, hinabgezogen. Seine Hände, in die Seiten des schwankenden Kanus gekrallt, waren weiß.

Starkington hob eine Hand zu tapferem Gruß, sein Gesicht mit einem Lächeln in ihre Richtung gewandt. Schon war er aus dem Kanu hinausgeschleudert. Sein Körper trieb neben dem kleinen Boot, auf der festen Wasserfläche, Arme und Beine weit von sich gestreckt. Dann wurde er in das Zentrum des Wirbels hineingerissen und war verschwunden.

Wieder drehte sich Hall zu Dragomiloff um.

»Ein Teufel sind Sie!« stieß er leise hervor.

Dragomiloff beachtete ihn nicht. Seine Augen waren nachdenklich auf den Strudel gerichtet. Hall wandte sich von ihm ab, unfähig, seine Blicke von dem entsetzlichen Schauspiel abzuwenden.

Das große Kanu war an den Seiten des wirbelnden Todestrichters tiefer hinabgeglitten. Lucoville hatte den Mund geöffnet und schien dem Schicksal, das mit feuchten Fingern nach ihnen griff, um sie zu sich herabzuziehen, einen triumphierenden Gruß entgegenzuschleudern. Hanover saß ruhig da.

Das Boot schoß die letzten paar Meter hinab; sein Bug

berührte das Innerste des Wirbels. Mit einem Ächzen splitternden Holzes drehte es sich in der Luft und verschwand, von dem ölig glänzenden Schlund eingesogen und von den gewaltigen Kräften, die es bedrängten, zermalmt. Die zwei Männer saßen immer noch tapfer darin. Sie wurden in die Luft gewirbelt und vom gierigen Meer verschlungen.
Das Grollen des brausenden Meeres begann nachzulassen, als sei es durch das Opfer der ihm überlassenen Körper besänftigt. Langsam flachte sich der riesige Trichter ab; der Wirbel stieg gleichmäßig nach oben, während die Seiten in der Horizontalen verschwammen. Eine niedrige Welle rollte von den sich beruhigenden Wassern weg auf sie zu und schaukelte sanft ihr Kanu, als wollte sie sie an ihre glückliche Rettung erinnern. Hall erschauerte.
Hinter sich vernahm er ein Geräusch.
»Wir kehren jetzt am besten zurück.« Dragomiloffs Stimme war gleichmütig.
Voller Abscheu sah Hall ihn an.
»Sie haben sie umgebracht! Nicht anders, als hätten Sie sie mit einem Messer oder einem Gewehr zur Strecke gebracht!«
»Umgebracht? Allerdings. Sie haben doch ihren Tod gewollt, oder etwa nicht? Wollten Sie nicht das Mordbüro ausgelöscht wissen?«
»Seine Auflösung habe ich verlangt! Ich habe gefordert, daß diese Leute ihre Tätigkeit einstellten!«
»Ideen lassen sich nicht einfach einstellen. Sie können Überzeugungen nicht einfach abdrehen.« Seine Stimme

klang kühl. Mit den Augen suchte er das Meer ab, die Stelle, an der das große Kanu in die Ewigkeit hinabgesogen worden war. Nichts. Ein Anflug von Trauer klang in seiner Stimme mit. »Sie waren meine Freunde.«

»Freunde!«

»Ja.« Dragomiloff ergriff sein Paddel und stieß es ins Wasser. »Wir kehren jetzt am besten zurück.«

Hall seufzte auf und tauchte gleichfalls sein Paddel ins Meer. Das Kanu setzte sich träge in Bewegung, gewann dann aber an Geschwindigkeit. Sie glitten über die Stelle hin, wo Starkington und die anderen den Tod gefunden hatten. Dragomiloff hielt einen Augenblick inne – wie zu einem Gruß an die untergegangenen Mitglieder des Mordbüros.

»Wir werden Haas telegrafieren müssen«, sagte er nach einer Weile und gab sich dann wieder dem gleichmäßigen Rhythmus des Paddelns hin.

19

In San Franzisko wartete Haas ungeduldig auf Nachricht von den drei Männern, die zur Verfolgung des Exchefs des Mordbüros abgereist waren. Die Tage verflogen rasch, und jeder Tag brachte das Ende des Vertrages näher. Schließlich traf mit dem Postschiff ein Brief ein.

»Lieber Haas:

Ich sehe Sie vor mir, wie Sie in Ihrem Zimmer ungeduldig auf und ab gehen, auf griechisch und hebräisch vor sich hin murmelnd, und sich fragen, ob wir dem einschläfernden Zauber dieser schönen Insel erlegen sind. Oder ob wir das Opfer von D. geworden sind. Sie können sich beruhigen: Weder das eine noch das andere ist geschehen.

Aber die Aufgabe ist nicht leicht gewesen. D. hat eine sehr hübsche Spur nach Westen gelegt; wir sind jedoch davon überzeugt, daß er in Wirklichkeit nach Osten fliehen wird. Seine Tochter und Hall beobachten wir sehr genau. Sobald sie sich in dieser Richtung in Bewegung setzen, folgen wir ihrer Fährte.

Wir sind uns darüber im klaren, daß die Zeit drängt, aber Sie brauchen nichts zu befürchten. Das Büro hat niemals versagt und wird es auch in diesem Fall nicht

tun. Sie können jetzt jederzeit ein verschlüsseltes Telegramm erwarten.
Übrigens, ein beiläufiges Ergebnis unserer Nachforschungen: D. hat sich auch auf seinen Reisen des Namens Constantine bedient. Das haben wir festgestellt, als wir ihn an Bord der Eastern Clipper *aufspürten. Ja, da ist er uns entwischt. Wenn wir erst einmal alle wieder zusammen sind, nachdem das hier geschafft ist, werden wir Ihnen die ganze Geschichte erzählen.*

Starkington

PS: Lucoville hat sich in Poi *verliebt, ein ungenießbares Zeug, das aus der Tarowurzel zubereitet wird. Auf der Rückreise werden wir mit ihm und seiner Diät sogar noch größere Schwierigkeiten haben.«*

Haas legte den Brief mit einem Stirnrunzeln hin. Das Postschiff war vor neun Tagen aus Honolulu ausgelaufen; inzwischen hätte schon längst ein Telegramm von Starkington eingetroffen sein müssen. Die drei befanden sich nun schon fast seit einem Monat in Hawaii; es blieben kaum noch sechs Wochen, um den Auftrag durchzuführen. Wieder griff er zum Brief und las ihn sorgfältig.
Constantine? Eine ferne Erinnerung tauchte in ihm auf. Es gab eine große Export- und Importfirma dieses Namens. Sie hatte, wie er wußte, ein Büro in New York; möglicherweise hatte sie auch eins in Honolulu. Er saß in der Stille des Zimmers, den Brief noch immer in Händen, während er in den Gedanken alle Möglichkeiten abwägte.

Jäh entschlossen stand er auf. Sollte während der kommenden zwei Tage kein Telegramm eintreffen, würde er den nächsten Dampfer zu den Inseln nehmen. In der Zwischenzeit wollte er seine Vorbereitungen treffen, denn sobald er dort angekommen war, würde nur noch sehr wenig kostbare Zeit bleiben. Er faltete den Brief wieder zusammen, ließ ihn in seine Tasche gleiten und ging dann aus dem Zimmer.

Sein nächstes Ziel war die öffentliche Bibliothek. Eine dienstbeflissene Bibliothekarin besorgte ihm eine große Karte von Hawaii, die er auf einem Tisch ausbreitete; er beugte sich darüber und suchte sich alle Einzelheiten von Oahu sorgfältig einzuprägen. Die Spur hatte nach Westen geführt; mit seinem Finger folgte er einer dünnen Linie, die die Küste entlang von Honolulu durch Nanakuli und Waianae zu einer kleinen Landzunge mit Namen Kaena Point führte. Er nickte. Das war die falsche Fährte gewesen; Starkington würde in dieser Hinsicht keinen Fehler begehen.

Die Straßen nach Osten waren schon sehr viel unübersichtlicher. Einige führten über den Nuuanu-Pali-Paß und endeten im Busch oder zogen sich in Windungen bis zu namenlosen Stränden hinunter. Eine andere dünne Linie bezeichnete eine Straße, die über den Diamond Head führte und schließlich an einer gekrümmten Landzunge endete, die mit Mokapu Point bezeichnet war. Er schob die Karte beiseite, lehnte sich zurück und dachte angestrengt nach.

Er versuchte, sich an Dragomiloffs Stelle zu versetzen. Warum auf Oahu bleiben? Warum nicht auf einer der vielen Inseln wie Niihau oder Kauai, die sich nach Westen hinzogen? Einige waren unbewohnt und andere wiederum nur so spärlich besiedelt, daß eine Entdekkung bei der wenigen Zeit, die dem Mordbüro noch blieb, so gut wie unmöglich war. Warum auf der Insel bleiben, wo man noch am ehesten entdeckt werden konnte?

Es sei denn, daß eine Entdeckung beabsichtigt war. Er richtete sich auf, und seine Gedanken jagten einander. Warum aber sollte eine Entdeckung beabsichtigt sein? Nur als Falle! Seine Augen wandten sich wieder der Karte zu, die vor ihm lag, aber aus ihr war nichts weiter zu ersehen. Er wußte zu wenig vom Gelände. Wieder lehnte er sich zurück und dachte angestrengt nach.

Eine Falle, in der man drei Leute mit Sicherheit fing, war eine schwierige Sache. Ein Unglücksfall? Zu unsicher, denn einer konnte stets am Leben bleiben. Ein Hinterhalt? Bei drei so erfahrenen Leuten wie Starkington, Hanover und Lucoville fast unmöglich. Wenn er nun an Dragomiloffs Stelle sich diesem Problem gegenübersähe — wie würde er es lösen?

Nicht an Land. Dort gab es stets die Möglichkeit, in Deckung zu gehen, und man konnte sich niemals auf die dort herrschenden Bedingungen verlassen. Hätte er es mit nur einem Mann zu tun, dann wohl, aber niemals bei drei Männern. Wäre er Dragomiloff, würde er sie in eine Falle auf See locken, wo Flucht unmöglich war und es keine Deckung gab. Wieder beugte er sich über die große Karte, und sein Herz schlug nun schneller.

Die Ostküste war buchtenreich, von kleinen Gehölzen

bestanden und durch zerstreut liegende Inseln charakterisiert. Eine Insel? Möglich. Aber auch da bot sich wieder das Problem einer möglichen Deckung, obwohl ein Entkommen dort schwieriger sein würde. Nein, das Meer mußte es sein. Aber wie stellt man drei Männern auf offener See eine Falle? Drei Männern von außergewöhnlicher Intelligenz, von denen jeder im Morden wie auch in der Selbstverteidigung aufs beste ausgebildet war?

Er seufzte und faltete die Karte zusammen. Weitere Untersuchungen waren nötig. Er gab die Karte der Bibliothekarin zurück, dankte ihr und verließ das kühle Gebäude. Eine weitere Möglichkeit fiel ihm ein, und so begab er sich zum Gericht.

Der Angestellte im Grundbuchamt nickte zuvorkommend.

»Ja«, sagte er. »Wir haben Abschriften von Grundstückstransaktionen auf Hawaii. Das heißt, wenn sie mehr als sechs Monate zurückliegen. So lange dauert es, bis sie hier registriert und eingeordnet werden.« Er sah den mageren, energisch wirkenden Mann an, der vor ihm stand. »Wie heißt der Käufer?«

»Constantine«, antwortete Haas. »S. Constantine & Co.«

»Die Importfirma? Würden Sie bitte einen Augenblick warten...«

Haas blickte durch das staubige Fenster, das auf die Bucht hinausging, und auf das unaufhörliche Hin und Her kleiner und großer Schiffe in der Ferne, aber er sah nichts von alldem. In Gedanken sah er einen Strand und ein Boot – nein, zwei Boote, die ein Stück vom

Ufer entfernt auf dem Meer schaukelten. In dem einen Boot saß Dragomiloff, offenbar ganz ruhig, während sich im anderen Starkington, Hanover und Lucoville befanden. Sie blieben dort, seinem Bewußtsein eingeprägt, während er in diesem Bild nach irgendeinem Hinweis auf die Falle suchte, nach einer Andeutung, die ihm klarmachte, warum Dragomiloff sie dorthin gelockt hatte.

Der Grundbuchbeamte kehrte zurück.

»Hier hätten wir es, Sir. S. Constantine & Co. hat im Jahr 1906 ein Bürogebäude in der King Street erworben. Das sind fünf Jahre her. Hier sind alle Einzelheiten, falls Sie Einblick nehmen wollen.«

Haas schüttelte den Kopf.

»Nein, ich meine einen anderen Grundstückserwerb. Er muß erst in letzter Zeit erfolgt sein. Und zwar an der Ostküste...«

Er zögerte, und plötzlich lag alles klar vor ihm. Plötzlich war er seiner Sache sicher. Vom ersten Tag an hatte Dragomiloff diesen Schlag geplant. Er richtete sich auf und sagte mit größerer Bestimmtheit: »Das Grundstück wurde vor zehn oder elf Monaten erworben.«

Der Beamte verschwand wieder zwischen seinen Aktenschränken.

Als er diesmal zurückkehrte, konnte Haas ein leichtes Lächeln des Triumphes nicht unterdrücken, denn wieder brachte er einen Aktendeckel mit.

»Ich glaube, das ist es, was Sie suchen, Sir. Der Erwerb wurde jedoch nicht von der Firma getätigt, sondern erfolgte auf den Namen Sergius Constantine und bezieht sich auf eine kleine Insel vor der Ostküste von Oahu.«

Haas überflog rasch die Einzelheiten. Bei seinem hervorragenden Gedächtnis, das sich den Verlauf der Küstenlinie deutlich eingeprägt hatte, konnte er die kleine Insel sofort einordnen. Er dankte dem Beamten, entfernte sich schneller, als er gekommen war, und seine Gedanken überschlugen sich, während er die vielen Möglichkeiten durchspielte.

Es konnte kein Zweifel darüber bestehen, daß es sich um eine Falle handelte – seit Monaten schon geplant, und nun stand dieses Vorhaben kurz vor seiner Vollendung. Die Opfer waren nicht bekannt gewesen, sie hatte das Schicksal bestimmt. Er mußte sogleich ein Telegramm schicken; Starkington sollte auf jeden Fall gewarnt sein.

Er betrat sein Hotel, entwarf bereits in Gedanken den Text des Telegramms. Er sah auch schon im Geist das Kodeverzeichnis in seinem Koffer unter den Hemden verborgen liegen. Mit seinem Schlüssel wurde ihm ein kleiner Umschlag übergeben. Während er auf die Treppe zuging, riß er ihn auf und blieb dann jäh stehen. Die Nachricht war kurz und eindeutig:

»Haas: Es tut mir leid, Ihnen mitteilen zu müssen, daß Starkington, Hanover und Lucoville im Verlauf eines bedauerlichen Bootsunglücks den Tod gefunden haben. Dachte, daß Sie es gern wissen wollten. Hall.«

Einen Augenblick stand er wie erstarrt da, und seine Finger verkrampften sich um das Telegramm, während ihm allmählich das ganze Ausmaß der Katastrophe bewußt wurde. Zu spät! Keine Zeit mehr für Warnungen; kaum noch Zeit für irgend etwas. Er mußte das nächste Schiff nehmen. Das nächste Schiff, die *Amberly*, sollte gegen Abend auslaufen. Er mußte sofort ins Büro der Reederei, um einen Platz zu buchen; es lag nur ein paar Straßen entfernt.

Er eilte zur Tür und auf die Straße hinaus. Er rempelte Leute an, als er sich durch das mittägliche Menschengewühl einen Weg bahnte. Armer Starkington, ihn hatte er immer besonders gemocht! Hanover, ein so freundlicher, ein so kluger Mann, den die Vorstellung von all dem Unrecht, das in dieser bösen Welt geschah, immer wieder so aufbrachte! Und Lucoville: niemals wieder würde er an seinem Essen herummäkeln!

Das Büro der Reederei lag auf der anderen Seite der Straße. Ohne auf den Verkehr zu achten, eilte er auf die Fahrbahn hinaus. Dabei hatte er den großen Brauereiwagen nicht bemerkt, der auf ihn zufuhr. Auf dem Bürgersteig schrie jemand auf. Ein Fluch des erschreckten Kutschers, der wie wahnsinnig, aber doch vergeblich an den Zügeln riß. Das Zweigespann der Grauschimmel, vor dem plötzlichen Auftauchen der kleinen Gestalt scheuend und durch das jähe Reißen an der Trense gereizt, stampfte aufgeregt vorwärts. Haas stürzte unter die wirbelnden Hufe. Als letztes verspürte er einen unerträglichen Schmerz und dachte verwundert, daß er nun doch so fern von dem palmengesäumten Strand und dem Ziel seiner Bemühungen sterben sollte.

Sie einigten sich darauf, die letzten Tage dieses schicksalhaften Jahres auf der Insel zu verbringen. Dort lebten Dragomiloff, Grunja und Hall ein einfaches Leben: Sie kochten selber, holten sich ihr Wasser aus der Quelle und fanden ihre Nahrung im Meer, so wie die Eingeborenen es vor ihnen schon seit Urzeiten getan hatten. Überraschenderweise gefiel es ihnen, denn es war eine Veränderung, eine angenehme Erholung von der Hetze ihres Lebens drüben in den Staaten. Doch wußten alle drei, daß die Zeit nur eine Flucht vor ihren Problemen darstellte und daß sie nicht lange dauern würde.
Zu seiner Verwunderung mußte Hall feststellen, daß seine Zuneigung zu Dragomiloff, trotz der furchtbaren Erinnerung an Starkingtons Tod, mit jedem Tag wuchs. Die Erinnerung hingegen verblaßte; sie wich in tiefere Winkel seines Bewußtseins zurück, bis er fast das Gefühl hatte, es handelte sich um eine Szene in einem Buch, das er vor langer Zeit einmal gelesen hatte, oder um ein großes Wandgemälde in einer Galerie, das er sich längst nicht mehr vorstellen konnte.
Dragomiloff drückte sich niemals vor dem Teil der Arbeit, die auf ihn entfiel, noch versuchte er, auf Grund seiner Stellung oder seines Alters die anderen anzuleiten oder ihnen etwas zu befehlen. Stets war er beim Fischen und beim Kochen zum Helfen bereit, und die Ausgeglichenheit seines Wesens trieb Hall zuweilen dazu, sich die Frage zu stellen, ob es das furchtbare Erlebnis mit dem Meereswirbel überhaupt jemals gegeben hatte. Und doch hielt sich Dragomiloff, je mehr Zeit verstrich, immer länger von den anderen fern. Bei den

Mahlzeiten saß er schweigend und in Gedanken versunken da, und die Arbeiten, die er übernahm, waren stets solche, die nur ein einzelner durchführen konnte. Täglich hielt er sich länger am Strand auf und starrte über die weite, öde Fläche des Meeres, den Blick Amerika zugewandt, als ob er auf etwas wartete.

Am Spätnachmittag des vorletzten Tages trat er auf Hall zu, der in der auslaufenden Brandung kauerte und im seichten Wasser nach den fleischigen Krabben suchte, die sich dort verbargen. Sein Gesicht wirkte gespannt, obwohl seine Stimme gleichmütig klang.

»Sind Sie auch sicher, Hall, daß Sie Haas telegrafiert haben?«

Hall blickte überrascht auf.

»Natürlich. Warum fragen Sie?«

»Ich kann mir nicht vorstellen, warum er nicht gekommen ist.«

»Vielleicht eine Schwierigkeit, der er nicht gewachsen war.« Hall sah seinen Freund an. »Vergessen Sie nicht, er ist das letzte Mitglied des Mordbüros.«

Dragomiloff verriet nichts von seinen Empfindungen, als er das braune Gesicht des im Wasser kauernden Mannes betrachtete.

»Mit Ausnahme von mir«, stellte er ruhig fest und ging auf die Hütte zu.

Hall folgte mit den Blicken Dragomiloffs Gestalt und wandte sich dann mit einem Achselzucken wieder seinem Krabbenfang zu. Als der kleine geflochtene Korb so voll war, daß es für ein reichliches Abendessen langte, richtete er sich auf und rieb sich die verkrampften Rük-

kenmuskeln. Wir sind alle sehr nervös, aber jetzt gibt es nur noch einen einzigen letzten Tag, dachte er voller Genugtuung, furchte dann aber die Stirn. Kein Zweifel, er würde immer Sehnsucht nach der Insel haben.
Die Sonne sank auf die grünen Berge des Festlands herab, als er zur Hütte zurückkehrte. Er stellte den Korb mit den durcheinanderkriechenden Krabben in die kleine Küche und ging auf bloßen Füßen in den Wohnraum. Grunja war in ein Gespräch mit ihrem Vater vertieft, und beide brachen es bei seinem Eintreten jäh ab. Offensichtlich wollten sie nicht gestört werden. Ein wenig verletzt machte Hall kehrt und wanderte den Strand entlang. Geheimnisse? dachte er ein wenig verbittert, als er über den feuchten Sand stampfte. Geheimnisse in einem so späten Stadium ihres Unternehmens?
Als er zurückkam, war es schon dunkel. Dragomiloff befand sich in seinem Zimmer, über seinen Schreibtisch gebeugt, und der Schein seiner Lampe warf den Schatten seines Profils scharf gegen die strohgeflochtene Wand. Grunja saß im Wohnzimmer an einer anderen kleinen Lampe und webte eine schmale Matte aus Palmwedeln. Hall ließ sich auf einen Stuhl ihr gegenüber sinken und betrachtete eine Zeitlang schweigend ihre gewandten, kräftigen Hände. Das Lächeln, das sonst bei seinem Anblick über ihr Gesicht hinspielte, fehlte.
»Grunja.«
Fragend blickte sie mit verschlossenem Gesicht zu ihm auf.
»Ja, Winter?«
»Grunja.« Seine Stimme bebte leise. »Wir sind am Ende

unseres Aufenthalts auf dieser Insel angelangt. Bald kehren wir in die Zivilisation zurück.« Er zögerte, von dem Ernst ihres Gesichts ein wenig beunruhigt. »Bist du – bist du noch immer bereit, mich zu heiraten?«

»Natürlich.« Ihre Augen wandten sich erneut der Arbeit auf ihren Knien zu, und ihre Finger bewegten sich schnell. »Ich wünsche mir nichts mehr, als dich zu heiraten.«

»Und dein Vater?«

Sie sah ihn an, und kein Muskel regte sich in ihrem Gesicht. Es war nicht das erste Mal, daß Hall die große Ähnlichkeit der klaren, feinen Züge ihres Gesichts mit denen des blonden Mannes bemerkte. »Was ist mit meinem Vater?«

»Was wird er jetzt tun? Das Mordbüro hat aufgehört zu existieren. Es hat einen großen Teil seines Lebens in Anspruch genommen.«

»Nein, es war sogar sein ganzes Leben.« Dann sahen ihre Augen ihn unergründlich an. Sie schweiften über Halls Schulter hinweg und richteten sich auf etwas hinter ihm. Hall drehte sich um. Dragomiloff hatte das Zimmer betreten und war stehengeblieben. Grunjas Augen wandten sich wieder Hall zu, und sie versuchte zu lächeln.

»Winter, wir... wir brauchen Wasser. Würdest du so nett sein?«

»Natürlich.«

Er stand auf, nahm den Eimer und ging in Richtung der kleinen Quelle am Nordende der Insel. Der Mond war aufgegangen, er stand groß und weiß am Himmel und beleuchtete seinen Weg, über den spielende Schatten der sanft nickenden Blumen fielen. Das Herz war ihm schwer, denn Grunjas seltsam abweisendes Verhalten – fast konnte man es Kälte nennen – bedrückte ihn. Aber dann tauchte ein befreiender Gedanke in ihm auf. Wir alle, dachte er, waren in diesen letzten Tagen besonderen Belastungen ausgesetzt. Wer weiß, wie ich manchmal auf sie gewirkt habe! Noch ein paar Tage, und sie würden sich an Bord eines Schiffes befinden. Der Kapitän würde sie trauen. Mann und Frau! Er füllte den Eimer und trat leise pfeifend den Rückweg an.

Das Wasserfaß stand in der Küche. Er hob den Eimer an und leerte ihn aus; das Wasser schwappte über und floß über seine nackten Füße. Das Faß war voll gewesen. Von einer jähen Furcht ergriffen, ließ er den Eimer fallen und stürzte ins Wohnzimmer. Grunja arbeitete noch immer schweigend, aber ihre Wangen waren naß vor Tränen. Ein paar Bogen Papier lagen zusammengerollt vor ihr im Schein der Lampe auf dem Tisch.

»Grunja, meine Liebe! Was...«

Sie versuchte, ihre Arbeit fortzusetzen, aber die Tränen flossen immer stärker, bis sie schließlich die Matte wegwarf und in seine Arme sank. »Ach, Winter...!«

»Was ist? Was ist es, mein Liebling?« Plötzlich stieg ein Verdacht in ihm auf, und er wandte sich zu Dragomiloffs Zimmer um. Das Zimmer war dunkel, und der Mondschein, der zum offenen Fenster hereinströmte, fiel auf das leere Bett. Er wollte zur Tür eilen, aber Grunja packte seinen Arm.

»Nein! Das darfst du nicht! Lies das!«

Zögernd blieb er stehen, aber der Druck ihrer Hand auf seinem Arm ließ keinen Widerstand zu. Ihre Augen waren voller Tränen, verrieten aber auch ihre Entschlossenheit. So gab er nach und griff nach den Papieren. Grunja beobachtete sein Gesicht, während er las, und ihre Blicke wanderten von der hohen Stirn bis zum festen Kinn und prägten sich die Züge dieses Mannes ein, der für immer ihre einzige Zuflucht sein würde.

»Liebe Kinder,
ich kann nicht länger warten. Haas ist nicht gekommen, und meine Zeit verrinnt.
Ihr müßt versuchen, mich und – wie Hall es nennen würde – meinen Wahnsinn zu verstehen. Ich spreche jetzt von dem, was ich zu tun habe. Als Chef des Mordbüros habe ich einen Auftrag übernommen, und dieser Auftrag soll ausgeführt werden. Das Büro hat niemals versagt und wird auch jetzt nicht versagen. Sollte es geschehen, so würde dadurch alles verleugnet, wofür es stets eingetreten ist. Ich bin überzeugt, daß nur der Tod Haas hat davon abhalten können, seinen Auftrag durchzuführen, aber in unserer Organisation geht die Verpflichtung stets von dem einen auf den anderen über. Als ihr letztes Mitglied muß ich sie also übernehmen.
Ich erfülle diese Pflicht nicht etwa voller Trauer. Das Büro war mein Leben, und wenn es verschwindet, muß auch Iwan Dragomiloff abtreten. Ich übernehme meine Aufgabe auch nicht voller Scham: wenn ich heute nacht diesen Schritt tue, so voller Stolz. Möglicherweise haben wir falsch gehandelt – es hat einen Zeitpunkt ge-

geben, Hall, an dem Sie mich davon überzeugt hatten. Aber wir haben nie aus falschen Gründen falsch gehandelt — selbst in unseren Irrtümern hat eine Rechtfertigung gelegen.

Daß wir gemordet haben, sogar viele Male, leugnen wir nicht. Aber das Furchtbare am Töten ist nicht die Zahl der Opfer, sondern ihre Qualität. Der Mord an einem Sokrates ist ein sehr viel größeres Verbrechen an der Menschheit als etwa das Hinschlachten der zahllosen Horden von Barbaren, mit denen Dschingis-Khan Asien brutal unterwarf. Aber wer ist tatsächlich bereit, das zu glauben? Die Öffentlichkeit — erführe sie es — würde das Büro in Grund und Boden verdammen, während sie im gleichen Atemzug alle Arten gedankenlosen, unnötigen Mordens verherrlicht.

Ihr glaubt mir nicht? Geht einmal durch die Parks unserer großen Städte und über ihre Plätze. Wieviel Denkmäler findet Ihr zu Ehren von Aristoteles? Oder von Paine oder Spinoza? Keine, denn dieser Platz ist den Halbgöttern vorbehalten, die uns, das Schwert in der Hand, seitdem wir uns von den Affen weiterentwickelt haben, in alle unsere mörderischen Kreuzzüge geführt haben. Der letzte Krieg mit Spanien wird zweifellos, hier wie in Spanien, die wenigen noch freien Plätze mit Helden zu Pferd, die Arme zum blutigen Gruß erhoben, füllen und in unsterblicher Bronze den Sieg der Gewalt im Kampf um den Geist der Menschen verewigen.

Dennoch habe ich mich davon überzeugen lassen, daß wir unrecht hatten. Warum? Weil wir uns tatsächlich im wesentlichen geirrt *haben. Die Welt muß dazu kommen, ihre gemeinsame Verantwortung für die Gerechtigkeit anzuerkennen; Gerechtigkeit kann nicht länger das Ziel einer Gruppe weniger Auserwählter bleiben – die sich noch dazu selber erwählt haben. Sogar in dieser Stunde läßt das dumpfe Grollen aus Europa eine Katastrophe von größeren Ausmaßen, als sie die Menschheit jemals durchgemacht hat, ahnen, jedoch muß das Heil von einem stärkeren Moralbewußtsein ausgehen, als sogar wir es zu bieten hatten. Es muß sich aus dem ständig wachsenden moralischen Bewußtsein der Welt selber entwickeln.*

Und doch bleibt ein Zweifel, bleibt noch eine Frage: Wenn sich nun dieses Moralbewußtsein nicht entwikkeln sollte? Dann wird in einer fernen Zeit das Mordbüro erneut geboren. Denn für die Morde, die man uns zur Last legen kann, läßt sich folgendes sagen: Es hat keiner den Tod gefunden, der ihn nicht verdient hätte. Es ist keiner getötet worden, dessen Tod nicht zum Wohle der Menschheit gewesen wäre. Es ist zweifelhaft, ob sich dasselbe von jenen sagen läßt, deren Denkmäler sich nach dem nächsten ›letzten‹ Krieg auf den Plätzen unserer Städte erheben werden.

Aber die Zeit verrinnt. Ich bitte Sie, Hall, für Grunja zu sorgen. Sie ist das Leben, das ich dieser Erde vererbe, der Beweis dafür, daß kein Mensch, ob er nun recht oder unrecht handelt, seines Weges ziehen kann, ohne nicht eine Spur hinterlassen zu haben.

Einen letzten Kuß meiner Grunja. Einen endgültigen Händedruck für Sie, mein Freund. D.«

Hall hob seine Augen von den Seiten in seinen Händen; sie suchten das schöne Gesicht seiner Geliebten.
»Du hast nicht versucht, ihn zurückzuhalten?«
»Nein.« Ihr Blick war fest und tapfer. »Mein ganzes Leben lang hat er alles für mich getan. Mein kleinster Wunsch wurde mir erfüllt.« Ihre Augen wurden feucht, und ihr Mund zitterte in dem Bemühen, die Herrschaft über sich zurückzugewinnen. »Ich liebe ihn so sehr! Ich hatte keine andere Möglichkeit, mich ihm gegenüber dankbar zu erweisen.«
Hall nahm sie in seine Arme, und er wunderte sich über die große Kraft, die von ihr ausging. Plötzlich konnte sie es nicht mehr ertragen: Sie brach in Tränen aus.
»Ach, Winter, habe ich falsch gehandelt? War es falsch? Hätte ich ihn um sein Leben bitten sollen?«
Er hielt sie fest an sich gedrückt und bemühte sich, sie zu beruhigen. Durch den offenen Eingang suchten seine Augen das stille Meer ab, das im hellen Mondlicht schimmerte. Ein Schatten trat in sein Gesichtsfeld, eine schmächtige Gestalt in der Ferne, die sich leicht über ein Paddel beugte und auf die Mitte des Meeresarms zusteuerte, um dort den *Huhu Kai* abzuwarten. Er wußte nicht, ob er es tatsächlich sah oder es sich nur einbildete, aber plötzlich schien sich ein Arm zu einem fröhlichen Gruß aus dem immer kleiner sich abzeichnenden Kanu zu erheben. »Nein«, sagte er mit fester Stimme, »nein, Grunja, du hast nicht falsch gehandelt.«

(Jack London hat dieses Buch nur bis Seite 175 geschrieben. Dann wurde es von Mr. Fish beendet.)

Sie haben »die Explosion als unausbleiblich« eingestellt, bevor der Waffenstillstand beendet ist. Drago kommt ihm auf die Schliche.
Breen beunruhigt, als er dies einsieht. »Aber ich kann ihn nicht mehr abstellen. Jeder Versuch, abzustellen, wird sofort die Explosion auslösen.«
Drago: »Ich werde Ihnen helfen.« Breen dankbar.
Sie beweisen Breen, daß er den Apparat während des Waffenstillstands eingestellt hat. »Sie haben recht. Ich habe mich fast eines Unrechts schuldig gemacht. Abschalten – das kann ich nicht. Das war die Vorrichtung, die ich erwähnt hatte. Das Schöne an dieser Maschine liegt darin, daß sie wie ein Befehl vom Büro ist. Einmal eingestellt, wie sie eingestellt ist, kann keine Macht der Welt sie aufhalten. Automatische Schließvorrichtung. Auch ein Schmied könnte das Uhrwerk jetzt nicht entfernen.«
»Bringen Sie sie hinunter und werfen Sie sie in die Bucht.«
»Freunde, Wahnsinnige – wollt ihr das zulassen?«
»Sie können ihn nicht abstellen«, lachte Hanover in sich hinein. »Die unwiderlegbare Logik der Elemente! Die unwiderlegbare Logik der Elemente!«
»Wollen Sie hierbleiben und sich in die Luft sprengen lassen?« fragte Hall zornig.
»Gewiß nicht. Aber, wie Breen schon sagte, wir haben noch reichlich Zeit. Innerhalb von zehn Minuten wird auch der langsamste von uns diesen Bereich der Zer-

störung verlassen haben. Bis dahin wollen wir uns mit dem Wunderbaren daran befassen!«
Hall betrachtet die anderen.
Breen: »Ich habe in meinen Überlegungen versagt. Das beweist die Fehlbarkeit menschlicher Vernunft. Aber, Hanover, Sie sehen kein Versagen in der Überlegung der Elemente. Sie können nicht versagen.«
Sie waren so in Anspruch genommen, daß alle das Verrinnen der Zeit vergaßen. Drago stand auf und legte voller Zuneigung eine Hand auf Lucovilles Schulter – ganz nah seinem Hals.
Spricht freundlich – schnell – sprunghaft – Hand. Todesgriff der Japaner. Nimmt Hut und Mantel. Entwischt nach draußen – Haas springt wie ein Tiger, prallt mit Kellner zusammen – Geschirr kracht zu Boden.
»Lieber Freund Lucoville«, sagt Hanover, blickt durch Brille. »Sie werden niemals antworten.«
Tatsächlich hatte der Chef das letzte Wort.

Zeitungen des nächsten Tages – *San Francisco Examiner* – rätselhafte Explosion in Bucht – tote Fische. Keine Spur.
Dragos Mitteilung: »Fahre nach Los Angeles. Bleibe einige Zeit. Kommt und holt mich.«
Als beim Essen Drago Weg des Abenteuers überschwenglich schilderte – beschuldigten sie ihn, sentimental zu sein, ein Epikuräer (spöttelten).

»Meine Herren!« rief Hall verzweifelt, »ich wende mich an Sie als Mathematiker. Moral kann von Wissen-

schaft hergeleitet werden. Warum geben Sie alle Ihr Leben für das seine?
Meine Herren, Gefährten im Wahnsinn – überlegen Sie. Wandeln Sie diese Situation im Sinne einer Gleichung um. Sie ist unwissenschaftlich, irrational. Mehr als das, sie ist unmoralisch. Für Moralisten von hohen Graden wäre es eine willkürliche Handlungsweise.«
Sie debattieren. Sie geben nach.
Drago: »Klug gehandelt. Und jetzt, ein Waffenstillstand. Ich glaube, wir sind in den Vereinigten Staaten oder in der Welt die einzige Gruppe, die sich so vertraut.« Zieht Uhr heraus. »Es ist 9 Uhr 30. Gehen wir jetzt zu Abend essen. Zwei Stunden Waffenstillstand. Danach, wenn nichts beschlossen oder in Unordnung geraten ist, soll der Status quo weiterbestehen.«

Hall verliert Grunja, die Drago rettet und mit ihm entflieht. Dann Hall, Telegramme, folgt ihrer Spur durch Mexiko, Westindien, Panama, Ecuador – überweist telegrafisch (fünfmal) große Summe an Drago und setzt Verfolgung fort.
Trifft ein; stellt fest, sie abgereist. Begegnet Haas und folgt ihm. Segelt auf gleichem Windjammer nach Australien. Verliert dort Haas. Er selber, telegrafierend, findet sie nach Tahiti unterwegs. Trifft sich mit ihnen in Tahiti. Heiratet Grunja. Erscheinen von Haas.
Die drei, Drago, Grunja und Hall (verheiratet), leben in Tahiti bis zum Eintreffen der Mörder. Dann schleicht sich Drago an Bord eines Kutters nach Taiohae.
Drago versichert den anderen, daß er geistig völlig nor-

mal ist; sie sind nicht einmal verrückt. Sie sind dumm. Sie können die Umwertung der Werte, die er vollendet hat, nicht verstehen.
Auf einer sandigen kleinen Insel gelingt es Dragomiloff, die ganze Gruppe mit Ausnahme von Haas, der zu besessen, zu tüchtig ist, in die Luft zu sprengen. Haus miniert.
Drago, auf Nuka Island, Dorf Taiohae, Marquesas. Wrack eines Kutters und Mörder (Haas) werden an Strand angespült, wo Melville fast ein Jahrhundert früher entkam. Während Drago unterwegs ist und das Typeetal auf dieser Insel erforscht, führen Hall und Grunja den Mörder Haas in die Irre und glauben, ihn los zu sein.
Drago stirbt triumphierend: schwach, hilflos, auf Insel Marquesas, wird er durch zufälligen Schiffbruch von beauftragtem Mörder – Haas – entdeckt. Jedoch nur durch Zufall. »In Wirklichkeit habe ich die Organisation überlistet.« Mörder und er erörtern Art und Weise, auf die er sterben soll. Drago hat ein langsam wirkendes, schmerzloses Gift. Einverstanden, es zu nehmen. Nimmt es. Wird eine Stunde zum Sterben brauchen.
Drago: »Nun wollen wir den Irrtum der Organisation besprechen; sie muß aufgelöst werden.«
Grunja und Hall treffen ein. Schoner liegt vor der Küste. Sie kommen an Land, rechtzeitig zu seinem Ende.
Nachdem alle tot außer Haas, ordnet Hall die Angelegenheiten des Büros. $ 117000 fallen an ihn. Ein Haufen Bücher und Möbel von Drago. Schickt Taubstummen als Hausmeister des Bungalows nach Edge Moor.

Das Ende, von Charmian London skizziert

Die kleine Jacht segelt mit ausgelegtem Spinnaker Tag und Nacht, viele Tage und Nächte. Die Ausschweifungen der Vernichtung – glänzende Beschreibung der Bonitos – Hunderttausende von ihnen. Die große Jagd. Die meilenweite Strecke der Zerstörung. Die Sturmschwalben, Tropikvögel und Fregattvögel usw., nehmen zu – Zehntausende. Alle hinter fliegenden Fischen her. Wenn fliegende Fische auf Deck fallen, stürzen auch sie herbei, um sie zu fangen. Die Orgie des Tötens geht ihnen auf die Nerven. Vögel brechen Flügel an Takelung, fallen über Bord, werden von Bonitos in Stücke gerissen und von oben von ihren flatternden Verwandten angegriffen – Fregattvögel, Tropikvögel usw. Einheimische Seeleute fangen Bonitos, um sie roh zu essen – beim Hereinholen werden Bonitos von ihren Artgenossen angegriffen. Matrosen fangen einen Hai – schlitzen ihn auf, nichts bleibt davon übrig. Klopfendes Herz in der Hand eines Mannes – Hai wird über Bord geworfen, schwimmt und schwimmt und schnappt mit seinen Kiefern, während Schwärme von Bonitos in dem von Sonne durchfluteten Wasser vorbeiflitzen – Grunja bleibt fast das Herz stehen. Schließlich die Unerbittlichkeit der tropischen Sonne usw. Hier beginnen sie, Vögel, Fische usw. mit kleinem automatischem Gewehr zu schießen, und sie blickt auf und klatscht in die Hände. Alle Getöteten oder Verwundeten werden sofort von anderen gefressen. Einmal fällt der irische Terrier über Bord und wird von Bonitos in Stücke zerrissen. Einmal bleibt ihr roter Schal hängen und wird hinuntergezogen usw., usw. Nichts kann entkommen. Und so das Ende, in tragischer Weise vorausbestimmt, während sie sich dem Land nähern, schnappen Haie nach ihren Ruderblättern. Und am Strand ein Schwarm von kleinen Fischen, entdeckt, auf den Strand hinaufgejagt. Sie waten durch diese silbrige Brandung zugrunde gegangenen Lebens und treffen – Dragomiloff sterbend an.

Titel der Originalausgabe
›The Assassination Bureau Ltd.‹

Deutsch von Werner von Grünau
Lizenzausgabe mit Genehmigung des Verlages
Kiepenheuer & Witsch, Köln

Umschlag und Einband Werner Labbé
Schrift 10 p Janson-Antiqua (Linotype)
Gesamtherstellung Berg-Verlag GmbH, Bochum
Printed in Germany 1972 ISBN 3 7632 1574 3